KB271160

아시아적 신체와
혼종적 정체성

아시아적 신체와 혼종적 정체성

초판인쇄 2016년 8월 25일 **초판발행** 2016년 8월 30일
지은이 이덕화 **펴낸이** 박성모 **펴낸곳** 소명출판 **출판등록** 제13-522호
주소 서울시 서초구 서초중앙로6길 15, 1층
전화 02-585-7840 **팩스** 02-585-7848
전자우편 somyungbooks@daum.net **홈페이지** www.somyong.co.kr

값 18,000원 ⓒ이덕화, 2016
ISBN 979-11-5905-101-2 93810

이덕화 지음

아시아적 신체와 혼종적 정체성

소명출판

어릴 때의 나의 머릿속에 강렬한 기억으로 남아 있는 것은 초등학교 때 경험한 사라호 태풍이다. 처음으로 어머니는 면으로 된 옷 한 벌을 맞추어 주었다. 그 옷을 입고 자랑스럽게 집 밖을 나오자 몸을 채어 갈 정도의 바람에 다시 집안으로 뛰어 들어왔다. 집에서는 차례 준비로 어머니와 아버지가 어수선하게 움직이는 모습이 보였다. 명절이면 으레 찾아오는 작은 집 식구들은 태풍 예보 때문인지 보이지 않았다. 집을 채어 갈 것 같은 윙윙거리는 바람 소리와 창문이 덜컥거리는 소리는 마치 세상이 끝날 것 같은 두려움을 안겨주었다. 처음으로 맞춰 입은 옷 한 벌과 사라호 태풍은 언제나 나의 기억 속에 남아있는 하나의 강렬한 기억이다.

또 초등학교 때는 4·19혁명, 5·16군사정변 등 어수선한 가운데 우리집도 그에 따른 부침을 함께했다. 사업을 했던 우리집은 통행금지 시간이 12시에서 7시로 당겨지면서 미래의 불확실성 속에서 몇 번이나 사업체의 문을 닫을 수밖에 없는 상황에 직면했다. 창고에 쌓인 물품을 고아원을 운영하시는 아버지 친구에게 맡겨두었다가 고아원생들이 모두 훔쳐간 사건으로 회귀불능의 지경까지 가기도 했다. 모든 것을 잃은 우리 가족은 한때 아버지 친구의 고아원에 거주한 적도 있었다.

그런 가운데서도 나는 초등학교 5학년이 되었다. 그 당시에는 일류 중학교에 들어가기 위한 시험이 있었다. 부산의 송도 해수욕장으로 가는 산 중턱에 있는 고아원에서 아래 초등학교가 있는 마을에까지 담임이 하는 과외를 다녔다. 과외를 끝내고 집에 갈 적이면, 이미 어둠이 산을 덮어 새까만 어둠이 엉겨 길이 보이지 않았다. 어둠을 헤치며 고아원으로 가는 산 속에서 깜짝깜짝 놀라는 것은 짐승보다는 사람을 만났을 때였다. 높지 않은 산이라 산을 넘어가는 사람을 간간이 만났는데, 그때마다 소스라치게 놀라곤 했다. 그 당시는 문둥이들이 자신의 병 치료를 위해 어린이를 끌고 간다는 말들을 했었다. 그래서인지 지금까지 세상에서 무엇보다 무서운 것은 사람이라는 생각을 하고 있다.

공포라는 것은 알 수 없는 미지의 어둠이란 것을 초등학교 때 깨우쳤다. 2010년 노벨 문학상을 탄 도리스 레싱의 『다섯 번째 아이』는 이를 다시 한번 확인하는 기회가 되었다. 다섯 번째로 태어난 아이의 행동을 보편적인 인간의 이해 능력으로는 파악할 수 없어 모든 가족들이 공포에 떨며 당황하는 모습을 보고, 공포라는 것에 대해 또 한번 새롭게 생각하게 되었다. 인간 너머의 불가해한 세계로 인해 종교가 태어났듯이, 미지의 영역이라는 것은 역시 인간에게 공포를 불러 온다는 것을.

오빠, 언니들과 나이 차이가 많다 보니 언제나 혼자였고, 자연히 책을 가까이 하는 버릇은 다른 아이들에 비해 공부에는 뒤지지 않게 해주었다. 아버지가 사업의 재기에 성공하면서, 나는 다시 부산역 가까이 있는 원래 다니던 초등학교로 옮겨왔다. 그 학교에서는 공부를 잘하는 여학생은 대체로 부산여중과 경남여중으로 반반 나뉘어서 입학시험을 치렀고, 그중에서 나는 부산여중에 합격했다.

부산여중은 산 중턱에 자리 잡아 멀리는 부산 남쪽 바다가 보였고, 왼쪽은 저수지를 둘러싼 숲으로 둘러싸여 있어 중학교 시절을 풍성하게 장식해주었다. 시에서는 저수지의 청결과 안전을 위해 원칙적으로는 저수지 출입을 막아 놓았다. 그런데도 우리들은 삼삼오오 개구멍으로 빠져나가 숲속을 짬짬이 걸었다. 숲을 거닐며 각자의 꿈을 펼치며 수다에 열중하다가, 수업 시간에 늦어 벌을 받은 적도 가끔 있었다.

학교를 파하고 집으로 올 때는 몇몇 가까운 친구들이 모여 걷다가 한 명씩 집이 가까운 차례대로 자기 집으로 들어갔다. 가끔은 도중에 누구의 집에 들러 한참 수다를 떨다 집으로 오기도 했다. 또 몇몇 친한 친구들과 해운대 달맞이 구경을 가기도 했다.

그러는 가운데도 언제나 집에 오면 혼자 있는 시간이 많았고, 그럴 때마다 주로 학교 도서관에서 빌려 온 셰익스피어 작품과 펄벅 작품을 주로 읽었다. 그 당시는 소설가나 문학가에 대한 꿈보다는 부모님의 소망이 여학교 교사였고 나 또한 교사가 되리라 작정하고 있었다. 결국 아버지의 소망대로 교수로 평생을 살아왔다.

나는 그때그때 상황에 적응을 잘 하면서도 또 남보다 진취적인 데가 있었다. 부산여중 생활에 만족하지 않고, 느닷없이 이화여고에 진학하고 싶은 생각이 났다. 부모님과 학교 담임을 설득했다. 담임은 가려면 경기여고에 가지, 왜 이화여고냐고 했지만, 딱딱한 분위기의 경기여고보다 자유스런 이화여고에 가고 싶었다. 마침 그때 막내 언니가 서울에서 결혼해 살고 있었기 때문에 부모님에게도 쉽게 허락을 받아 낼 수 있었다.

서울 생활이 시작되었다. 부산여중의 학생들도 부산에서는 가장 부유한 사업가, 혹은 권세가의 딸들이 많았다. 그러나 서울로 옮겨 오자 그 당시에 뉴스에 자주 나오는 인물의 딸들이 대부분이었다. 입학식 학부형 대표 축사에 당시 국무총리였던 김종필이 올라왔다. 앞에도 뒤에도 친구들은 어느 대사의 딸, 장군의 딸, 가장 큰 기업체의 딸들이 자리 잡고 있었다. 자랄 때 잠시 고난은 겪었지만, 어려움 없이 자란 나는 부산에서 올라온 시골 학생에 지나지 않았다. 부산에서는 꽤 잘났다는 자부심을 가지고 있었는데, 나는 평범한 소녀에 지나지 않다는 것을 알았다. 공부도 열심히 해도 반에서 1, 2등은 차지하지 못했다. 그래도 서울대학의 몇 개 학과를 제외하고는 다 갈 수 있는 성적이었다.

이화여고의 캠퍼스는 조그마한 대학 정도의 규모를 가지고 있었다. 누구나 대학을 선택만 하면 서울 시내 어느 대학에라도 갈 수 있기 때문에 학교에서 특별히 입시 공부를 하지 않았다. 모두 점심을 먹었다 하면 선생님이고 학생들이고 책 한 권씩 끼고 끼리끼리 산책을 했었다. 등나무의 진한 향기에 취해 등나무길 아래를 걷는 학생, 교정 앞 잔디에 누워 책을 읽는 학생, 노천극장에 삼삼오오 모여 수다를 떠는 학생들, 그 정경은 마치 마네의 풀밭 위의 점심 같은 여유롭고도 정겨운 풍경이었다.

그런 여유로움 속에서 입시는 다가왔다. 갈 길을 정해야 했다.

막연히 문학의 꿈을 안고 국문과에 문을 두드린 것은 소설을 쓰고 싶어서였다. 소설을 쓰기 위해서는 문예창작과에 가야 했다. 그러나 국문과와 문예창작과를 구별하지 못했던 당시의 나는 무조건 국문과에 입학했다. 문예반에도 열심히 들락거렸고, 산에도 같이 다녔지만, 실제 창작을 하는 친구들은 없었다. 그 당시 우리 학년보다 학년으로는 3년, 나이로는 여섯 살 많은 영문과 출신의 최인호는 이미 유명한 소설가로 활약하고 있었다. 『한국일보』 신춘문예로 등단하기 전에 「술꾼」이라는 단편을 들고 박영준 교수에게 추천을 받으러 왔다가 박영준 교수가 작품을 집어던졌다는 이야기가 국문과 학생들 사이에 회자되고 있었다. 「술꾼」은 최인호의 단편 중에서도 우수 단편에 속하는 작품이었다. 그런 소문 때문인지 혼자 습작을 해도 소설을 추천받으러 박영준 교수에게 도전하는 학생은 없었다.

대학원 때 박영준 교수의 조교로 발탁되어 연구실을 지키고 있을 때, 후일 『머나먼 쏭바강』의 작가 박영한이 자주 교수님을 뵈러 왔었다. 내가 대학원에 다닐 때 박영한은 군대를 갔다 온 이후 3학년으로 복학했었다. 박영한도 그 당시는 소설보다는 레포트 점수를 확인하러 들락거린 것으로 기억된다. 박영한은 레포트도 아주 우수해서, 언제나 A+를 받았었다.

대학원 과정까지 마치자, 당시 박두진 교수가 여학생은 박사과정에 입학을 시키지 않겠다는 선언을 하셨다. 이유는 남학생들도 교수 자리 얻기 힘든데, 여학생들까지 뛰어들면, 남학생이 더 힘들어진다는 것이었다. 남성 우월주의 발언이었지만, 여학생 어느 누구도 반발하는 학생은 없었다. 그 당시 여자 대학원생으로는 1년 선배인 황정희 선배가 있었고, 같은 학기에 들어 온 최원식 인하대 교수와 결혼할 약혼자 김혜자가 있었고, 시를 전공하는 박경혜, 그리고 나였다.

김혜자는 창작적 두뇌가 뛰어나 언제나 공책에 소설을 써가지고 들고 다니며 나에게 보여주었다. 소설은 해학적이면서 인간에 대한 성찰을 보여주는 상당히 좋은 작품으로 기억된다. 그 당시 최인호에게도 보여줬더니 칭찬했다며 좋아했었다. 창작에 뜻을 두고 있었기 때문에 학문에는 뜻이 없는 듯, 그 당시 남자친구인 최원식이 그만두란다며 매학기 등록할까 말까를 고민했었다. 황정희 선배는 대학원 논문이 지도교수인 박영준 교수에게 거절당한 이후, 불면의 밤을 보내면서 논문에 열중하고 있다고 들었는데, 수면제 과용으로 운명을 달리했다. 나 역시도 소설 창작에 뜻을 두고 대학원에 왔기 때문에 박사과정에 꼭 들어가야겠다는 생각이 없었다. 그러나 머릿속에는 결혼 후 살다가 언젠가는 입학해야겠다는 막연한 생각을 가지고 있었다.

언니의 딸과 내가 연세대 앞에 집을 사서 아줌마를 두고 따로 살고 있던 때였다. 4·19혁명과 5·16군사정변을 거쳐 사회가 차츰 안정기에 들면서 우리 집안의 사업도 안정되어 갔으나, 순풍에 돛단 듯 순조롭던 사업이 갑자기 최대의 위기를 맞았다. 화공약품 회사는 일본에서 다양한 화공약품을 수입해, 제약회사나 약국에 약품 재료를 파는 판매 사업이었다. 배 화물로 운반하는 과정에서 약품 재료의 라벨이 떨어지는 경우가 있었다. 그럴 때마다 우리 회사에서 채용하고 있던 약사가 그것을 소분해서 다시 라벨을 붙여 시중 제약회사나 약국으로 판매했다. 그런데 약사의 부주의로 감기약에 들어가는 탄산칼슘과 쥐약에 들어가는 탄산칼륨의 라벨을 바꾸어 붙인 탓에 우리 회사에서 가져 간 탄산칼륨으로 제조된 감기약을 먹고 네 사람이 죽은 것이다. 그 사건은 사회를 온통 흔들어 놓았다. 신문마다 대서특필했다.

그 당시 나는 대학 4학년이었는데, 부산 집에서 전화가 걸려 와 "절대 신문을 보지 말고, 보더라도 놀라지 말라"는 말을 듣고 신촌로터리로 뛰어나가 신문 가판대에서 신문을 구입해 사건의 전모를 읽었다. 그일로 아버지는 쓰러지셨고, 회사에 관여했던 오빠, 형부 등, 우리 가족의 남자들이 구속되었고, 화공약품 회사도 문을 닫았다. 그 일로 살림

집을 부산에서 서울 연희동으로 옮겼다. 그 사건은 결국 우리집을 급격하게 몰락하게 하는 원인이 되었다. 사건이 종결된 이후 우리 가족의 이름으로 사업체를 법인화할 수 없기 때문에, 노회찬 의원 아버님의 이름으로 회사 재기를 노렸지만, 남의 손으로 세운 회사 운영에는 한계가 있었다.

연세대 앞에서 연희동으로 집을 옮긴 후 대학원에 다닐 때, 다시 한번 개인적으로 위기를 맞는다. 대학원 2년차 되는 해였다. 당시 연세대 교목이었던 윤병상 교수가 내게 지인이 알고 있는 기독교 재단의 중학교 국어 선생으로 일 년쯤 근무해 달라고 했다. 대학원 수업에 방해 받지 않게끔 시간을 짜주겠다고 했다. 거절할 이유가 없었다. 그러나 개학하자마자 후회했다. 그 학교는 재단과 교사 간 갈등으로 교무실에서 매일처럼 싸움이 일어났다. 재단의 해고가 부당하다며 책상만 갖다 놓고 근무하고 있던 교사 한 명을 끌어내기 위해 깡패가 동원되었고, 욕설이 오갔다. 교육 현장이 마치 시장 한복판 같았으나 오직 눈망울이 초롱초롱한 중학생들을 만나는 기쁨 하나였다. 그 학교에 나가면서 윤병상 교수와의 약속은 지켜야겠고, 근무는 하기 싫어 지옥 같은 시간을 보냈다.

당시 신앙이 없었는데도 제발 그만 나가게 해달라고 하나님께 기도했다. 얼마 지나지 않아 기도의 응답이 기가 막히게 왔다. 초겨울이었다. 대학원 졸업을 앞두고 장래도 불투명해 불면의 밤을 보내며 우울해하던 어느 날 가끔 만나던 남자친구와 술을 한잔 하고 12시쯤 집에 들어왔다. 새벽 3시쯤 화장실을 가기 위해 잠을 깼다. 커피를 마시기 위해 방에 있는 전기 곤로에 주전자를 올려놓고 화장실로 갔다. 2층 창문으로 내다본 정원에는 눈이 가득 쌓여있었다. 첫눈이었다. 한참을 감상에 젖어있다 방에 들어갔더니, 이불 한 귀퉁이가 곤로 위에서 타고 있었다. 전기 포터를 사용하지 않던 시대였다. 경험이 부족했던 터라 이불을 털다 내 얼굴에 불씨가 날아왔고, 그와 동시에 불꽃이 여기저기 퍼졌다. 나는 혼자 수습할 수 없음을 깨닫고 아래층으로 내려갔다. 일하는 아주머니와 어머니가 달려오고 나는 병원 응급실에 실려갔다.

자연히 근무하던 중학교는 그만두었다. 나는 얼굴 화상으로 6개월이 넘도록 얼굴에 마스크를 하고 다녔다. 우리 가족들은 혼기에 있는 처녀가 시집을 못 간다고 걱정을 했다. 그런데 아이러니한 것은 화상으로 마스크를 하고 다닐 때 가장 많은 남자들로부터 청혼을 받았다는 것이었다. 그래서 인간은 참 나약한 존재라는 것을 그때 생각했다.

박사과정에 입학하기 전에 결혼을 해야겠다고 결심했다. 대학 4학년 때 청혼을 받았지만, 그때는 결혼에 대한 확신이 없다가, 박사과정 입학이 원천적으로 봉쇄되자 결혼해야겠다는 결심이 일어났다. 2년 전 청혼했던 남자를 찾아갔다. 그 남자는 당시 행정고시를 최연소 합격해 해군장교로 목포에서 군복무에 임하고 있었다. 내가 결심했던 시기에 서울 해군본부로 옮겨와 장교로 출퇴근하고 있었다. 만남 이후 집으로 나를 데려다 주는 길거리에서 나는 2년 전 청혼이 아직도 유효하다면 이제 결혼하자고 말했다. 결혼은 일사천리로 진행됐다. 한 달 만에 약혼하고 졸업 후 4월에 결혼했다.

막연한 희망은 세월을 깎아먹는다는 것을 알았다. 박두진 교수가 얘기한 대로 남자들도 교수 자리 얻기 힘든 현실에서 딱히 교수가 되겠다는 생각도 없이 박사과정에 입학한다는 것이 요원하게만 느껴졌다. 결혼하자 바로 생긴 아이들 육아에 힘쓰면서 틈틈이 소설습작을 했다. 혼자서 하는 습작은 자기만족적인 글에 지나지 않았다. 몇 편의 소설을 써서 신춘문예도 응모했지만, 한 번 낙방되자 흥미를 잃고 그 다음에는 응모하지 않았다.

1979년 남편이 미국 풀브라이트 장학재단에서 주는 장학금을 받아 2년 유학을 갈 때 아이들과 함께 따라갔다. 남편이 석사과정을 마치자 이왕 온 김에 박사과정까지 해야겠다고 해서 나도 뉴욕 대학 비교문학과 석사과정에 응시했다. 남편은 도시계획 쪽 박사과정을, 나는 비교문학과 석사과정 한 학기를 마쳤을 때였다. 남편은 자신이 근무하던 한국 경제기획원(지금의 기획재정부)에 허락을 받으러 한국으로 잠시 다니러 나갔다.

일주일 후에 남편에게서 전화가 왔다. 경제기획원 측에서 허락이 안 나니 짐 싸서 입국하라는 것이었다. 한국에 다녀오면 그랜드 캐년과 로스앤젤레스 부근을 함께 여행하기로 했는데, 너무나 황당해서 나는 들어갈 수 없다고 했다. 혼자 이삿짐을 쌀 자신도 없었다. 무엇보다도 공부 계획이 수포로 돌아간다는 것이 안타까웠다. 남편의 옷이 든 가방 하나를 그 당시 국제 심포지움에 참석하고 계시던 모교 신동욱 교수에게 귀국할 때 부탁했다.

남편 없이 다섯 살과 세 살의 아들 둘을 데리고 로스앤젤레스와 그랜드 캐년 여행을 감행했다. 로스앤젤레스에서는 친지들의 집에 머물면서 오랫동안 별렀던 회포를 풀었다. 근처 디즈니랜드, 유니버셜 스튜디오, 헌팅튼 도서관 등 그들이 안내해주는 대로 다녔다. 아이들이 어려서 일정이 힘들까 생각했지만, 아이들은 자고 깨면 마치 물 먹은 화초처럼 싱싱해졌다. 그랜드 캐년의 구릉 아래를 쳐다보면서 "아 꿈만 같구나" 하는 큰아들의 감탄에 함께 온 일행들이 폭소를 터뜨렸다. 라스베가스에서 이틀을 묵고 샌프란시스코의 요세미티 국립공원까지 모든 일정을 소화하고 나니, 나 자신에게 스스로 감탄이 우러나왔다.

그 다음은 미국에서의 생활비가 문제였다. 남편의 공무원 박봉에 생활비를 부치라고 할 수 없었다. 남편도 우리집을 전세를 주고 나왔기 때문에 들어갈 수 없는 입장에서 주거비까지 감당해야 했다. 친정에 거주하면서 하숙비 정도는 줘야 했고, 자신의 용돈을 빼고 나면 월급은 남는 것이 없었을 정도로 공무원 월급이 워낙 박봉이었다. 당시 우리나라의 원 시세도 워낙 나빠 한국에서 많은 돈을 가져온다고 해도 미국에서는 얼마 되지 않았다. 그렇다고 전세금을 깨먹자니 귀국해 입주할 때 문제가 생겨 그럴 수 없었다.

나는 한국인 곽상희 원장이 운영하는 유치원의 교사로 근무하게 되었고, 거기서 나오는 월급으로 집세와 생활비가 해결되었다. 큰아들은 이미 미국 공립초등학교 킨더 가르텐(Kindergarten, 미국의 공립학교는 5살 유치원부터 공식적인 과정이 시작된다)에 있었기 때문에 돈은 안 들었고, 작은아들 역시 내가 근무하는 유치원에 다녔기 때문에 돈이 들지 않았다. 남편 없이 1년간 생활을 마치고 나는 비교문학과 대학원 수료를 끝으로 출장 온 남편과 함께 짐을 싸 귀국했다.

미국에서부터 시작된 공부라 귀국하자마자 바로 박사과정에 입학을 준비했다. 2년의 준비과정을 거쳐 시험을 치렀지만 보기 좋게 낙방했다. 제2국어 불어가 문제였다. 국문학 전공에 불어까지 원서를 읽을 자신이 없으면서 불어에 매진한다는 생각이 어리석다는 생각이 들었다.

제2전공을 한문으로 바꿨다. 그리고 2년을 청담동에서 사직동에 있는 민족문제연구소로 논어 맹자를 배우러 다녔다. 그리고 다시 박사과정 시험을 봤다. 또 낙방이었다. 점수는 합격인데 등수에서 밀렸다고 한다. 그 당시 현대문학 분야는 30명 이상 지원자들이 몰리는데, 한두 명만 합격되었다. 선배 중 한 명은 10번째 합격한 사람도 있었다. 지난한 과정이 계속되니, 박사과정의 입학이 요원한 세계같이 느껴졌다. 포기할 생각을 하고 주위 친구들과 놀기도 하고 창작 생활에 매진했지만 마음은 박사과정 입학시험에 있었다.

내가 정말 박사과정에 입학해야 하는지에 대해 심각한 고민도 했다. 박사를 딴다고 해도 교수의 길은 요원한 것이었다. 다른 데 시간을 보내려고 노력하기도 했으나 마음은 언제나 박사과정 입학으로 귀결되었다. 그냥 교수가 안 되어도 좋아하는 문학 공부를 하자고 다시 마음을 다잡았다. 재도전했다.

남편한테는 시험을 본다는 말도 하지 않았다. 결과 발표가 난 다음의 허망한 마음을 달래기 위해 그동안 만나지 않던 친구들을 만나 저녁이 될 때까지 수다를 떨었다. 발표가 난다는 날도 무서워서 집에 들어올 수가 없었다. 친구 한 명을 붙들고 삼청동을 거닐고 저녁을 먹고 술까지 마시고 돌아왔다. 언제나 12시 가까이 귀가하는 남편으로부터 밤 9시쯤 전화가 왔다. 낮에 연세대 국문과 과장 교수가 합격 통보를 위해 집으로 전화해도 받지 않아 남편 회사 전화번호를 찾아 전화를 했다고 했다. 박사 과정 입학생 수가 워낙 적어 합격이 힘들었기 때문에, 성적을 통과하고, 학과 사정회에서 합격이 정해지면 합격 통보를 학과장이나 전공 교수들이 직접 알려줬다. 무엇보다도 가족들에게 숨기고 도둑 공부를 해오다 이제야 당당하게 공부를 할 수 있다는 것이 좋았다.

대학원 공부를 하며 알게 된 것은 소설을 좋아한다기보다, 난 공부를 좋아하고 상당히 논리적이라는 것을 알게 되었다. 내가 쓴 논문마다 우수 논문에 발탁되고, 쉽게 논문을 쓴다는 것이었다. 그런 덕분에 나는 박사학위 과정에 들어간 지 3년 6개월 만에 박사학위를 받았다. 그 당시 대부분의 박사과정의 대학원생들이 10년 만에 박사논문에 통과된다는 것을 생각하면 놀랄 만한 것이었다. 그것도 우리나라에서 최초의 월북 작가 김남천 연구로. 박사학위를 받은 후 학교 신문뿐 아니라 여러 신문에 인터뷰 기사가 실렸고, 심지어『우먼센스』에는 몇 회에 걸쳐 우리 가족의 생활상을 연재했었다. 그 덕분인지 의외로 빨리 전임 교수가 되었다. 91년도에 박사학위를 받고, 이듬해 평택대학교에 전임으로 발령이 났다.

흔히 자신을 알 수 있는 길은 타인을 통해서라고 한다. 타인을 통해서 들은 나의 특징은 추진력이 좋다고 했다. 그렇다. 박사학위를 받고 전임이 되어 학생들 가르치는 일에 매진했지만, 학문을 위해 새로운 결단이 필요했다. 연세대 국문학과 박사과정 후배들과 이화여대 국문과 박사과정에 있는 대학원생들을 10여 명 모아서, 근대문학 초창기 여성 작가들을 한 명씩 연구해서 발표하기로 했다. 그 멤버 중에는 지금 이화여대 교수인 김미현 교수도 있었고, 그 멤버들은 지금은 대부분 중진 교수로서 대학에 자리를 잡고 있다. 93년부터 거의 2년간 연구와 발표 논문을 한길사에서 출판했다. 제1권은『페미니즘과 소설비평』제2권, 3권은『페미니즘은 휴머니즘이다』를 연속해서 시리즈로 출판했다.

그 인연으로 한길사와는『혼불』출판과 함께, '여성문학연구회'라는 가칭으로 문학세미나를 주관해 달라는 요청으로 몇 회에 걸쳐 문학세미나를 개최, 『혼불』을 조명했다. 덕분에 전주시와 최명희 기념사업회가 개최한 '혼불 학술상'을 받았다. 그에 힘입어, 또 당시 1990, 2000년대가 시대적 조류에 따라 페미니즘 문학 연구가 대세를 이루면서 '한국여성문학학회'를 설립해 초대 학회 회장을 맡았다. 그 모든 것이 시대적 조류와 나의 추진력 때문에 가능했다.

소설을 쓰기 위해 국문과에 입학한 나는 박두진 교수와 집이 가깝다는 이유로 시를 추천받기 위해 열심히 시를 습작했다. 지금 생각해도 왜 그렇게 박두진 교수 집에 들락거렸는지 모르겠다. 소설을 쓰는 박영준 교수는 성격이 꽤 괴팍하다는 소문이 돌아 감히 소설을 쓸 엄두를 낼 수 없었을 것이다. 박두진 교수는 빨리 열심히 해서 추천을 받으라고 했지만, 석사학위를 소설로 받고, 소설을 전공으로 택하고부터는 시를 그만두었다.

박사학위를 받고 교수로서 임용을 받고서야 이제야 소설을 써야겠다는 막연한 소망을 가졌지만, 또 다시 다른 일상에 밀려 기다려야 했다. 소설 쓰기의 열정을 가슴에 묻어두고 이 일, 저 일에 관여하는 가운데, 은사의 한 분이신 전규태 교수로부터 『문학과 의식』의 편집위원으로 일을 해달라는 부탁을 받았다. 남자 후배 두 명과 참여했다. 그때 전규태 교수가 소설 쓴 것 있으면 가져오라고 해서 『문학과 의식』에 얼떨결에 그 당시 서울대 교수이면서 소설가이신 구인환 선생님의 추천을 받아 신인으로 이름을 올렸다. 그때 얼떨결에라도 올리지 않았으면, 아직도 논문 쓰는 일에 매몰되어 소설을 쓰지 못했을 것이다.

소설을 쓰기 시작하니 소설에 대한 열정이 솟아나기 시작했다. 첫 추천작인 「압구정동 삽화」를 비롯, 「우연의 동시성」, 「달의 딸들」 시리즈 등 연속적으로 단편을 써냈고, 동시에 첫 장편소설 『집짓는 여자』를 1995년에 발간했다. 이어 2002년 첫 단편 「달의 딸들」을 청어에서 출판했다.

모교인 연세대 국문과 교수들의 횡포에 못 견딘 박사과정 대학원생들이 국문과 출신의 타 학교에 근무하는 전임들에게 국문학과 정상화를 위해 개입을 요청했었다. 그때 외부 교수들 18명은 서명을 내고 국문과 교수들의 학과 경영의 불합리를 지적했었다. 그것을 소재로 해서 장편 소설 『은밀한 테러』를 2004년에 출판했다. 또 그동안에 발표한 단편을 모아 『블랙레인』을 2010년에 출판했다. 소설을 쓰기 시작하면서 다양한 작가들을 만나게 되었다. 그들을 만날 때마다 안쓰럽다. 이 시대의 소설가란, 힘든 삶의 대명사처럼 되어버렸다. 소설을 쓰고 싶다는 열정만으로 견딜 수 없는 것은 보장되지 않는 생계 문제다. 국가적인 제도의 보완이 없으면 소설가들은 반짝하다 사라질 운명에 처해 있다.

두 번째 나의 특징을 들자면, 어떤 일이든 단순화시켜 빨리 끝낸다는 것이다. 나의 빠른 성격은 실제 아침밥조차 앉아서 먹지 못한다. 평생 출근과 남편, 아이들의 밥상을 뒷바라지 하는 입장에서 제대로 식탁에 앉아서 밥을 먹을 수가 없다. 남자들과 달리 여자들은 머리도 손질해야 하고, 화장도 해야 한다. 그러기에 언제나 모든 일은 동시다발적으로 밥을 먹으면서 머리 손질도 하고, 옷도 입고, 화장도 함께 한다. 그래서 웬만한 여자들은 나를 따라오지 못한다. 물론 아이들이 어릴 때는 밥을 먹고 다니지 않았다. 집안일을 돕기 위해 상주하는 사람 역시 하루 종일 비워두는 집에 두지 못한다. 젊었을 때는 아줌마들의 불성실함과 거짓 때문에 속상한 것보다, 몸은 힘들지만 혼자 했고 거기에 익숙하다. 아줌마에게 일주일에 한두 번 청소 빨래만 시키는 것으로 만족한다.

그러기 때문에 많은 일을 한다. 학교 수업도 20년 이상 교수직을 맡아 한 번 결강하지 않았으며, 지금까지 1년에 3편 이상의 논문은 물론이고, 서평, 월평, 계간평, 강연 등을 맡아 열심히 했다. 두 학회 회장을 역임했으며, 각종 소설가 협회 등의 일도 맡아 하고 있다. 또 논문이나 평론 외의 소설도 간간히 발표한다. 물론 지금까지 남편의 사회 활동이 바쁘다 보니, 가사 일에서 오는 부담이 적기 때문에 가능하다. 또 건강 관리를 위해, 매일 한 시간 이상의 산책을, 겨울에는 스키를, 1년에 여름방학 겨울방학 동안 한 번씩, 실크로드 기행, 그리스, 터키 여행을 다니고 있다.

이제 곧 정년을 앞두고 있다. 지금까지의 모든 것은 하나님의 은총이 있었기에 가능했다고 생각한다. 지금은 니체 사상에 빠져 있으며, 바그너의 오페라를 열심히 듣고 있다. 니체의 '순간을 열심히 살아라'는 극복의지의 삶을 매 순간 수행하려고 하고, 니체는 반대했지만, 이제부터는 소외받은 타자의 삶에 관심을 가지고 그들에 대한 봉사를 지속하려고 한다. 특히 소설가의 생계 문제를 대의적으로 해결하는 방법을 소설가들에게 설문을 돌려 통계학적으로 분석, 연구논문으로도 써 볼 작정이다. 2000년도부터 평택지법 조정위원회를 시작, 2010년 서울 지방법원에서 지속한 가정법원 조정을 계속하며, 그 외의 봉사를 통해서 나 자신의 한계를 체험하고 극복하는 기회로 삼고 싶다. 물론 소설을 더욱 열심히 쓸 것이다.

나의 연구와 소설쓰기는 아시아의 한 귀퉁이인 한국인 여성으로 살아가면서 느낀 불합리와 인간의 나약함에 대한 탐구이다. 특히 이번 책은 아시아인으로 살아간다는 의미와 그 중에서도 여성으로 살아간다는 의미가 무엇인가를 탐구한 논문이다. 한국인이라는 뿌리를 가지고 미국에서 살고 일본에서 살아도 한국인 여성이라는 정체성은 달라지지 않는다. 차학경의 고통이, 이양지의 고통이 이를 증명한다.

인간들은 너무나 나약한 존재다. 그래서 권력을 탐하고 남에게 상처를 준다. 문학은 그 나약함이 어떤 형식으로 드러나며 극복되는가를 형상화한 것이며 그것을 연구로 탐구한 논문이 이번 책이다. 세계에서 아시아인으로 살아간다는 것의 의미와 나약함으로 연유되는 흔들림 속에서 살아야 한다는 대명제 앞에 글쓰기는 무엇인가를 탐구한 논문들이다.

나 또한 대학이라는 직장 생활을 통해 많은 상처를 받았고 권력을 추구하는 자들로부터 왕따도 당했다. 그래도 아직도 돈키호테처럼 권력보다는 타인의 아픔에 민감한 것은 항상 나를 사유하게 하는 문학이 있었기 때문에 가능했다. 주위에 너무 많은 괴물들과 함께 한다는 것은 고통이며 고독을 안겨준다. 그래도 공지영과는 다른 무쏘의 뿔처럼 혼자서 고독하게 걸어갈 것이다.

차례

아시아적 신체와 타자윤리학

1. 들어가는 말

플라톤의 이데아 중심주의로부터 서구문화 속에서 정신에 대한 권력이 만들어졌고 인간의 신체와 무의식에 대한 억압이 시작되었다. 서구의 철학자들은 인간을 영혼과 신체로 나누어서 이해해 왔다. 그들은 영혼에는 불멸성과 완전성의 지위를, 신체에는 유한성과 불완전성의 지위를 부여했다. 영혼과 신체에 대한 그들의 비유를 보면, 영혼은 마치 하늘에서 죄를 짓고 지상에 내려왔다가 깨달음을 얻어 다시 천국으로 돌아갈 고귀한 운명의 존재이고, 신체는 영혼으로부터 생명력을 잠시 얻었지만 영혼이 떠나자마자 다시 대지로 돌아가야 하는 천한 운명의 존재로 보고 있다.[1]

신체에 대한 억압은 무의식에 대한 억압이며 자연성, 흑인, 아시아인,

여성에 대한 억압으로 확장된다. 푸코의『감시와 처벌』에서 서술되었던 것처럼 신체의 역사는 타자의 역사이다. 신체는 위협적이며 위험하고 난해한 현상으로 비합리적인 열정, 감정, 욕망의 통로로 여겨져 왔다. 이런 연장선에서 지금까지 정신적 우위를 차지하고 있는 서양인은 흑인, 동양인을 그들에 비해 열등한 신체로 대상화해 왔다.

이런 서양인의 편견은 흑인과 아시아인에게 그대로 전염된다. 프란츠 파농이 서술한대로 백인의 문명과 유럽의 문화는 흑인들에게 실존적 일탈을 강제해 왔고, 흑인정신이나 아시아정신은 백인의 전리품에 지나지 않았다.[2] 양석일은 제3세계의 신체를 백인주의가 표방하는 정신주의 혹은 합리주의에 종속시킴으로써 서양 신체론을 구성해왔다고 서술했다.[3] 흑인이나 아시아인은 스스로를 흑인이나 아시아인으로 귀속시키기보다는 서양인과 같이 사고하고 행동함으로써 백인이 되기를 열망한다. 그런 사고 구조 속에서 자연적으로 흑인이나 아시아인은 자신들 혹은 자신들의 신체를 열등한 몸으로 억압하고, 부끄럽고 수치스런 존재로 생각한다. 아시아인이 자신을 타자화함으로써, 인간의 존엄성을 잃게 되고 그것은 결국 타자의 타자화로 이어진다. 인간의 인간에 대한 존엄이 사라지면 생명은 결국 '벌거벗은 생명'으로 위험에 처하게 된다. 생명의 위험은 존재의 불안을 가져오고, 존재의 불안은 폭력을 불러온다.

이런 의식은 국가적 폭력으로 발전한다. 거대한 권력의 폭력은 모든 사회에 스며들어 폭력을 행사하고, 질서라는 이름으로 합리화된다. 최

---

1   고병권,『니체의 위험한 책, 차라투스트라는 이렇게 말했다』, 그린비, 2012, 152면.
2   프란츠 파농, 이석호 역,『검은 피부 하얀 가면』, 인간사랑, 1995, 19면.
3   양석일,『아시아적 신체』, 靑峰社, 1990, 284면.

근 형상화된 탈북민을 대상으로 집필된 소설들인 『리나』, 『찔레꽃』, 『바리데기』, 『삶은 어디에』 등이나, 태국의 국경지대를 무대로 아동매춘, 인신매매, 장기 판매 등 이사아적 신체의 표상들을 그려낸 『어둠의 아이들』은 이런 의식을 잘 반영하고 있는 작품들이다.

대부분의 탈북 소설에서 배경이 되는 국경 지방은 국가민족주의에 의해서 질서를 확립한다는 명목 아래 거대한 국가 폭력이 행사되는 곳이다. 소설 속에 형상화된 탈북민들은 탈국경과 함께 인신매매단이나 성매매단에 의해 팔리고 되팔리는 밑바닥 삶으로 굴러떨어지는데, 이것은 바로 탈북한 사람들을 국가가 국민이라는 이름으로 호명함으로써 폭력을 행사하기 때문이다. 아감벤에 의하면 국가의 주권자는 폭력과 법 사이의 비식별 지점, 즉 폭력이 법으로 이행하고 또 법이 폭력으로 이행하는 경계라고 했다.[4] 아감벤에 의하면 국경 지방은 '법적으로 텅 빈 공간'인데, 이곳은 시공간적 경계를 벗어나, 경계 바깥으로 흘러넘치면서 점점 더 도처에서 법적인 질서를 지킨다는 명목으로 오히려 불법이 횡행하는 곳이다.[5]

『삶은 어디에』와 『어둠의 아이들』은 아시아적 신체가 타자화되는 과정을 통하여 어떻게 국가적 폭력 속에서 철저히 배제되어 '벌거벗은 생명'으로 만들어지는가를 잘 보여주는 작품들이다.

---

4   조르조 아감벤, 박진우 역, 『호모 사케르』, 새물결, 2008, 86면.
5   위의 책, 97면.

2. 아시아적 신체

서양인이 품고 있는 편견과 차별, 자신들의 문화와 완전히 다른 문화를 결손 혹은 결여로서 바라보는 시각은 아시아인들에게도 그대로 이어져 아시아적 신체, 피부, 키, 얼굴 등은 모두 열등한 것으로 인식된다. 데카르트의 로고스 중심주의에 의해 신체를 열등한 것으로 타자화함으로써 머리가 없는 열등함의 대명사인 여성 역시 타자화된다. 아시아적인 것, 신체, 여성에 대한 차별은 다양한 코드로 드러난다. 차별은 외부와 내부의 이중성에 의해 겹쳐지기도 한다. 권력 집중 현상에 의해 자국 백성을 차별하는 타자화, 자국 내의 신분제도에 의한 타자화, 예를 들면 인도의 카스트 제도나 일본의 부락민 제도 등은 동양인 스스로에 대한 인식을 서양의 편견을 그대로 받아들여 왜곡 발전시킨 예이다.

아시아인이 스스로를 머리가 나쁘고 쓸모없으며 게으르고 지저분한 이미지로 인식하는 것은 서양인에 의해 만들어진 가치 기준에 의해서 열등함으로 왜곡 확대하는 것이다. 이러한 아시아인은 열등하다는 의식은 결국 탈중심화로 이어지며 자신의 타자화에 의해서 타자의 타자화로 연결된다. 아시아인으로서 억압받는 신체는 자신의 생명뿐만 아니라 타인의 생명까지도 경시하는 '쓰레기 같은 삶' 혹은 '벌거벗은 생명'을 자초하는 타자화를 그대로 드러낸다. 『삶은 어디에』와 『어둠의 아이들』은 아시아적 신체가 어떻게 타자화되며, 호모 사케르가 되어 가는가를 잘 보여주는 작품이다.

『삶은 어디에』[6]는 북한에서 꾸준히 작가생활을 했던 탈북 작가가 쓴 작품이기 때문에 남한 작가들의 작품보다 현실성이 뛰어나다. 이 작품은 1990년대 '고난의 행군' 이후 북한의 죽음이 일상화된 세계를 그린 작품이다. 작품 속의 북한은 국가 자체가 폭력기구이다. 정상적인 국가 체제를 가동하기 보다는 아편거래라는 불법적인 밀매에 국가 수입을 의존하고, 거래국과 문제가 생기면 주권자는 숨어버리고 국가를 대신한 거래자들은 죽음의 세계로 내몰린다. 즉 '고난의 행군'이라는 핑계로 국가는 공중 분해되고 국가의 이름을 빌려 개인적 복수를 감행하는 무법천지가 된다. 이런 국가 상태의 경우, 모든 국민은 추방된 자이며 호모 사케르이다. 추방된 자의 삶은 인간도, 짐승의 삶도 아니다. 국가가 분해되고 인간들이 더 이상 짐승과 구별되지 않는 어떤 영역으로 들어간다는 것은 예외 상태와 완전히 일치한다.[7]

이 작품 속의 인물들은 대부분 권력화된 주권자이다. 그들은 사업 진행에 방해가 되는 인물은 가차 없이 없애버린다. 거기에는 망설임이 전혀 없다. 즉 이 작품에서 모든 사람을 잠재적인 호모 사케르들로 간주하는 자가 바로 주권자이며, 또 모든 사람들에게 주권자로 행세하는 자역시 호모 사케르이다. 북한이라는 주권의 영역은 살인죄를 저지르지 않고도 또 희생 제의를 성대히 치르지 않고도 살해가 가능한 영역이다. 신성한 생명 즉 살해할 수 있지만 희생물로 바칠 수 없는 생명이란 바로 이러한 영역 속에 포섭되어 있는 생명을 말한다. 본질적으로 법적, 정치적 질서의 일시적 정지인 예외 상태는 이제 점점 더 분명하게 그러한 정치적 질서 속에 더 이상 기입되지 않는 '벌거벗은 생명'이 거주하

---

6 리지명, 『삶은 어디에』, 아이엘엔피, 2008.
7 조르조 아감벤, 앞의 책, 219면.

는 인정적인 공간적 기반으로 바뀐다. '벌거벗은 생명'과 국민국가가 점점 분리되는 것이 북한의 정치적 현실이며, 이 간극은 수용소라는 예외 상태를 만들어 낸다.[8]

양석일의 『어둠의 아이들』[9] 역시 태국의 국경 지방, 치앙마이를 중심으로 일어나는 아동매춘, 인신매매, 장기 판매를 소재로 한 작품이다. 이 작품에 등장하는 아이들은 전 지구적 자본주의의 생산체계에서 내버려진 '훼손된 신체'이다.

> 게이코는 원고를 읽기 시작했다. 읽어 내려감에 따라 그녀는 표정에 긴장이 고조되기 시작했다. 오야마 미쓰오 같은 중개인, 도쿄의 B폭력집단과 규슈의 E폭력집단과의 관계. E폭력집단과 중국복건성의 마피아, 베트남, 라오스, 타이, 캄보디아, 필리핀, 인도네시아, 인도 등 어둠의 루트. 그 커넥션은 아시아 전체로 확산되어 전 세계적으로 어린아이들이 팔려나가고 있다. 동시에 그 루트는 마약 루트와도 겹쳐, 정치가, 재계, 군, 마피아, 관료, 대형병원까지 미쳐, 최근 일 년간만 해도 이천 명 이상의 희생자가 났으며, K씨의 자녀가 타이에서 사천만 엔에 심장이식수술을 받기 위해 살아 있는 타이 어린이가 산 제물이 될 것이라는 것까지 기술되어 있었다.
>
> 원고를 다 읽은 케이코는 등줄기에 오한을 느꼈다.[10]

실제 일본 NGO의 자료를 바탕으로 쓰인 이 작품은 인용문처럼 전

---

8   위의 책, 330면.
9   양석일, 『어둠의 아이들』, 문학동네, 2010.
10 위의 책, 316면.

지구적 자본주의의 확산으로, 국가가 독점하는 합법적 폭력, 자본주의의 초과 착취 등 구조적 폭력이 그 중심에 있다. 그러한 구조적 폭력 아래 대상화된 헐벗고 굶주린, 길거리에 버려진 아이들은 인간도 짐승도 아닌 추방된 자이다. 인간과 짐승 사이 비식별역, 늑대인간 즉 늑대로 변한 인간이자 인간으로 변한 늑대이다. 이런 예외 상태는 국가가 위기 상태, 『삶은 어디에』서처럼 북한의 1990년대 '고난의 행군'이라는 명목 아래 짐승과 같은 죽음조차 불사해야 하는 상태나 『어둠의 아이들』의 배경이 되는 국가의 법이나 권력이 미치지 못하는 국경 지역에서 일어난다. 두 작품에서 인물들은 죽음의 소도구일 뿐이다.

두 작품에서의 죽음은 충분히 죽지 못한 유령들이다. 죽음보다 못한 운명을 지닌 자로서 그들은 다시 돌아와 죽음의 불합리성을 고하며 의미의 체계를 위협한다. 유령은 결코 죽지 않으며 항상 미래에 다시 돌아올 것으로 남아있다.

3. 자연적 신체와 정치적 신체

근대 민주주의는 성스러운 생명을 제거한 것이 아니라 그것을 산산조각 내어 모든 개인들의 신체 속으로 산포시키고, 그것을 정치적 갈등의 쟁점으로 만들었다. 신체는 양가적인 존재로서 주권에 대한 예속의 대상이자 개인적 자유의 담지자이다.[11]

『삶은 어디에』의 대다수의 인물들은 우리가 통상 인간 존재에게 부여하는 권리와 희망을 거의 대부분 박탈당했다. 그럼에도 생물학적으로 여전히 살아있다는 바로 그 이유 때문에 생과 사, 내부와 외부의 경계 지역으로 내몰린다. 그곳에서 이들은 단지 '벌거벗은 생명'에 불과했다. 일인을 정점으로 하는 군대가 사회를 지배하고, 그 군대가 아편을 재배하고, 장사를 종용하는 사회. 조직적인 정치권력이 주권적 폭력을 휘두르며 사회 전체를 죽음의 수용소로 만든다. 이 작품 속 인물들의 생명을 가치와 무가치로 판가름하는 기준은 정치적인 것이며, 정치적인 과정에서 생명 정치는 죽음의 정치로 뒤바뀐다. 죽음의 수용소는 또 다시 정치적 공간으로 변한다.

눈감고 아웅 하는 식으로 이따위 서푼짜리 연극도 이제 다시 저들에게 먹혀들지 않을 것은 당연한 이치였다. 아니, 지금도 안심할 수는 없는 것이다. 허지우는 강기수의 시체에 대고 아낌없이 셔터를 눌러대던 민경진의 모습이 다시 떠올랐다. 그리고 이런 실수가 자주 일어나느냐며 여유작작한 기색으로 묻던 모습도 떠올랐다. 분명 민경진은 강기수의 죽음 그 자체를 우연이 아니라 조작된 음모의 결과라고 생각하는 것이다.[12]

위의 인용문에서 보듯이 인물들의 생명은 단순한 자연 생명이 아니라, 죽음에 노출된 생명 즉 정치적인 생명이다. 이들은 살해 가능한 생명, 바로 죽음의 가능성 그 자체를 통해 정치화되는 생명이라는 것을

---

11 조르조 아감벤, 앞의 책, 245면.
12 리지명, 앞의 책, 314면.

보여 준다. 인물들은 서로가 서로에게 포섭되어 있는 것 같으면서 배제되어 있다. 무조건적인 죽음에 자신을 맡김으로써만 정치적으로 될 수 있는 것이다. '고난의 행군'이라는 국가의 분해 상태에서 누구에게라도 어떤 일을 행할 수 있는 살해 가능한 주권에 의해서 인물들은 일종의 추방된 자, 호모 사케르가 된다. 정상적인 국가의 경제 질서가 무너지고, 아편 밀매라는 비정상적인 방법을 통해 유지되는 국가는 이미 국가로서 해체되고 분해되었다고 할 수 있다. 국가가 분해되고 인물들은 더 이상 짐승과 구별되지 않는 죽음의 영역 속으로 들어간다는 것은 예외상태로 간주된다.

작품에서 무력 인민 검찰이라는 군대 조직의 최고위 권력자를 제외한 모든 인물들은 죽음에 노출되어 있다. 무력 인민 검찰의 지시에 따라 아편 밀매를 지시한 리영식이나 그의 지시에 따른 한태규, 강기수, 장신미 또 그들과 관련된 인물들은 누구든지 그들을 죽여도 살인죄로 처벌받지 않는다. 그들은 실존 전체가 모든 권리를 박탈당한 '벌거벗은 생명'이며, 끊임없이 도망치거나 제3의 영역을 찾지 않는 이상 살아남을 수 없다.

동생의 죽음을 믿기 어려운 듯 시신에 엎드려 울고 있는 여자, 마치 자기의 수족처럼 마음대로 부리고 생각나면 주무를 수 있었던 여자, 언젠가는 기르던 개처럼 죽일 수도 있었던 그 여자와 자기는 이제 와서 생각해보면 아무런 차이가 없었다.[13]

---

13 위의 책, 354면.

앞의 인용문은 거의 마지막 서사에 해당되는 부분으로, 아편 밀매의 총책임자인 리영식이 굴욕감, 두려움과 공포로 인해 모든 의식과 인격을 제거해버림으로써 결국 절대적인 무기력 상태에 이르게 됨을 보여준다. 그는 동료들과 마찬가지로 한때 자신이 속해 있던 정치적·사회적 조직에서 배제되었을 뿐만 아니라 아편 밀매의 총책임자로서 조만간 죽게 될 운명이다. 그는 이미 본능적인 것과 동물적인 것도 남아있지 않았다. 그의 이성과 함께 모든 본능은 소멸되어 버렸다. 그는 결국 자신이 마음대로 부리던 수하 장신미와 함께 죽음의 골짜기로 버려진다.

여기서 리영식의 정치적 신체와 자연적 신체의 구분은 사라지며 두 신체는 철저히 하나로 통합되어 버린다. 통합된 신체로서 공적이지도 사적이지도 않은 그의 생명은 정치적인 생명이다. 그는 생물학적인 신체와 정치적인 신체가 서로 일치하는 지점에 놓여있다. 그 양자는 서로 끊임없이 넘나든다. '고난의 행군'이라는 예외 상태에 있는 북한은 바로 인민에게는 수용소로서 현존하며 순수하고 절대적이며 초월 불가능한 생명 정치적 공간이다. 즉 북한은 아우슈비츠의 수용소로 대표되는 전체주의적 정치적 공간의 숨겨진 패러다임의 한 축을 형성하고 있다.[14]

---

14 아감벤은 아우슈비츠 수용소 수감자들이 모든 정치적 지위를 박탈당하고 완전히 벌거벗은 생명으로 축소되어 있는 한, 수용소는 실현된 적이 없었던 가장 절대적인 생명정치적 공간으로서 거기서 권력은 바로 순수한 생명과 어떤 매개물도 거치지 않고 마주치게 된다는 것이다. 그것은 정치가 생명정치가 되고 호모 사케르와 시민이 구분되지 않게 되자마자 수용소가 정치 공간의 패러다임 그 자체가 패러다임으로 된다는 것이다. 조르조 아감벤, 앞의 책, 323면.

4. 타자의 타자화

오리엔탈리즘은 주체와 타자라는 이분법으로 구성된다. 이때 주체
는 긍정적 가치를 지닌 존재로서 합리성, 평등성, 자유와 동일시되는
반면, 타자는 자아가 받아들일 수 없는 모든 것, 즉 비합리성, 방탕함,
이국적 특성과 동일시된다. 오리엔탈리즘적 메커니즘은 서양 문화에 있
는 부정적인 측면을 모두 아시아적인 것으로 간주하는 기제로 작동했
다. 아시아나 아프리카는 서양의 타자이면서 이방인이다. 이런 타자는
분노의 대상으로 이해되면서 동시에 불안정한 구성원의 자격이나 불안
함, 취약함, 오점으로 특징짓는다. 바우만의 표현에 의하면 아시아적인
삶은 넘쳐나는 잉여로서 '쓰레기 같은 삶'의 전형, 벌거벗은 생명 호모
사케르가 된다.

양석일은 루이 알튀세르의 이데올로기적 국가기구(검찰, 군경 등)나 이
데올로기적 국가 장치를 규범역학이라는 용어를 사용해 설명한다. 이데
올로기적 국가기구와 장치로 형성된 헤게모니적 규범과 규칙을 통해 국
가는 개인을 규율화하고 개인성을 억압한다는 알튀세르의 말을 인용, 국
가가 독점하는 합법적 폭력, 자본주의적 초과 착취, 상징적 동일성의 구
성에서 나타나는 상징적 폭력 등은 구조적 폭력의 대표적인 세 가지 형
태라고 했다.[15]

양석일의 『어둠의 아이들』에서 동양의 전통적 이데올로기인 효는 국

---

15 양석일, 『뉴욕 지하 공화국』, 일본강담사, 2007, 16면.

가적 통치 기술에 의해 아이들을 규율화하고 억압하는 장치로 작품의
주요 기제로 사용된다.

아저씨가 무슨 말씀을 하시는지 잘 알겠지? 이 년 전에 야이룬 언니도 가
족을 위해서 돈 벌러 갔단다. 야이룬이 번 돈 덕분에 이렇게 냉장고도 텔레
비전도 살 수 있었어. 마을 사람들 모두 부러워하지. 효성 지극한 딸이 있으
니 행복하다고 말이야. 너도 언니처럼 효도할 때가 온 거야?[16]

위의 인용문에서 보여주는 것처럼 아이들의 착취조차 국가적 규범, 효
라는 작동 기제를 통해 아이들을 규율화하고 억압함으로써 국가, 부모,
이웃까지 폭력이 합법화되는 사회구조를 보여주고 있다. 이런 사회 전체
의 합법화된 폭력 앞에서 아이들의 정신과 몸은 훼손된다. 아이들은 살
아 있지만 폭력으로 인한 공포와 비굴 속에서 인간적인 이성은 사라지고
동물적인 감각에만 지배당한다. 아이들은 자본주의적 착취 고리와 국가
적 규범, 효에 의해서 구조적으로 희생물이 된 호모 사케르이다. 유독 아
시아 영역에서만 가능한 이런 아이들에 대한 구조적 폭력은 서양인에 대
한 하위 주체로 호명된 아시아인 스스로의 타자에 의한 타자화이다.

방콕에는 아동매매춘을 하고 있는 업소가, 알려진 곳만 해도 열 군데가
됩니다. 이들 업소는 호텔이기도 하고, 음식점이기도 하고, 일반 주택이기
도 합니다. 팟퐁가와 스리힌가가 교차하는 북측 도로로 들어가면 작고 낡

---

16 양석일, 『어둠의 아이들』, 문학동네. 2010, 13면.

은 호텔이 있습니다. 이 호텔에는 유럽인이 숙박하고, 타이인이나 아시아인은 경계하며 들여다 보내주지 않습니다. 우리도 몇 번인가 갔지만 들어 갈 수 없었습니다. 호텔 지하실에는 열두세 명 정도의 아이들이 감금되어 있는 것 같습니다.[17]

위의 인용문에서처럼 동양의 한 영역인 태국의 아동매춘을 하는 호텔에서조차 아시아인은 차별화된다. 아시아인을 불안함, 취약함, 오점으로 인식하는 서양의 오리엔탈리즘에 의해서 동양인 스스로가 아시아인을 타자화하는 것이다. 이것은 동양인 주체의 타자화에 다름 아니다. 주체의 타자화는 자기 스스로에 대한 부끄러움, 수치, 자기 경멸, 그리고 오역질 등으로 드러난다. 주체의 타자화, 자신의 존재에 대한 불신은 바로 타자의 타자화로 이어진다.

『어둠의 아이들』, 『삶은 어디에』는 이런 타자화를 가장 잘 드러낸 작품이다. 인간의 사물화는 타자화를 가장 잘 드러내는 방식이다. 서양인과 차별화된 동양인을 모자람, 취약함으로 표상화한 서양인의 인종차별주의적 시선은 바로 아시아인의 시선이 된다. 『어둠의 아이들』에서 보여주는 아동에 대한 성적 학대는 취약한 아시아인, 여성, 아동을 동궤에 넣고 그들을 모자람, 불완전함, 비존재로 표상한다.

케이코가 센터에서 일한 삼 년간, 행방불명되었거나 팔려간 아이는 백 명도 넘지만, 지금도 행방을 밝혀 낼 수 없다. 부모들도 말하지 않지만, 알아

---

17 위의 책, 72~73면.

낸다 하더라도 조사할 수가 없는 것이다. 그러는 와중에 아이들은 어딘가로 끌려가, 완전히 소식이 끊겨버린다. 팔려 간 아이는 사회적으로 말소되어, 이 세상에 존재하지 않는 아이를 찾는다는 것 불가능에 가깝다.[18]

위의 인용문에 나타난 것처럼 일본의 NGO에서 활동하고 있는 작중 화자는 어디에도 찾을 길 없는 행방불명된 팔려간 아이들을 통해 국가라는 공간 질서 속에서의 예외, '법적으로 텅 빈' 시공간적 무법천지를 지적하고 있다. 돈이 국가의 법보다 우선순위인 자본주의 국가에서 법은 국가라는 상징적 존재일 뿐이다. 이 행방불명된 팔려 간 아이들은 법으로부터 버림받은 것이며, 생명과 법, 외부와 내부의 구분이 불가능한 비식별역에 노출되어 위험에 처해 있다. 아감벤에 의하면 고대 게르말에서 유래된 '추방된' 혹은 '배제된'이라는 말은 '도망가게 내버려 두다'라는 의미를 동시에 지니고 있어, 생명을 내버림으로써 생명을 자신의 추방령 속에 끌어안는다는 데 있다고 했다.[19] 그래서 비식별 영역은 폭력이 법으로 이행하고 법이 폭력으로 이행하는 경계로 탈영역화된 지점이라고 했다. 그러나 이 서사에 나오는 주체 의식을 가지기 전 아동들을 대상화했다는 점에서 탈영역화된 지점이라기보다는 타자의 타자화가 일어나는 지점이다.

태국의 국경 지역에서 어린 아이들의 인신매매, 장기 판매를 업으로 하는 '충'이라는 인물은 자신도 어머니에게 버려져, '거리의 아이'로 살아가면서 바퀴벌레로 연명하고, 백인 남성에게 비역질을 당하며 살아

---

18 위의 책, 65면.
19 조르조 아감벤, 앞의 책, 79~89면.

온 인물이다. 배고픔은 폭력이나 죽음보다 더 큰 절망이라는 것을 깨달은 충은 배고픔의 공포를 아이의 몸에 새겨 넣어야만 유순한 아이로 길들일 수 있다는 타자로서 타자를 괴롭히는 폭군이다. 타자의 주체성은 주체와 동일화될 때만이 아니라 다른 타자와 동일화될 때도 사라져 버린다. 주체의 사라짐은 세계와의 타협과 다름 아니다. '충'은 자본주의의 가장 타락한 방법을 선택, 아이들의 성적 학대의 장본인으로 타자의 타자화에 앞장서는 인물이 될 수밖에 없다.

『삶은 어디에』 역시 1994년도 김일성의 사망, 이어지는 홍수와 가난, 식량 부족으로 인해 행해졌던 '고난의 행군'이 이데올로기적 국가 기구에 의한 통치 수단으로 인간을 어떻게 '벌거벗은 생명'으로 내모는가를 잘 보여준 작품이다. 즉 통치 수단이 된 '고난의 행군'에 의해서 인민의 살인 행위가 정당화됨을 내용으로 하고 있다. 군부대 외화 벌이라는 명목으로 자행되는 아편 밀매라는 범죄행위조차 국가 기구에 의해 합법화됨으로써 북한에서는 규칙은 적용되지 않고 예외만이 합법화된다. 경제적 토대가 무너진 국가는 이미 분해 상태이다. 북한의 전 인민은 '벌거벗은 생명'이다. 국가라는 주권은 누구에게라도 어떤 일을 행할 수 있다. 즉 국가가 분해되고 인간들이 더 이상 짐승과 구별되지 않는 어떤 영역, 범죄 집단으로 들어간다는 면에서 이것은 완전히 예외상태와 일치하는 것이다.[20]

북한의 인민은 모두 추방된 자이다. 추방된 자는 자신의 분리된 상태 그 자체로 넘겨지는 동시에 자신을 내버린 자의 자비에 위탁된다. 북한

---

20 위의 책, 219면.

이라는 체제 내에 인민의 살해 가능성을 현실적으로 작품화 시킨 것이 바로 『삶은 어디에』이다. 북한은 국가 사회주의 하의 통치 방법을 통해 사적인 것으로 간주되던 생명에 이르기까지 모든 것을 정치화한다. 예를 들면 이 작품의 중심인물인 중대 정치지도원 한태규는 아편 밀매에 깊숙이 관여한 인물로, 중국에 의해 아편 밀매가 발각되고, 인민무력부 검찰에 의한 조사가 시작되자 자신의 개인적 원한을 정치화해 살인하려는 인물이다.

한태규는 사랑하지는 않았지만 미모에 이끌린 여성과 결혼한 지 한 달 만에 부하 하사관에게 아내가 겁탈당하는 사건으로 큰 충격을 받는다. 그로 인해 그는 아내를 겁탈한 하사관, 그 사건을 일러 재판에 회부하여 자신을 난처하게 한 병사, 그런 곤혹을 겪게 한 아내까지 모두를 증오한다. 아내를 친정에 보낸 후 임신 사실을 알고도 모른 체 하며 세월을 보내던 어느 날 그는 또 다시 충격적인 보고를 받는다. 아내가 재혼을 한다는 것이었다. 더군다나 그 신랑은 기가 막히게도 그 사건을 상부에 보고해 자신을 곤혹에 빠뜨렸던 자신의 부하 병사였다. 그는 그 이후 복수의 화신이 되어 그 부부를 살해할 방법을 모색한다. 그러던 중 아편 밀매가 발각되자, 아내와 결혼한 부하 병사를 아편 밀매자로 만들어 살해하려는 것이다.

한태규라는 인물은 전형적인 가부장제의 남성우월주의자로서 자신의 명예 혹은 자존심을 내세우는 것을 중요시 하는 인물이다. 즉 사건에 대한 합리적 판단보다는 자신이 입은 개인적인 상처만을 부각하는 인물이다. 명예나 자존심만 가득 차 있을 뿐 진정한 자신은 없다. 스스로에 의해 스스로가 소외된 인물이다. 자기 소외는 결국 자신 속의 타자를 끌어안을 수 없다. 자신 속의 타자를 소외시킴으로써 자신 바깥에 있는 타자, 아내 혹은 적대자를 포용할 수 없다. 한태규는 타자를 타자화하는 인물이다. 여기서 한태규의 타자의 타자화는 재혼한 아내와 부하 병사의 자연 생명을 정치적인 것과 일치시킴으로써 이루어진다. 자연적인 인간의 생명을 정치적인 것과 일치시킴으로써 한태규를 둘러싸고 있는 현실은 정치적인 공간으로 바뀌며, 수용소로 변모된다. 아감벤은 근대 민주주의는 성스러운 생명을 산산조각 내어 모든 개인들의 신체 속으로 산포시키고 그것을 정치적 갈등의 쟁점으로 만들었다고 말한다.[21]

5. 나가는 말

오리엔탈리즘은 주체와 타자라는 이분법으로 구성된다. 이때 주체는 긍정적 가치를 지닌 존재로서 합리성, 평등성, 자유와 동일시되는 반면, 타자는 자아가 받아들이지 않는 모든 것, 비합리성, 방탕함, 이국적 특성과 동일시된다. 오리엔탈리즘적 메커니즘은 서양 문화에 있는 부정적인 측면을 모두 아시아적인 것으로 간주하는 기제로 작동했다. 아시아나 아프리카는 서양의 타자이면서 이방인이다. 이런 타자는 분노의 대상으로 이해되면서 동시에 불안정한 구성원의 자격이나 불안함, 취약함, 오

---

21 위의 책, 244면.

점으로 특징짓는다. 아시아적인 삶은 넘쳐나는 잉여로서 '쓰레기 같은 삶'의 전형, 벌거벗은 생명, 호모 사케르가 된다.

흑인이나 아시아인은 스스로를 흑인이나 아시아인으로 귀속시키기보다는 서양인과 같이 사고하고 행동함으로써 백인이 되기를 열망한다. 그런 사고 구조 속에서 자연스럽게 흑인이나 아시아인은 자신들 혹은 자신들의 몸을 열등한 몸으로 억압, 부끄럽고 수치스런 존재로 생각한다. 아시아인이 자신을 타자화함으로써, 그들은 인간의 존엄성을 잃게 되고 이는 결국 타자의 타자화로 이어진다. 인간의 인간에 대한 존엄이 사라지면 생명은 결국 '벌거벗은 생명'으로 위험에 처하게 된다. 생명의 위험은 존재의 불안을 가져오고, 존재의 불안은 폭력을 불러온다. 이런 의식은 국가적 폭력으로 발전한다. 거대한 권력의 폭력은 모든 사회에 스며들어 폭력을 행사하고, 그 폭력은 질서라는 이름으로 합리화된다.

아시아인이 스스로를 머리가 나쁘고 쓸모없으며 게으르고 지저분한 이미지로 인식하는 것은 서양인에 의해 만들어진 가치 기준에 의해서 열등함으로 왜곡 확대하는 것이다. 이런 동양인의 열등하다는 의식은 결국 탈중심화로 이어지며 자신의 타자화에서 타자의 타자화로 연결된다. 동양인으로서 억압받는 신체는 자신의 생명뿐만 아니라 타인의 생명까지도 경시하는 '쓰레기 같은 삶' 혹은 '벌거벗은 생명'을 자초하는 타자화를 그대로 드러낸다. 『삶은 어디에』와 『어둠의 아이들』은 아시아적 신체가 어떻게 타자화되며, 호모 사케르가 되어가는가를 잘 보여주는 작품이다. 실지 일본 NGO의 자료를 바탕으로 작품화한 『어둠의 아이들』은 전 지구적인 자본주의 확산으로, 국가가 독점하게 된 합법적 폭력과 자본주의의 초과 착취 등 구조적 폭력이 그 중심에 있다. 그러한 구조적 폭력 아래 대상화된, 헐벗고 굶주린 길거리에 버려진 아이들은 인간도 짐승도 아닌 추방된 자이다. 인간과 짐승 사이 비식별역, 늑대인간 즉 늑대로 변한 인간이자 인간으로 변한 늑대이다. 이런 예외상태는 국가의 위기 상태, 즉 『삶은 어디에』서처럼 북한의 1990년대 '고난의 행군'이라는 명목 아래 짐승과 같은, 죽음조차 불사해야 하는 상태나 『어둠의 아이들』의 배경이 되는 국가의 법이나 권력이 미치지 못하는 국경 지역에서 일어난다. 북한이라는 체제 내에 인민의 살해 가능성을 현실적으로 작품화시킨 것이 바로 『삶은 어디에』다. 북한은 국가 사회주의 하의 통치 방법을 통해 사적인 것으로 간주되던 생명에 이르기까지 모든 것을 정치화한다. 두 작품에서 인물들은 죽음의 소도구일 뿐이다.

탈북 여성 이주 소설에 나타난
혼종적 정체성

강영숙의 『리나』를 중심으로

1. 공간의 정치학

1950년 말 중국의 대약진 운동, 1990년대 중반 북한의 '고난의 행군', 2000년대 초반 짐바브웨의 대기근 같은 사건들은 독재 정권이 빚어낸 참극으로 꼽힌다. 보건사회연구원은 북한 어린이 두 명 중 한 명 꼴인 220만 명이 영양 결핍으로 성장 장애를 겪고 있다는 보고서를 냈다. 이 중 1만 8,000명은 생명이 위태로울 만큼 심각한 영양 결핍 상태에 있다.[1] 굶주린 북한 주민들은 생존을 위해 탈출할 수밖에 없다. 그러나 그들은 정착하지 못하고 떠돌 뿐이다.

---

[1] 「굶주림과 독재정권」, 『조선일보』, 2012.3.27.

"아니 거기 말고, 우리가 탈출한 곳, 아직도 다들 그렇게 배고프니?" 리나
는 이제야 떠나온 곳 소식을 물었다. 지금도 여전히 그곳은 늘 배가 고픈 사
람들로 넘쳐나지. 많은 사람들이 국경을 넘기 위해 혈안이 되어 있어. 우린
복도 많지![2]

『리나』는 탈출 성공 이야기가 아니다. 탈출해서 정착에 성공한 사람
들보다 북한을 탈출한 더 많은 사람들이 국경을 떠돌고 있다. 탈출 이
야기는 남자들의 이야기보다 여자들의 이야기가 대부분이다. 이는 전
지구적 자본주의 모순에 섹슈얼리티 문제까지 이중적 모순이 여성의 몸
으로 체현되기 때문이다. 탈북 이주 여성이야말로 현대의 모순을 몸으
로 체현하는 자들이다.

『리나』는 국경을 탈출하는 서사라기보다는 국경을 떠도는 유령의 서
사이다. 국경을 넘나드는 수난의 서사는 북한 사람들의 탈출이 끝나지
않는 한 끝나지 않는 이야기다. 작품 속의 세라자드 에피소드는 바로 끝
나지 않는 반복을 상징적으로 보여주고 있다. 리나는 국경과 국경을 넘
나들면서 전 지구적 자본주의의 모순과 여성적 젠더 수행을 몸으로 체현
하는 인물이다. 리나는 국경과 국경 사이의 제3의 공간에 떠도는 유령
같은 인물이다. "탈출이란 것이 이제 늘 옆구리에 끼고 다니며 투석하지
않으면 안 되는 혈액이 든 비닐 주머니로 느껴졌다"[3]고 이야기할 정도로
리나는 국경과 국경을 넘기 위해서만 존재할 뿐이다. 어느 지역에 일상
적인 삶의 처소에 거주하는 인물이 아니다. 리나는 세계에 속해 있으면서

---

2 강영숙, 『리나』, 문학동네, 2011, 265면.
3 위의 책, 121면.

도 세계 속에 없는 인물이다. 리나는 신분증도 거주증도 없다. 법적 구속은 브로커들을 속이기 위한 방편으로만 필요하다. 리나는 이질적인 세계 속에서 열려 있는 것 같으면서 닫혀있는 세계에 살고 있는 인물이다.

탈북민 소설은 역사소설의 거대 담론에서 혹은 일반 소설의 미시 담론에서 배제되었거나 누락된 존재들을 복원하는 작업에 주력한다. 해외에 체류하고 있는 탈북자들은 난민이나 망명의 처우를 받지 못한 채, 인권의 사각지대에 놓여있다. 탈북자들은 넘쳐나는 잉여로서 바우만의 표현에 의하면 자본주의의 주변에서 '쓰레기의 삶'의 전형이 되고 있다. 한편으로는 자본주의화에 의한 그 생존 조건이 서비스 산업에 필요한 노동력과 섹슈얼리티로 구성되는 보충제로서의 역할로 전락한다. 이주의 동기인 적극적 주체로서의 삶이 보장되지 못하는 실정이다.

국경을 넘는 탈북 여성들은 근대적 시간의 발전 단계를 공간성 차원에서 경험한다. 그녀들은 '미결정적'이고 '불확정적'인 존재로서 호미 바바가 이야기하는 '혼종적' 혹은 '제3의 공간'에 자리하고 있다.[4] 즉 탈북 여성들은 어떤 단일한 정체성을 고유하는 특정 장소에 속해 있는 것이 아니다. 그들은 탈영역화 되어 있거나 '제3의 공간'에서 다양한 문화적 정체성들을 접속시키거나 교섭시키고 있으며 또 단일한 민족국가의 본질적 토양이 아니라 이질성과 다양성의 자기화 과정을 수반한다는 것이다.[5] 이수자는 이주 여성들의 젠더 역할 및 정체성 변형 능력 혹은 행위자성이 그들의 삶의 위치, 장소의 이동 및 변화의 밀접한 관련을 맺

---

4   소영현, 「마이너리티, 디아스포라」, 『여성문학연구』 제22호, 2009.12, 72면.
5   이현재, 「여성의 이주, 다층적 스케일의 장소 열기 그리고 정체성 저글링」, '"타자" 다시 위치 짓기' 이화여자대학교 탈경계인문학 연구단 국제 학술대회, 2009.9.4, 14면.

고 있음을 보여준다.[6]

　여기서 행위자성은 약한 의미 즉 자신이 관계 맺고 있던 기존의 장소성을 새로운 상황과의 연관 속에서 병렬시키고 중첩시키며 때로는 수정하는 능력을 의미한다. 즉 그들은 지구적 혹은 민족적 스케일과 관련된 다층적 사회구조들을 매개하는 자들이다. 이 과정에서 특정한 장소를 여타의 다양한 스케일의 사회적 관계들에 접합시킴으로써 그 장소에 지배적이던 사회구조를 해체한다.[7] 국경과 국경 사이, 죽음과 삶, 인간과 유령 사이의 삶을 살고 있는 리나는 자신의 위치에 맞는 삶의 변형이 필요하다. 즉 기존 가족 개념의 변경이다. 이는 자기화 과정을 거쳐 주체적으로 변모된다. 아버지는 자신에게 관심도 없고, 어머니는 자신을 구박한다. 리나는 가족을 떠나기로 한다.[8] 가부장적 가족의 타자적 위치에서 자신이 가족의 중심이 되는 주체적인 위치로 변모한다. 그리고 대안적 가족을 만들기까지 한다. 이러한 리나의 행위는 자신이 국경을 떠돌 수밖에 없는 운명임을 감지하고, 자신의 새로운 정체성을 형성하기 위한 것이다. 즉 떠돌이 생활에 알맞은 가족 구조로 재배치한 것이다. 국경을 떠돌면서 생존에 필요한 전직 가수와 자신의 또 다른 타자인 삐, 자신과 자매적 사랑을 나누는 봉제공장 언니를 가족으로 한 대안적 가족이다. 이 가족은 국경을 떠돌면서 최소한의 생존을 위한 가족 구조를 유지한다. 나이가 많아 더 이상 가수로 활동할 수 없는 전직 가수,

---

6　이수자, 「이주여성 디아스포라, 국제성별분업, 문화혼종성, 타자화와 섹슈얼리티」, 『한국 사회학』 38권 2호, 2004, 193면.

7　이현재, 앞의 글, 22면.

8　이수자는 집은 인종차별주의, 성차별주의, 모든 사회적 모순의 집합체로 보고 있다. 여기에서 리나가 국경을 넘어옴으로써 집을 떠났고, 스스로 가족을 떠남으로써 새로운 의미를 창출할 수 있는 가능성을 보이는 인물이다. 이수자, 앞의 글 참조.

가족이 누군지 모르고 떠도는 거지인 반벙어리인 삐, 남편에게 버림받은 봉제공장 언니는 가부장적 가족 속에서 버림받은 리나와 다를 것이 없는 인물들이다. 그들은 서로를 위로하며 자신들의 삶을 일궈나간다.

리나는 국경을 넘어서는 순간부터 인신매매단의 덫에 걸린다. 모든 삶의 가치가 돈으로 환산되는 인신매매단에게 리나는 16세의 꽃다운 황금 가치를 가진 여성이다. 인신매매단을 통해서 팔리고 되팔리는 과정을 통해 리나는 자본주의의 물화 과정을 몸으로 체현하며 스스로가 자본주의의 가치를 실현하는 전도사로 변모한다. 낮에는 화학약품 공장에서 강도 높은 노동을 강요받는 유배지와 같은 일상을 견뎌야 하고 밤에는 16세의 나이로 성폭행을 감당해야 하는 생활 속의 섬뜩한 초상에 일탈의 꿈이 들어설 자리는 어디에도 없다. 공장장에게 수면제를 탄 죽을 먹게 하고 화학약품 기계로 갈아서 자취도 없이 죽이는 것은 현실의 막막함으로부터 도망쳐간 막다른 길임을 보여준다.

리나는 국경을 떠돌면서 국가, 민족으로부터 탈영역화 하면서 자본주의의 논리가 지배 구조가 된 인신매매단의 행동 양식을 자기 것으로 만든다. 그러나 인신매매단의 살인, 폭력과 구별되는 리나의 행위를 추동하는 근원에는 폭력적이고 파괴적인 현실 앞에서 어찌할 수 없다는 막막함이 자리하고 있다. 세계의 폭력과 무관심이 16세의 꽃다운 청춘을 어떻게 파괴하고 있는지를 폭력과 살인, 인신매매가 난무하는 국경이라는 특수한 장소를 배경으로 하여 보여준다.

리나는 매일 팔려만 다니던 주제에 돈 주고 사람을 사는 일당 중의 한 명이 되어 있다는 사실에 새삼 놀라워 입술을 물었다.[9]

앞의 인용문에서 리나는 처음 탈출할 때 갖고 있던 최소한의 욕망, 즉 새 신발을 사고 싶다든가, 대학생이 되고 싶다는 근원적인 자유에의 욕망이 자본주의적 사회를 만나면서 어떻게 제한되고 왜곡되는지를 보여주고 있다. 리나가 접하고 있는 경제적·공간적 다양한 요소들에 의해 굴절되고, 리나의 무의식적 욕망이 요동치면서 새로운 관계를 형성하고 있다.

2. 탈영토화된 언어

『리나』에서 가부정적 남성중심의 가족을 벗어나, 버려져서 더 이상 갈 데가 없는 '쓰레기 같은 인간', 타자들을 모아 새로운 대안 가족을 형성하는 것은 중요한 의미를 지닌다. 한때 창녀촌 시링에서 각광을 받던 전직 가수가 더 이상 노래를 부를 수 없게 되자, 리나가 자신이 그동안 모은 돈을 몽땅 써서 데리고 온 것이나, 화학약품 공장에서 모자라고 반 벙어리라서 언제나 폭력의 대상이 되는 말이 통하지 않는 '삐'를 죽을 때까지 끼고 다니는 것은 지배 이데올로기에 의해서 구조화된 공식적 언어로 소통하지 않고 탈영역화된 언어, 다른 언어로 소통하겠다는 의미를 지닌다. 말이 통하지 않는 외국 생활이지만 리나가 삶을 영위하기 위해서는 최소한의 소통은 필요한 것이다.

---

9 강영숙, 앞의 책, 248면.

오늘날에는 많은 사람들이 모국어가 아닌 언어로 생활하지 않는가? 또는 많은 사람들이 모국어를 아예 모르든지 또는 아직 못 배운 상태에 있지 않은가? 그런가 하면 그들이 사용할 수밖에 없는 언어를 제대로 아는 사람들은 얼마나 있는가? 그것은 이주민들, 그들의 2세들의 문제이다. 그것은 소수 집단들의 문제이다.[10]

원래 언어는 특정한 체제의 소산이며, 이데올로기를 담고 있고, 바로 그런 의미에서 권력이자 상징자본이다. 언어의 사용은 사회적 존재로서 능력을 갖는 것, 그리고 그 능력을 사회 안에서 운용하고, 소유하는 가능성을 가지는 것을 의미한다. 그러나 그 민족으로부터, 그 사회에서 밀려난 소수자들은 언어를 빼앗긴 자이다. 인용문에서 들뢰즈가 이야기 하는 소수문학은 소수 언어의 문학이 아니라 다수의 언어 속에서 이데올로기나 유기성, 획일적 사유로 더럽혀지지 않는 반유기적 구성을 가진 언어를 사용하는 문학을 말한다.

리나는 국경을 탈출한 소수민족이 아니라 혼자 생존을 책임져야하는 소수자이다. 그녀는 국경을 벗어나자 부모로부터도 탈출한다. 리나의 모국어는 더 이상 누군가와의 소통을 위한 언어가 아니다. 리나는 자신의 언어 안에 이방인처럼 존재한다.[11] 그것은 늑대나 개가 짖는 소리와 마찬가지로 비정상적인 이상한 소리일 뿐이다. 리나가 화학약품 공장을 탈출하면서 말이 어눌한 반벙어리인 삐를 끝까지 챙기는 것은 탈영토화된 언어를 통해 서로가 공감대를 갖기 때문이다. 또 목소리는

---

10 들뢰즈·가타리, 조한경 역, 『소수 집단의 문학을 위하여』, 문학과지성사, 1992, 38면.
11 위의 책, 52면.

잃었지만 전직 가수가 가는 곳마다 여는 작은 음악회는 주춤거리면서 머리를 들이미는 언어, 탈영토화된 소리라는 점에서 동일하다.[12] 음악가가 만들어내는 비정상 소리나 노래가 야기하는 울림은 공식적인 언어와 변별되는 탈영토화된 언어이다. 또 뻬를 더듬거리며 겨우 말하게 함으로써 비정상적인 울림을 만들어 낸다. 더듬거리는 언어는 문법 체계에서 벗어난 언어이자, 청각적이고 시각적인 언어로 사회적 소수자의 대표적 언어이다. 리나와 전직 가수, 뻬, 봉제공장 언니는 언어의 제3세계 지역, 몸이나 피부 접촉을 통해 새로운 언어, 탈영역화된 새로운 소통구조를 만들어낸다.

리나가 언어를 통해 자기 자신과 일체화할 수 없는 이상, 리나의 정체성은 혼돈에 빠진다. 그녀는 다른 언어로 더듬거리며 겨우 말함으로써 비정상적인 울림을 만들어낸다. 말을 더듬거리게 함으로써 문법체계에서 벗어난 탈영토화된 언어를 사용한다. 자신의 모국어를 말할 수 없는 자의 세계는 혼돈의 세계이다. 리나가 만나는 현실은 서로 모순되고 대립되는 개념들이 혼재하는 세계이자, 우연과 부정적 세계가 반복되는 세계이다. 지금 / 여기라는 공간은 전지구적 자본주의가 점유하여 하나의 질서가 되었지만 끊임없는 자기모순으로 혼돈의 현실을 만들어낸다. 모국어를 잃어버린 리나는 자신의 언어 안에서 이방인처럼 존재한다. 유일하게 사용되는 언어라고 하더라도 언어는 역시 엉길 수밖에 없고, 분열을 드러내는 반죽일 수밖에 없으며, 광대의 누더기일 수밖에 없다.[13]

12　위의 책, 51~54면.
13　위의 책, 51~54면.

리나는 술을 마시지 않으면 들어올 수 없다던 동네 입구로 가 저 아래쪽 언덕길을 내려다보며 울었다. 엄마를 부르고 싶었지만 부르지 않았다. 리나는 네모반듯한 남자의 얼굴을 평생보고 평생 알아들을 수 없는 두 음절의 단어만 들으며 살다가, 축일에 아이를 낳고 자기가 낳은 아기를 자기 손으로 죽이는 게 삶이라면 그냥 여기서 살 수 있겠다고 생각했다.[14]

위의 인용문에서 보듯이 자신을 정체화할 수 없는 혼종성 가운데, 분열적 주체는 욕망을 생산하고 소비하며, 욕망의 흐름과 절망을 체험한다. 이런 정신분열증 상황 속에서 가족 혹은 엄마의 품으로 돌아가야 하지만 리나는 오히려 가부장적 질서 속에서 여자라는 이유로 냉대를 받은 체험으로 가족을 떠남으로써 욕망의 흐름을 자유롭게 한다. 삶의 막막함이 도덕적 무감각을 가져오게 하고, 도둑질이나 살인행위까지 무한대의 욕망으로 질주한다. 리나는 배타적 민족주의에 의해서 만들어진 국경이라는 공간을 품고 있는 고통이 육화된 개인인 동시에 전지구적 자본주의 하에서 하위 주체로 호명될 수 있는 주체가 갖추어야 할 요소들의 집합체이다. 국경을 떠돌 수밖에 없는 비극적 상황을 몸으로 체현하고 반복하는 과정에서 구조화된 폭력을 드러낸다.

탈영토화된 언어는 피부와의 접촉을 통해서 세계와의 만남을 주선한다. 그것은 자신 속에 새로운 활기를 주고 스스로 변별화하여 새로운 우주를 창조하는 욕망의 세계를 열어주기 때문이다. 『리나』에서 리나는 욕망을 생산하는 인물이다. 토착화된 영토들에서 여자와 남자가 아니

---

14 강영숙, 앞의 책, 67~68면.

라, 여자와 여자(리나와 봉제공장 언니), 여자와 중성 인물(리나와 삐)과 접
속하면서 욕망을 생산해낸다. 리나는 욕망을 생산하여 안주하는 인물이
아니다. 언제나 탈주선을 그린다. 그때에 욕망은 무한한 접속과 돌파구
를 통하여 탈영토화를 만들어낸다.

3. 신체의 양가성

호모 사케르 역시 희생물로 바칠 수 없음의 형태로 바쳐지며 또한 죽여도
괜찮다는 형태로 공동체에 포함된다. 희생물로 바칠 수는 없지만 죽여도 되
는 생명이 바로 신성한 생명이다.[15]

호모 사케르는 결국 법적 치외권자의 예외상태에 있는, 주권은 있으
나 법의 보호를 받지 못하는 자이다. 종교적인 영역과 세속적인 영역의
예외 상태에 있는 자이다. 이러한 이중적 예외는 이중적 배제의 구조이
자 이중적 포획의 주권적 예외의 경우와 같은 예이다. 이런 예외 상태
는 리나를 추방자로서 배제시키며 한편으로 국민이라는 이름으로 호명
한다. 리나는 국경과 국경을 떠돌며 인신매매단에게 쫓기고 되팔리는,
죽음의 상태로 내몰리는 '벌거벗은 생명'의 대명사다.

---

15 조르조 아감벤, 박진우 역, 『호모 사케르』, 새물결, 2008, 175면.

리나는 국가로부터 스스로 탈출했지만, 국가가 국민을 헐벗은 상태에서 돌봄을 포기한 상태이기 때문에 국가로부터 추방당한 자이다. 북한은 1990년 이후부터 '고난의 행군'이라는 명목 하에 인민들에게 고통과 인내를 감수하기를 바랄 뿐, 10년 이상 대책 없는 헐벗은 방치 상태에 국민을 버려두고 있다. 아감벤은 '추방된 자의 삶은 짐승과 인간, 배제와 포함 사이의 비식별역자이자 이행의 경계선, 이 두 세계 어디에도 속하지 않으면서 그 두 세계 모두에 거주하는 늑대 인간의 인간도 아니고 짐승도 아닌 삶이 바로 추방된 자의 삶이라'[16]고 했다.

　　몇백 년 전 빛나는 시대를 살았던 소수 민족들이 반은 인간, 반은 짐승의 모양으로 나무문틀 속에 갇혀 깊은 잠에 빠져 있었다.[17]

　　여기서 소수민족보다 더 못한 국경을 떠도는 유령들은 더더욱 인간 이하의 짐승이다. 리나나 봉제공장 언니는 자신들이 소속됐던 혹은 속하지 못한 사회의 다양한 경계들을 육체적으로 체현하며, 그들의 주위를 맴돌며 돈벌이의 꿈을 꾸는 남성들의 욕망과 상호작용하는 욕망의 집합체이다. 리나는 국경을 탈출한 탈북민 중에서도 남성들뿐만 아니라 다른 여성들과도 동등한 주권을 획득하지 못한다. 국경을 탈출한 22명 중에 리나의 부모님을 비롯한 다른 탈북민들은 모두 P라는 국가에 정착한다. 리나는 자본주의적 욕망의 가장 적절한 대상자, 16세인 처녀라는 것, '오만 가지의 탈출에 이골이 난'[18] 가장 신분적으로 낮은 하

16　위의 책, 215면.
17　강영숙, 앞의 책, 37면.

위 주체로 호명된다. 리나의 육체는 타인들과 함께 존재할 때 그것은 차별적 구조를 환기하는 '다름'의 표시가 되며 인간들 사이에 보이지 않는 권력구조를 현실화하는 장(場)이 된다. 벤티엄은 피부는 자아가 결정되는 장소로서 분리의 중심 메타포가 되었다고 선언한다. 이 경계에서만이 주체들이 서로 대면할 수 있다는 것이다. 그럼으로 경계와 접촉표면으로서 피부는 정체성이 형성되고 지정되는 장소로 규정될 수 있다.[19] 또 양지외는 피부는 무한 또는 절대적 타자와의 만남이 이루어지는 지평이며, 또 타인과의 교류의 최초의 장소이며 도구인 동시에 우리의 개별성의 보호체계로서의 피부라고 했다.[20]

위에 논의한 권력구조를 현실화하는 장으로서의 몸과 벤티엄이 제언한 절대적 타자와의 만남이 이루어진 장소로서의 피부는 몸 혹은 피부가 가지고 있는 양가적 측면이다. 아감벤이 지적한 '신체는 양가적 존재로서, 주권 권력에 대한 예속의 대상이자 개인적 자유의 담지자'[21]이다. 전자는 전 지구적 자본주의화 혹은 초국적 자본주의 사회에서 상품화된 몸이다. 아감벤이 지적한 것처럼 자본주의의 발전과 승리는 일련의 적절한 기술들을 통해 자본주의가 요구하는 이른바 '순종하는 신체' 혹은 '유순한 몸'을 산출해 낸 생명 권력의 규율적 통제가 없었다면 불가능했을 것이다.

리나는 탈출하고 내쫓기며 팔리고 되-팔리는 과정에서 다국적이고

---

18 위의 책, 308면.
19 벤티엄(Claudia Benthien)의 이 글은 이수안의 글을 재인용했다. 이수안, 「스킨 서핑으로서 결혼 이주여성 이미지」, '"타자" 다시 위치짓기' 이화여자대학교 탈경계인문학 연구단 국제 학술대회, 2009.9.4.
20 디디에 양지외, 권정아·안석 역, 『피부 자아』, 인간희극, 2008, 23면.
21 조르조 아감벤, 앞의 책, 245면.

무국적인 자본의 속성을 문자 그대로 '몸소' 체험하는 '밀려서 방황하는 존재'라고 해야 한다.[22] 자신의 몸이 어떻게 상품적 교환과 폐기를 반복하는가를 보여주며 그런 과정 속에서 또 자본주의의 타락된 윤리를 자신 속에 체화하기도 한다.

리나는 국경 탈출 후 인신매매단에 의해서 열악한 환경의 화학약품 공장으로 내몰려 단순 노동에 시달리면서 밤에는 공장장에게 지속적인 성폭행에 시달린다. '유배지'로 인식되는 화학약품 공장은 생물학적 신체와 정치적 신체 간의 구별 가능성, 그리고 침묵하는 것과 소통 가능하다고 말할 수 있는 것 간의 구별 가능성이 영원히 박탈된 공간이다. 이 공간에서는 굴욕감, 두려움, 및 공포가 자신으로부터 모든 의식과 모든 인격을 제거시킴으로써 결국 무기력 상태에 이르게 된다.[23] 리나가 화학약품 공장의 공장장, 네모반듯한 남자에게 수면제를 먹이고 분리기에 넣어 가루를 만든 것은 극도의 공포 속의 공황 상태에서 나온 행동이다. 네모반듯한 공장장의 여성들에 대한 성폭력, 특히 16세의 자연 상태(처녀의 몸)의 리나를 성폭행한 것은 결국 살인 행위나 마찬가지다. 홉스는 인간의 살해당할 수 있는 가능성 그 자체가 바로 인간 본래의 평등과 '공동체(commonwelth)'의 필요성을 정초하고 있기 때문이라는 것이다.[24] 권력의 도구나 자본을 가지지 않은 무국적의 리나가 네모반듯한 남자와 본성상 평등해질 수 있는 것은 자신도 같이 가해자가 될 때만 가능하다.

---

22 소영현, 「마이너리티, 디아스포라」, 『여성문학연구』 제22호, 2009.12, 83면.
23 조르조 아감벤, 앞의 책, 347면.
24 위의 책에서 재인용, 246면.

두 번째로 피부 자아는 피부의 만짐이나 만져짐을 통해 자아가 탄생
한다는 애무로써의 피부의 감촉이다.[25] 언어가 소통되지 않는 타국가의
국경 지역에서 인신매매단의 손에서 다시 성폭력자의 손으로 넘겨지는
리나의 몸은 호모 사케르의 '벌거벗은 생명'이다. 법적 정치적 질서의
일시적인 정지 상태, 언제나 희생자가 될 수 있는 상태였다. 그러나 리
나는 봉제공장 언니나 삐의 피부의 접촉을 통하여 자신을 새롭게 일으
킨다. 피부의 접촉은 타자와의 진정한 소통의 장이다. 타자와의 소통으
로써의 애무는 자신을 타자에게 개방하는 일이다. 바로 몸과 몸의 구분
이 뭉개지고 사라지는 촉각적인 순간[26] 즉 개별적 구별이 사라지는 순
간 '익명적 순간'으로 다시 태어난다. 리나에게 애무는 세계와 소통의 도
구이며 자신의 불안을 진정시키고 '벌거벗은 생명'의 호모 사케르에서
주권자로 다시 태어난다.

리나는 몸을 두 번째 굴려 삐 옆으로 다가갔다. 그리고 말도 못하는 바보
에다 매일 공장에서 맞기만 하던 외국인 남자애의 입술에 자기 입술을 힘
주어 포겠다. 그렇게 둘이 가슴 쪽으로 손을 올려 꼭 맞잡은 채 입술을 포개
고 있는 동안 리나는 오래 전에 화공약품공장에서 들었던 말 한 마디를 기
억해냈다. 순간 삐는 리나의 귀에 대고 그토록 알고 싶었던 그 말을 했다.
그건, '예쁘다'란 말이었고 리나는 단번에 그 뜻을 알아버렸다.[27]

---

25 김미현, 「타자의 역설」, 이화여자대학교 탈경계인문학 연구단 국제 학술대회 학술지, 406면.
26 서동욱, 「피부주체」, 『문학과 사회』, 2008 겨울.
27 강영숙, 앞의 책, 117면.

언어를 잃은 혼란 속에서 죽을 수밖에 없는 존재인 리나는 또 다른 타자, 반벙어리이면서 바보인 '삐'와 적극적으로 피부를 통해 소통을 시도한다. 언어가 통하지 않는 외국에서 리나에게 다른 타자는 시각의 대상이 아니고 촉각의 대상이다. '삐'의 고통, 어눌하고 반벙어리라는 사실을 통해서 삐는 자신과 동일시된다. 그런 피부의 접촉을 통하여 리나는 자신으로부터 소외되었던 자신을 회복한다. 그것은 바로 잃어버렸던 언어의 회복으로 나타난다.

> 리나는 삐의 출생에서부터 화학약품공장에 가기까지의 이야기를 몸으로 들고 이해했다. 그러자 머릿속이 환해지면서 비좁은 방안의 벽들이 다 무너지고 저 먼 하늘로부터 둑처럼 푸른 국경선이 다가왔다. 푸른 둑이 리나를 향해 파도처럼 몰려오는 순간, 리나는 골반은 한껏 넓어졌고 삐의 입에서 생전 들어 본적 없는 이상한 목소리가 쏟아져 나왔다. 리나는 삐의 몸을 꼭 잡고 서로의 숨이 잠잠해질 때까지 가만히 누워 있었다.[28]

한없이 부드러운 피부는 또 '부서지기 쉬움'이나 '상처받기 쉬움'으로 상처받을 수 있는 가능성이 많은 신체이다. 부드러운 피부를 애무하는 시간과 공간은 '자유롭고 법적으로 텅 빈 공간'[29]으로 모든 법이 정지된 시간적 공간적 영역이다. 시공간적으로 경계를 벗어 난 법적으로 텅 빈 시공간을 경험하는 애무는 경계 바깥으로 흘러넘치면서 점점 더 정상적인 질서를 회복한다. 다시 모든 일이 가능하게 된다. 정치적인 탈

---

28 위의 책, 143면.
29 조르조 아감벤, 앞의 책, 95면.

영토화된 시공간이다. 마치 피 묻은 사자처럼 전지구로 확장될 새로운 대지의 노모스의 영역이다.[30]

4. 현실과 환영의 경계 지우기

『리나』에서 환상은 남루한 일상 너머에 자리한 신기루이다. 『리나』에서 '당신들한테 안전한 데가 어딘데?'[31]라고 서술한대로 숨 막힐 듯 답답한 일상은 그 막막함으로 스스로 환영을 부른다.

> 리나는 한참을 가다가 뒤를 돌아보았다. 평원 위에 일렬로 서서 국경을 향해 걸어오고 있는 스물두 명의 탈출자들이 보였다. 세 가족과 봉제공장 노동자들 모두 무사히 살아 있었다. 숲에서 죽은 꼬맹이도 살아 있었고 봉제공장 언니도 화학공장에서 죽은 할아버지도 아직 모두 살아 있었다. 게다가 봉제공장 언니의 꼬맹이와 남편인 아랍 남자까지 끼여 있어서 대열은 더 길어졌다. 리나는 그들을 향해 손을 흔들어 보였다.
> 잠시 후 리나는 다시 뒤를 돌아봤다. 스물두 명의 탈출자들은 더 이상 보이지 않았다. 리나는 또 다시 저만치 앞 허공에 푸른 둑처럼 펼쳐져 있는 국

---

30 노모스는 아감벤의 용어로서 '법에 의해 매개되지 법적인 힘의 가장 순수한 무매개성'이다. 위의 책, 88면.
31 강영숙, 앞의 책, 21면.

경을 향해 달리기 시작했다.[32]

『리나』의 마지막은 이렇게 끝난다. 북한 탈출에 성공해 P국이라는 안전한 나라로 들어 간 사람들도, 죽은 사람들도, 국경과 국경을 넘나들며 인신매매단에 의해 계속 팔리고 되팔리며 유령처럼 떠도는 리나도 삶의 막막함을 벗어날 수는 없다. 아무리 답답하고 미칠 것 같더라도 그래서 그곳으로부터 벗어나고 싶더라도 그럴 수 없는 현실, 이 삭막한 현실이 비현실적인 환상을 만들어 낸다. 그러나 결국 그런 것조차 사라져간다. 리나는 과민성이 된 피부와 햇볕을 제대로 쳐다보지 못하는 두 눈으로 매일 눈물을 줄줄 흘리며 끝없는 사막을 홀로 걸어야만 하는 막막한 현실로 되돌아온다.

『리나』는 사막과도 같은 일상의 풍경을 환영을 통해 바라보는 환상과 뒤섞여 현실과 환상의 경계를 지워버린다. 리나가 탈국경 이후의 겪는 현실은 현실 같지 않은 현실이다. 이를테면 리나가 겪는 참혹한 현실은 자신들이 살아남기 위해서는 살인까지도 불사해야 하고, 그렇지 않으면 인신매매단에 의해서 또 다시 팔려가야 하는 현실이다. 환상이 허용되지 않는 현실의 세계로 귀환하면서 다시금 만나게 되는 환영과도 같은 풍경은 현실로의 회귀에도 불구하고 여전히 떨쳐낼 수 없는, 사막과도 같이 삭막한 일상의 흐름 속에서 희망처럼 붙드는 환영의 존재를 시사한다.

---

32 위의 책, 마지막 면 끝.

사막은 사라지고 노란 꽃들이 핀 평원이 다시 나타나는 순간, 리나는 점
처럼 작아진 채 사막으로 돌아가고 있는 거인의 뒷모습을 보았다.[33]

유배지 같은 참혹한 현실에서 벗어나 다시 어디로 가야 할지 모르는
막막한 현실, 사막에서 만나게 되는 환영 속에 나타난 거인의 잠시 동
안의 출현과 사라짐은 참혹한 현실에서 벗어날 수 없는 운명을 환상 수
법으로 보여 준 것이다. 거인이 출현함으로써 현실의 상처가 치유되고
노란 꽃들이 핀 평원을 꿈처럼 만나지만, 환상이 사라지면 또 다시 찾
아오는 막막한 현실, 사막 위를 걷고 또 걸어야 한다.

『리나』에서 환상을 통하여 보여준 해방의 꿈과 자유의 꿈은 실현되
지 않는다. 죽음의 늪, 초원에서 만난 새에게 말한 '늘 나는 걱정했어.
이렇게 알몸인 채로 국경에서 죽으면 어쩌나? 이름도 국적도 없는 채
로 국경에서 죽으면 이 몸뚱이를 누가 처리하나?'라고 말한 이런 남루
한 현실을 벗어나기 위해서는 환상이 필요했다. 현실은 상식적으로 이
해될 수 없는 혼돈과 모순의 세계이다. 자신들이 살기 위해서는 살인을
저지르지 않으면 안 되는 거짓말 같은 섬뜩한 현실은 우리의 삶이 본원
적으로 폭력적이고 파괴적이며 믿을 수 없는 혼돈의 세계임을 보여준
다. 어떻게 해서 리나의 가슴속에 분노와 증오가 자리 잡았는지, 이 세
계 자체가 논리적으로 이해할 수 없는 뒤죽박죽의 세계, 환영의 세계라
는 것이다. 현실과 환상이 전도된 세계, 현실과 환영의 경계가 사라진
세계, 탈영역 세계 속에서 리나는 아직도 유령으로 떠돌고 있다.

---

33 위의 책, 76면.

  아시아적 신체와 혼종적 정체성

5. 혼종적 정체성

『리나』의 서사 과정은 탈국경 이후 인신매매단에 의해서 팔리고 되팔리는 과정을 거쳐서 다시 제자리로 돌아오는 회귀의 서사이다. 『리나』의 마지막 페이지를 보면, '리나처럼 이 나라 전역을 빙 돌아온 지독하게 운 없는 사람은 더 이상 없을 것 같았다'라는 서술이 있다. 한 바퀴 국경지역을 돌아온 리나는 인간의 근원적 욕망, 인생을 좀 더 재미있게 신나게 살기 위해 거짓말을 했던 처음 국경을 넘었던 순진무구한 소녀가 아니다. 산다는 것은 끊임없이 밀려오는 두통 같은 것으로 생각하는 갖은 풍파를 겪은 애할머니다.

『리나』에서 구체적 현실적 배경이 되는 화학약품 공장이나 창녀촌 시링은 대립되는 개념들이 혼재하는 세계로 우연과 부정의 역사를 반복하고 있다. 수직적 위계와 수평적 위계질서 속의 현재라는 시점과 여기라는 공간을 점유하고 있다. 이 세계는 끊임없이 자기모순으로 혼돈의 현실을 만들어 내는 공간이다. 또 리나가 체험한 국경 지역을 떠도는 세계는 돈만 힘을 발휘하는 무정부 상태, 카오스의 세계이다. 국경지역의 노마드적 세계는 매 순간 중심을 이탈하고 끊임없이 일그러지는 원환으로서의 세계이다.

리나는 이런 세계 속에서 자신의 욕망을 무한의 공간 속에서 펼쳐나가면서 다양한 탈영토화를 만들어낸다. 막막한 현실에 의해서 무감각해진 윤리로 인해 빚어내는 살인행위나 사막이나 초원으로의 여행을 통해서 욕망을 생산하고 체험한다. 현실과 환영과의 혼돈은 언어를 잃어버린 정체성의 혼돈으로 이어지며, 꿈과 현실이 전도된 우화 같은 상황은 그녀를 중심에서 끊임없이 이탈하게 만든다.

리나와 같은 이주 여성의 몸은 어느 곳에도 속하지 않는 추상적 차이의 공간에 놓이게 된다. 그들은 특정 영토를 벗어나 끝없이 떠도는 존재들이다. 그들의 정체성 역시, 지속적인 변화에 열려 있다. 국경을 넘는 여성들은 근대적 시간의 발전 단계로 공간적 차원에서 더 경험한다. 그럼에도 그녀들이 이곳에도 저곳에도 속하지 않는 혼종적, 혹은 '제3의 공간'에 자리하고 있다. 그리하여 리나의 삶은 비결정성과 불확정성과 탈주가 반복된다.

리나는 탈국경 이후 돈을 악착같이 모으는 자본주의적 욕망을 자기 것으로 했으나 또 자유롭고 야생적인 길들여지지 않은 또 다른 욕망에 의해서 혼돈의 세계에 직면한다. 이런 야생적 광기는 리나로 하여금 체념보다는 반복적으로 반란을 일으키게 한다. 야생적이고 길들여지지 않은 광기는 반란을 도모하는 동시에 분열을 일으킨다. 그러기에 되돌아오는 것은 극단적 형상뿐이다. 반복적인 살인과 현실 부정의 반복이다. 그런 극단적인 문제에 봉착할 때마다 반복해서 돌아가는 것은 자신의 몸의 탈환이다. 현실과 몸 양쪽을 반복, 카오스의 세계를 횡단하며 자신을 변형해 나간다. 유사한 장소를 반복해서 회귀하며 유사한 사람들을 만나면서도 리나는 새로운 장면을 연출한다. 가는 곳마다 다른 연출이 기획된다. 이런 연출은 대안 가족으로 구성된 전직 가수였던 할머니, 삐, 봉제 언니가 다 같이 연출하기도, 리나 혼자 연출하기도 한다. 들뢰즈가 니체의 철학에서 이야기한 영원회귀와 같이 리나는 자신이 만나는 상황에서 스스로 변형하는 에너지를 가지고 있다. 리나는 만나는 장소에 맞게 자신의 존재를 실현한다.

화학약품 공장에서의 폭악한 공장장의 살인, 다시 가족을 만난 이후 고의적인 탈출, 난민 캠프에서의 세라자드의 반복되는 이야기처럼 국경을 넘어 온 사람들의 이야기 시리즈 풀기, 창녀촌 시렁에서의 창녀생활과 창녀촌의 폐쇄, 경제 자유구역인 공장 지대, 공장 지대에서의 전직 가수인 할머니와의 무대설치, 그리고 7년 전 가스 유출 사고 피해자를 위한 공연, 술집 퍼즐 클럽 종업원으로 일하는 과정에서 북한에서 탈출한 여자 후배에게 못살게 구는 두 남자의 살해, 이 장면을 목격한 러시아인 종업원까지 살해 등, 리나의 이런 삶은 정착과 안일을 넘어 끊임없이 탈주에의 욕망으로 치닫는다.

『리나』는 탈국경을 통해 리나의 근원적인 욕망, 자유에의 염원이 어떻게 제한되고 왜곡되는가를 보여주는 서사이다. 자본주의 경제는 자본 화폐 상품 노동 등의 관계에 따라 자연스럽게 구성되는 것이 아니라, 그 바깥의 정치적, 문화적 다양한 요인, 『리나』에서는 공간이 가지는 정치학에 의해서 굴절되고 있으며 그 안에서 환영을 통해서 보여주는 리나의 무의식적 욕망이 요동치면서 혼종성을 만들고 있다.

『딕테』에 나타난 디아스포라 의식

1. 서론

아시아계 미국 여성 작가로서 한국계 2세대인 차학경은 여성들의 정체성 문제와 관련하여 중국계 미국 작가인 킹스턴과 함께 아시아계 미국문학 뿐만 아니라 현대 미국문학사 전체에 있어서도 중요한 시도를 한 작가로 평가된다.[1] 특히 차학경의 『딕테』는 텍스트의 파편적인 구조, 여러 장르와 언어의 혼합, 역사적 문서를 인용하거나 설명 없는 그림 등 너무 실험적이기 때문에 문학의 유기체적 구조에 훈련된 독자들에게는 난해할 수밖에 없는 텍스트다. 이 텍스트가 가지고 있는 실험성 때문에 이 작품을 해석하는 방법 또한 다양하다. 『딕테』는 그리스 신화에 나오는

---

[1] 민은경, 「차학경의 Dictee, Dictation, 받아쓰기」, 『비교문학』 24집, 1999.

뮤즈의 아홉 여신의 이름들을 제목으로 하여 총 9장으로 구성되어 있다.

『딕테』는 각 장마다 목소리가 다르고, 소재가 다르다. 또 모순과 균열에서 통합으로 나아가는 텍스트이다. 희생, 복종, 순교의 화자가 있는가 하면, 신성 모독적이고 저항적이며 적극적으로 개입하는 목소리도 있다. 결국 이 모든 것은 마지막 합창으로 통합된다.

디아스포라는 그리스어에서 유래한 것으로, 이산(離散)을 뜻한다. 이 것은 오랫동안 지속되어 온 전 세계에 흩어져 살아온 유대인과 같은 삶을 지칭하는 것으로, 최근 세계화가 가속화되고 전 지구적 차원에서 민족, 국가, 인종이라는 확고한 경계가 약화되면서 새삼 문제시 되고 있는 삶의 형태다. 전지구화, 지구촌 시대가 되면서 '지역'은 국가의 경계뿐만 아니라 거의 모든 고정된 구분들을 획일화하는 최근 초국적 자본의 힘에 저항하는 새로운 거점으로 인식되고 있다. 따라서 인간의 근본적 지향점, 인간의 기원으로 설정된 '고향', '조국' 등을 지난 시대의 이데올로기적 잔여물로 보고 그것을 해체하는 가운데 새로운 방식의 '고향 만들기'를 요청한다.[2] 디아스포라는 흩어진 유대인의 경험대로 새로운 유토피아를 목적으로 고정된 구분화를 거부하고 새로운 '고향 만들기'를 기획한다.

차학경의 『딕테』는 고국이라는 문화공동체를 떠나 이주민으로 살아왔던 아시아계 여성으로서 특수성과 그 자신의 기억이나 경험 속에서 이민자들이 가장 고통스럽게 부딪히는 문제인 언어, 정체성, 역사에 대해 이야기한다. 『딕테』는 기억과 언어의 잉여를 통해 신과 지배 담론을

---

2 태혜숙, 「아시아계 디아스포라 여성의 위치에서 '몸으로 글쓰기'」, 『영미 문학 페미니즘』 제11권 1호, 2003, 236면.

의심하고 제국과 남성 중심주의에 저항하는 작품이다.[3] 『딕테』는 비극과 경이라는 수식어와 분열된 정체성으로 표현할 수 있는 깨어진 언어, 디아스포라적 글쓰기, 분열된 여성의 정체성을 보여주는 해체적 글쓰기이다. 또한 분열된 주체를 극복하고 손상되기 이전의 통합된 주체성을 회복하려는 과정으로도 읽을 수 있다. 『딕테』의 이러한 통합은 이전의 한 개인의 토대이었던 의미의 고향 조국이 아니라 새로운 의미의 고향, 주체의 새로운 정체성을 지향한다는 의미에서 디아스포라적이다.

『딕테』는 이러한 디아스포라의 고통을 다양한 글쓰기와 말하기 방식의 혼종적 특징을 통하여 보여주는 탁월한 작품이다. 『딕테』는 혼종적 정체성을 글쓰기를 통해 보여주고 있다. 소외된 이방인으로서 소수민족의 정체성, 여성의 체험, 일제 식민지 하에서의 수난, 분단, 순수한 사랑에의 갈망, 작가 자신의 자의식을 점묘하듯 묘사하고 있다. 동양계 디아스포라라는 각별한 감수성을 가진 동양계 작가로서 그녀의 존재조건에 선행하는 것은 『딕테』가 지향하는 민족, 이념, 언어, 종교의 벽을 넘어 다양성이 융화될 수 있는 다원주의적 지평을 모색하는 것이다.

이 텍스트의 형식은 시, 신문, 편지, 일기, 인용문, 번역문, 도형, 사진, 도판, 다양한 알파벳, 붓글씨 등이 혼합되어 있다. 이 이미지 텍스트들과 함께 모국어가 아닌 제3의 언어 즉 영어, 불어, 라틴어, 중국어 등 다양한 언어가 혼재되어 있다. 이러한 『딕테』의 혼종적인 파열음은 역사, 혹은 정체성, 새로운 고향 다시 세우기를 위한 시도이다. 한 학생의 받

---

3 임진희, 「Teresa Cha Hak Kyung의 Dictee에 나타난 자아, 언어, 국가의 주체」, 『미국학 논집』 28.1, 1996, 206면; 권택영, 「그리스 여신들의 아홉 마당 굿―차학경의 『딕테』」, 『국제 한인문학연구』, 2008, 9면.

아쓰기, 어머니, 성 테레사, 유관순, 음양오행설, 바리공주를 연상시키는 우물 이야기 등 그 중심에는 언어의 해체와 재구성이 있다.

이 글에서는 차학경이 미국 샌프란시스코라는 새로운 정착지에서 뿌리를 내리고 살면서도, 고국을 잊지 못하는 디아스포라의 시선을 분석 대상으로 디아스포라적 글쓰기, 디아스포라적 여성 정체성, 몸으로 드러나는 저항 등을 통해 어떻게 디아스포라 의식이 드러나며 그것이 어떻게 통합되는지를 분석하되, 텍스트 읽기를 중심으로 하려고 한다.

2. 버려져야 할 이주(移住)의 삶

디아스포라 시선이나 다문화주의의 의한 새로운 문화적 패러다임의 구축은 문화나 역사를 새롭게 해석하는 패러다임으로 떠오른다.[4] 두 문화적 패러다임의 형성은 권위주의 혹은 중심주의에 대한 비판으로부터 시작된다. 포스트모더니즘의 중심주의 비판과 억압된 것의 복원이 언어와 기법적인 측면에서만 이루어졌다면, 디아스포라의 시선에 의한 문화 읽기나 다문화주의는 인종, 성, 계급 등 제국주의 비판에 페미니즘이라는 정치성을 띠면서 자연스럽게 이루어진 문화운동이었다.[5]

---

[4] 동양문화 교류학으로 유명한 정수일 교수는 다문화주의를 해석하는 자리에서 신라의 로마 관련 유물을 30여 년간 연구한 일본의 고고 미술사가인 요시미즈 쓰네오를 소개했다. 이 학자는 동양에서는 유례를 찾아 볼 수 없을 정도로 신라 문화에 로마 문화가 넓고 깊게 스며들었다는 사실에 근거해『로마 왕국의 신라』(강담사, 2002)를 출판했다고 한다.

디아스포라라는 개념은 2000년 이후부터 다문화주의와 함께 학술적 용어로, 각종 논문의 제목으로 사용되고 있다. 국문학계에서는 중국 연변 학자들이 비평 용어로 차용하면서 익숙해진 용어다.[6] 디아스포라는 전 지구적인 탈영토화 과정, 국적을 초월한 이주와 문화적 혼종성을 포함한 광범위한 의미들과 연관되어 있다.

사프란은 디아스포라의 특성을 다음과 같이 정리하였다. 첫째, 디아스포라는 자신 혹은 선조가 고국으로부터 타 지역이나 외국으로 이주, 분산된 경험을 갖고 있다. 둘째, 그들은 고국에 대한 집합적 기억이나 비전, 신화 등을 공유한다. 셋째, 자신들이 이주한 사회에서는 완전히 수용될 수 없거나 소외 혹은 고립되었다고 믿는다. 넷째, 고국을 진정한 이상적 공간으로 인식하고 최종적으로는 되돌아가야 할 곳으로 간주한다. 다섯째, 고국의 안정과 번영을 위해 공헌해야 한다고 여긴다. 여섯째 다양한 방식을 통해 고국과의 관계를 유지하고 상호작용한다.[7]

반면 『딕테』를 디아스포라의 시선으로 읽는 태혜숙은 위의 사프란과는 달리 최근 자본의 막강한 힘 앞에 고국을 떠나 지구상에 흩어져 거주하도록 하는 디아스포라적 이동은 국가적, 민족적, 인종적 경계들에 대한 비판 의식을 함축하기 때문에 최근 디아스포라라는 돌아갈 고향에 대한 강한 향수와 열정을 나타내지 않는다는 것이다.[8]

차학경은 본문에 해당하는 그리스 여신을 차용한 9장의 본문을 시작

---

5 권택영, 앞의 글, 6면.
6 이유경, 「디아스포라 정치학」, 『제75차 한국현대문학연구학회 국제 심포지움 발표문』, 2008.7.
7 William Safran, "Diasporas in Modern Societies : Math of Homeland and Return", 『Dispora』 Vol.1 No.1, 1991.
8 태혜숙, 「아시아계 디아스포라 여성의 위치에서 '몸으로 글쓰기'」, 『영미문학 페미니즘』 11권 1호, 2003, 236면.

하기 전 서문에 해당하는 장에서 자신의 디아스포라적 정체성을 선명하게 보여준다. 제일 첫 문장의 마지막 줄에 '마침표 어떤 사람이 있어요 멀리서 온 마침표 따옴표 닫고'로 끝난다. 그리고 그 장의 제일 마지막 문장은 이렇게 끝난다.

> 이것도 저것도 아닌 제3의 부류
> Tombe des nues de naturalized[9]
> 어떤 버려져야 할 이주(移住)[10]

이 두 문장을 잇자면 이 책은 '멀리에서 온, 어떤 버려져야 할 이주'에 관한 삶의 이야기라는 것이다. 이처럼 차학경은 자신의 정체성을 '그 먼 나라에서 온' 디아스포라적 의식으로부터 찾는다. 동시에 숫자 9의 상징성을 통해 디아스포라 의식을 보여주기도 한다. 서문에서 텍스트에 나오는 모든 숫자는 9이고 9를 되풀이 사용하고 있다. 이것은 차학경이 의도적인 해석을 요구하는 부분이다.

> 정문에서 **아홉** 계단만 내려가면 이제 황혼이다.(24면)
> 불어로 번역하시오의 문장 역시 9뽄에서 끝나고 있다.(26면)
> 전부 **아홉**. 긴 의자 한 줄에 **아홉** 명이 앉는다. 줄반장 하나가 아홉을 세면 그 다음 자리로 간다. 다음 절. 그리곤 첫째 절로 다시 돌아간다. 거듭하

---

9 차학경, 김경년 역, 『딕테』, 어문각, 2004. 이 책의 주석에 의하면 귀화된 나체들의 무덤 혹은 본질을 잃은 나체들의 무덤으로 해석되어 있다.
10 위의 책, 30면.

고 거듭한다. 시작될 때까지. 동정녀 무염시태의 **9일** 기도 노베나 : 각각
아홉 번. 9일 동안 기도의 암송과 근행의 실천(29면)

차학경의 행위 예술도 9개로 구성되어 있을 뿐만 아니라 『딕테』 작품
전체도 각 부분에 9개의 그리스 신화의 뮤즈가 등장하고 있다. 또 '에
라토 연애시' 장에서 '역사, 과거, 말하는 여자, 9일 낮과 9일 밤을 기다
리는 어머니를 찾도록 하라'(146면)는 텍스트의 내용도 있다.

동서양은 9가 지닌 상징에 대해 다른 해석을 갖고 있다. 그러나 위의
본문 중 차학경의 '9일 낮과 9일 밤을 기다리는 어머니'의 인용문을 빌
어 유추하자면 이는 강력한 기독교적 해석을 요구한다. 기독교적으로
도 다양하게 해석할 수 있을 것이다.

첫째는 본문의 스토리텔러로서의 서사에 입각한 해석이다. 즉 5세기
경 제롬이라는 학자에 의하면 9라는 숫자는 타락한 천사 루시퍼를 상
징하기도 한다는 것이다. 루시퍼는 모든 천사의 우두머리였으나 신에게
대항했다가 미카엘에게 대천사 자리를 빼앗기고 지옥으로 떨어진 타락
천사이다. 이때 천사 10분의 9가 루시퍼를 따라 타락 천사가 되었다.
루시퍼는 그리스어 빛(Lux / Lucie)과 품다(ferre)의 결합어이다. 즉 천문
학 계명성(샛별)이다. 이 샛별은 바로 바빌론의 음녀 '이쉬타르'의 상징
이었고 그리스의 '아포로디테' 바로 이교도의 상징이었다. 그들은 라인
강 저 너머에 있는 동방 이방인들이었고 이교도들이었다.[11]

이 해석에 따르면 9라는 상징성에 따라 디아스포라적 해석이 가능하

---

11 커를 메닝거, 김량국 역, 『수의 문화사』, 열린책들, 2005, 28면.

다. 위의 해석에 따라 디아스포라 의식을 추출하자면 첫 번째 신에 대항했다는 죄목으로 '타락한'으로 지칭되는 천사 루시퍼는 지배적인 로고스 중심주의, '신'이라는 절대적인 권력에 도전한 천사이다. '타락했다'는 사실에도 불구하고 루시퍼를 따른 천사는 10분의 9에 해당된다. 이것은 무엇을 의미하나. 진리는 절대적인 진리라고 생각하는 신에게 있는 것이 아니고, 신에게 대항한 타락한 천사들에게 있다는 것을 9라는 상징적인 숫자를 통해서 보여준다. 9는 신의 나라에서 살지 못하고 쫓겨난 천사 루시퍼를 비롯한 10분의 9에 해당하는 타락한 천사, 이방인 디아스포라를 상징한다.

신에 절대적인 복종을 강요하는 기독교적인 의미의 죄는 여기에서 전복된다. 이것은 전통적인 기독교의 권위에 도전은 이방인 의식에 의해서만 가능하다. 차학경은 언어들의 문법적인 강제성, 지배적인 로고스 중심주의, 신의 절대적인 권위에 대한 회의, 보편적인 인술의 형식, 기존 텍스트의 형식을 모두 해체함으로써 기존의 진리라고 생각해 오고 있던 것을 해체한다. 이를 통해 자신이 스스로 타락한 천사, 루시퍼의 역할을 수행하고자 한다. 차학경은 새로운 문법, 말할 수 없었던 것, 말해지지 않은 것 등을 새롭게 복원하고자 하는 간절한 소망을 디아스포라 의식을 통해서 보여주고 있다.

또 하나는 이 책의 전체를 꿰뚫는 차학경의 책을 쓴 의도를 9에 대한 상징에서 찾을 수 있다. 9개의 각 장에서 뮤즈들에게 헌정하는 시들로 되어 있으며, 카톨릭 교도에서 근행과 기도를 나타나는 '노베나'를 통해 순교의 모티프를 반복적으로 차용하고 있다. 유관순과 잔다르크 등의 민족 정치적 순교뿐만 아니라 성녀 테레사 마틴을 통해 종교적 순교에 저항하는 화자도 드러난다. 9는 10이라는 숫자의 완전에 근접한 기다림의 수로 일종의 준비 단계를 뜻한다. 왜냐하면 십자가에 못 박힌 예수가 해가 뜬지 9시간 만에 세상을 떠났기 때문이다. 예수가 승천 한 뒤 제자들은 9일 동안 기도를 올렸으며 이에 연유하여 기독교인들은 특정한 소망을 기원할 때 9일 기도를 올린다. 기독교에서는 9는 신성 (神聖)에 근접한 수로서, 인내심 혹은 어려움, 고통과 수난을 상징한다.[12]

9라는 상징을 통해 새로운 삶으로 나아가기 위한 고통과 수난의 과정이 동시에 저항의 과정도 될 수 있음을 보여준다.[13]

3. 디아스포라적 여성 정체성

『딕테』의 서문을 제외한 9장은 시의 여신들이 그 장르에 맞춰 자기 이야기를 서술하는 방식으로 구성된다. 이야기를 이끌어 가는 화자는 장마다 다르지만, 어머니의 딸, 대한민국의 딸, 역사 속에 묻힌 타자, 제국과 언어가 끊임없이 삭제하고 억압하려는 타자인 여성과 조국의 이야기를 딸이 뮤즈의 신을 불러 회복 재생하는 글이다. 뮤즈를 통하여 기억의 여신이 낳은 아홉 딸들이 새로운 어머니를 불러들이는 이야기이다.

---

12 박영수, 「페니키아와 알파벳」, 『암호이야기』, 북로드, 2006, 99면.
13 위의 인용문에서처럼 9일 낮 9일 밤의 이야기는 카톨릭의 노베나라는 의식을 통해서도 나타난다.

이 아홉의 딸들은 모두 루시퍼의 후손 타락한 천사들이다.

본문의 첫 장에 해당하는 '클리오 역사'는 유관순의 이야기로 시작된다. 두 번째 장인 '칼리오페 서사시'에서는 차학경의 어머니 허현순의 이야기로 시작한다. 여기에서 작가는 유관순―허현순―차학경으로 이어지는 여성 반란의 역사를 이야기 하고 싶은 것이다.

'칼리오페 서사시'에서 화자는 차학경의 어머니 허현순을 소개하고 있다. 그녀는 만주 용정 태생으로 중국 땅에 유배되어 살아가는 어머니 세대로 대표되는 난민들, 이민자들, 추방자들, 이제 더 이상 자신의 땅이 아닌 조국으로부터 멀리 떨어진 곳에서 사는 방랑자들의 상징어이다. 긴 긴 방랑 생활에도 불구하고 허현순의 정신은 결코 조국을 떠난 적도 없고 떠나지도 않았다고 화자는 덧붙이고 있다. 물론 여기에서 허현순의 시각은 차학경의 시각의 다름 아니다. 대부분의 딸들은 어머니와 애증의 관계에 있다. 어머니를 특별한 삶의 모델로서 기록한 것을 보면 차학경은 어머니의 삶을 자신의 삶의 반면 거울로 삼는 바람직한 딸이다.

차학경은 한때 교사를 지낸 용정 출신의 어머니 허현순으로부터 민족에 관한 국가에 대한 이야기를 무수히 전해 듣고 자랐을 것이다. 용정이 어떠한 곳인가. 1920, 30년대 일본에 대항한 무장투쟁 운동이 가장 활발한 곳이 바로 용정이 아니었나. 그런 곳에서 자란 어머니 허현순은 일본의 만행을 무수히 목격했을 터이다. 그런 것 중에서도 차학경은 허현순의 '빼앗긴 언어'에 가장 큰 상실감을 표현한다.

금지된 언어가 바로 당신의 모국어입니다. 당신은 어둠 속에서 말합니다. 비밀 속에서. 바로 당신의 언어를 말합니다. 당신 자신의 언어, 당신은 아주

부드럽게, 속삭여 말합니다. 어둠 속에서, 비밀스럽게. 모국어는 당신의 안식처입니다. 당신의 고향입니다. 당신의 존재 그 자체입니다.[14]

일본 제국주의자들의 '언어의 말살'은 곧 민족 말살 정책이나 다름없다. 존재 그 자체인 언어의 상실로 민족이나 국가의 상실을 뼈아프게 절감했을 것이며 이것은 고아나 다름없는 방랑아 의식을 심어 주었을 것이다. 모국어의 안식처인 고향, 조국은 바로 자신의 존재를 확인하는 곳이다. 새로운 국가에 대한 뜨거운 열망을 가지고 찾아온 고향 조국은 또 동족상쟁에 혁명의 피로 물든 희망 없는 나라였다.

차학경의 부모는 타향 만주를 떠나 제2차 세계 대전 중 고향 대한민국으로 이주해왔다. 대한민국은 일본 제국주의로부터 해방되었으나 그것도 잠시 6·25전쟁으로 분단되었다. 차학경은 전쟁 발발 그 다음해에 부산에서 셋째로 태어났다. 그녀의 부모는 이승만 정권 몰락 이후 4·19혁명과 5·16군사정변으로 정치적 소요에 큰 아들을 희생시키고 조국을 떠나 다시 미국으로 이주한다. 그들은 하와이를 거쳐 샌프란시스코에 정착하면서 만주로부터 시작된 긴 유랑의 길을 다시 걷게 된다.

이런 유랑의 삶은 차학경에게 국가, 민족, 자신의 정체성에 대한 의문을 주었을 것이다. 어머니 허현순과 유관순의 삶을 통하여 나타나는 인내와 희생의 삶은 바로 한국 여성의 인종의 삶이고 또 그것은 바로 우리 민족의 삶이라는 인식에 도달한다. 인종의 삶은 '손은 더 이상 손이 아니고 깨어지고 해진 도구, 제발 죽음이 그 손을 가져가지 마옵소

---

14 차학경, 앞의 책, 56면.

서'[15]으로 나타난다. 손은 깨어지고 '해진 도구'로 이미지화되고 인종의 삶을 통하여 '깨어지고 해진 손'은 죽음 후에도 '절대로 가져가지 못한다'는 강변을 통해서 저항과 전복을 드러낸다.

허현순의 일본에 대한 저항은 환상을 통하여 서사화된다. 예수께서 광야에서 악마의 시험을 당하듯 허현순은 일본 제국주의가 마련한 만찬에서 음식을 먹지 않음으로 저항한다. 그러나 이러한 일본 제국주의자의 억압에 대한 저항은 꿈속에서까지 반복 되풀이된다. 허현순은 일본 제국주의로부터 유배 보내겠다는 통첩장을 받는 꿈과 자신의 죽음을 애도하는 검은 까마귀를 본다. 허현순은 봉직하던 학교를 사직하고 어머니, 아버지의 평범한 딸로 돌아옴으로 그 저항은 끝이 난다. 허현순의 저항의식과 인종의 삶은 곧 유관순, 차학경으로 이어지고 우리 민족의 삶과 연결된다. 이 서술을 통해서 보면 차학경은 과거 식민, 민족 담론에 의해 형성된 문제틀 속에서 자신의 사회적 존재를 인식하고자 했다는 것이 드러난다.

허현순과 마찬가지로 차학경 역시 자기 주체는 사라진 식민지인으로서의 경험을 이민 수속을 하면서 경험한다. 여기서 여신의 목소리는 분일되어 있다. 주체의 사라짐은 주체가 살아있는 '나'와 주체가 사라져 버린 식민지인 '당신'으로 차별화함으로써 이방인의 삶이 얼마나 억압적인가를 보여준다.

나는 씁니다. **당신**에게 씁니다. 날마다. 여기에서. 쓰고 있지 않을 때는. 쓰기에 대해 생각합니다. 구상합니다. 움직임을 기록하며. **당신**은 여기에

---

15 위의 책, 60면.

있고 나는 언성을 높입니다. 소리와 잡음의 파편들이 모여 먼지, 티끌을 모읍니다. 흩어져서 보이지 않기도 합니다. 말의 조각들, 깨어진 부스러기들, 공허하지도 않고 비어 있지도 않은. 그들은 **당신**이 모두 하나이고 같은 쪽으로 향했다고 생각합니다.[16]

위의 인용문에서 '나'와 '당신'은 하나의 여신이면서 분열된 목소리를 보여준다. '나'는 개인적일 뿐만 아니라 그 개인이 소속된 집단의 과거들이 집적된 복합적 자아이다.

자기만의 주체적인 목소리를 갖기도 전에 외국어로 말해야 하는 이민자들의 겪는 혼란 속에서 혼종적인 목소리를 드러낸다. 이 목소리는 영어를 말할 수도 쓸 수도 없는 탈식민 디아스포라로서 거대한 제국, 미국을 향한 말 걸기이다.

이 분열된 자아의 경험은 이민국의 서류 심사를 통해 행해진다. 자신의 정체성과 상관없는 서류, 증명, 증거물, 사진, 서명, 맹세 등으로 미국 여권을 받고 미국 시민이 된다. 자신은 사라져버리고 사진과 서류로 대치되는 아이러니 상황 속에서 자신에 대해 스스로도 자신을 의심하게 된다. 대부분의 이민자가 새로운 미국 사회에 빨리 동화하기 위해 온 힘을 다 쏟는 것이 보편적이다. 그러나 여기 서술에서는 이민자 주체가 노력하였지만 미국인과 동화하는데 실패하는 것이 아니라 동화 자체에 의문을 품는 것이다. 자신의 문화와 언어를 가지고 있는 고유한 자아인 자신이 꼭 미국이라는 지역을 선택했다고 해서 미국에 동화해야만 하는

---

16 위의 책, 68면.

가에 대한 의문이 바로 디아스포라 의식이다. 이는 바로 차학경의 어머니, 만주로부터의 경험에서 유래된 것일 수 있다. 미국의 이민자들이 미국에 살기 위해서는 미국에 동화하지 않으면 살아 갈 수 없는 사회인 반면 중국은 소수 민족의 고유한 문화와 언어를 살리면서 중국의 정책에 따르는 소수 민족 융합정책을 쓰는 국가이다.

미국에 정착하기 위해 겪어야 했던 이방인 경험은 18년 만에 돌아온 한국에서 똑같이 겪는다. 다시 돌아온 고향에서 미국에서 채울 수 없는 친근감과 충만감을 기대하나, 기대와는 달리 또 다른 이질감과 함께 자신은 고국에서도 이방인에 지나지 않는다는 인식을 하게 된다. 자신은 조국에서 조차 모국어가 아닌 영어, 제2의 언어로 말함으로써, 이것이 조국과 자신과의 거리가 얼마나 먼 지를 보여주는 증좌라는 것이다. 이렇게 어디에도 소속되지 못하는 디아스포라적 고뇌가 나타난다. 미국인도 한국인도 아닌, 사이에 낀 이방인 의식은 새로운 길을 모색할 수밖에 없다. 그것은 몸을 통해 새로운 지평을 발견한다. 결국 텅 빈 자신에게 되돌아올 수밖에 없음을 강변한다.

당신은 떠났다가 다시 돌아옵니다. 오랫동안 비워놓았던 껍데기로. 그 공간을. 요구하기 위하여 되찾기 위하여. 상처는 입속으로 들어가며 그 순서가 거꾸로 되어 신체의 각 기관이 제 자리로 돌아갑니다.[17]

텅 빔은 채워져야 하는 것이기에 채울 수밖에 없음을 신체적인 구조

를 통하여 다음 장에서 다시 서술된다. 차학경은 유관순에서 허현순으로 이어지는 우리 민족의 수난과 고통의 삶은 강요된 집단적 문화적 테러 속에서 산 삶이었기에 개인은 허허로울 수밖에 없다. 그 허허로움은 육체적으로 심리적으로 채워져야 한다. 이방인으로서의 삶은 어느 곳에서나 자신이 사라져 버린 식민지인으로서 삶을 강요받지만, 자신이 비워버린 공간은 언제나 채움을 전제로 하는 것이기에 강력한 주체적인 삶을 통하여 채워져야 함을 강력히 요구한다.

4. 저항으로서의 몸

　세 번째 '우라니아 천문학' 장에서는 침묵하려고 하거나. 혹은 기억하지 않으려 하나 몸은 기억하고 억제된 것을 확장하려는 욕망을 가지고 있음을 보여준다. 동양학의 천문학에 바탕을 든 인체의 우주성을 나타낸 경혈도를 사진으로 제시하며 화자는 헌혈 때의 피의 흐름을 통하여 설명한다.[18] 화자는 우리가 일반 개념들로 받아들여져서 내면화했던 인종, 민족 정체성, 역사 등의 보편적 개념들을 역설을 통해 해체한다. 사람들은 자신의 혈관 속에 어떤 민족 혹은 인종의 피를 갖는다. 그러나 화자는 디아스포라 의식에 의해서 개인의 저항을 통해 고정된 의

18　권택영, 앞의 글, 15면.

식에 머무르지 않고 의식의 확장을 중시한다.

너무 오래다 이미 충분하다. 채워지기를 기다리는 하나의 빈 육체, 한 가지 목적 오직 그 목적만을 위해 잉태된 것, 채워지기 위한 인위적으로 채워지기 위한. 가득하다.[19]

몸은 언제나 배설과 채워지기를 반복하는 기관이다. 말한, 말하려고 한, 확실치 않은, 다 듣지 못한 기억으로, 불확실한 말, 억압된 말로 채워진 몸은 더 이상 기관이 남아 있지 않음을, 더 이상 스며들 틈이 없다는 외침 속에서, 낱말들을 배설한다. 그러나 그 말들은 잡음 비슷한 것, 동강난 말, 금간 혀, 깨진 혀, 혼합어, 멈추는, 더듬거리는 말일 수밖에 없다. 이때 몸은 자신의 고유한 몸일 수 없다. 자신의 말, 하고 싶은 말, 숨겨진 말들은 비워진 몸속으로 스며 들어와야 한다.

이것을 화자는 헌혈의 원리를 따라 설명한다. 즉 바늘이 피부 속으로 들어 갈 때, '표본용' 피가 채워진 후 체내에서 흘러나온 염료와 비슷한 잉크 같은 그 무엇이 이 경계 이 표면 위쪽으로 비워지고 표면 안으로 비워지고 표면 위에 비워지고(65면) 하나의 구멍이 점점 커져 그 구멍이 경계와 동화되고 그 자체가 무형체(131면)가 된다. 즉 이것도 저것도 아닌 제3의 부류가 되는 것이다. 이때 중심은 사라진다. 그럴 때 피에 의해서 의미되는 민족과 인종, 자아에 의한 경계들은 뒤섞이며 해체된다.

다음 '멜포메네 비극'에서 제시하는 바로 조국의 비극은 위의 민족

---

19 차학경, 앞의 책, 76면.

과 인종의 해체를 위한 전제를 바탕으로 제시된다. 대한민국은 1950년의 6·25전쟁, 1960년의 4·19혁명, 1980년 5·18광주민주화운동 등 민주화라는 기치 아래 반복되는 역사적 비극을 자신의 가족사를 통하여 서술한다. 1960년 4·19혁명 때의 오빠의 희생, 다시 18년 후 1980년 광주항쟁 때, 멀리 미국에서 체류하다 잠시 방문한 조국은 18년 전 오빠가 그랬듯이 다시 대모대의 최루탄 속을 헤매야하는 반복되는 비극의 현장이었다. 화자는 다음과 같이 부르짖는다. '악마도 없고, 신도 없다. 오직 속임수의 미로만 있을 뿐'이라고 부르짖는다. 이것은 '스스로를 먹어 삼키기. 자기 자신을 먹어 삼켜 버리는 것. 계속 사라지면서, 자기 짝을 먹어 버리는 곤충'으로 우리 민족을 비극적 민족으로 대상화한다. 화자는 역사의 비극 속에 사라진 무명의 타자들과 자신을 동일시한다.

무명의 타인들 그녀에게서 떨어져 나간 부분들이 그녀를 대체한다. 그녀에 대하여 명분이 없는 것들, 한 국가가 자국을 적대하는 것으로 충분하고 하나였던 것이 둘로 나누어진 것으로 충분하지 않은가. 인간의 목숨을 너무 빨리 감소시키기에 충분하지 않은가. 다발포메네를 충분히 만족시키고도 남음이 있다.[20]

인용문에서 보는 것처럼 화자는 한 국가가 자국을 상대로 적대시하는 것 이상의 비극이 있을 수 있느냐고 반문하고 있다. 이 장에서 화자의 목소리는 안타깝다 못해 분노감까지 드러내는 것 같다. '민주주의를

---

20 위의 책, 101면.

채택한다는 목적으로 스스로를 자멸시키는 일은 멈추어라'라는 강한 명령어로 서술한다. '그 누구보다도 그 자신의 것, 그녀를 계속 분산시키는 기계를 멈추어라, 분산된 그녀가 아니라, 잘린 낱말들이 아니라 온전한 그녀를 한번 불러오도록 하라'고 절규한다. 여신은 온전한 한 마음이 된 민족을 보고 싶다는 절실한 욕망을 드러내고 있다.

이 장에서 차학경은 조국 대한민국의 구체적인 역사적 조건들과 연결시킴으로써 한국계 미국인 여성 디아스포라로서 구체적 시공간에서 출발을 보여준다. 이것은 자신의 민족, 국가, 혈통의 환경 밖에서라기보다는 자신의 환경 안에서 그것들을 초월, 극복을 통해서만이 제3의 주체적인 목소리를 낼 수 있음을 보여주는 지점이다.

'에라토 연애시'는 영화 대본 형식으로 구성되어 있다. 왼쪽 페이지에는 작가가 영화 대본 속에서 이 영화의 주인공으로 영화에 등장하는 것으로 묘사되기도 하고, 또 한 영화표를 구입해서 그녀 자신이 등장하는 영화를 보고 있기도 하다. 다각적인 해석이 가능하게 편집되어 있다.

오른쪽 페이지에서 화자는 성 테레사 수녀의 집단적 문화적 환상의 제도 뒤에 개인의 사적 역사가 은폐되어 있음을 부각시키고 있다.[21] 순교를 통한 희생의 미학에 새로운 의문을 제기함으로써 지금까지 보여준 가부장적 세계 속에서의 인내와 희생의 미학이 가지는 허구를 재확인한다. '신의 정의를 만족시키기 위해서 완벽한 희생양이 필요했지만, 사랑의 법은 공포의 법으로 계승되었고 사랑은 나를 희생물로 선택했습니다'(123면)라며 하나님의 권위를 만족시키기 위한 사랑의 법은 종교적

---

21 정은숙, 「상호텍스트성의 관점으로 차학경의 『딕테』 읽기」, 『한국비교문학』, 2007.9, 130면.

헌신을 강요하는 공포의 법임을 드러낸다.

이 장은 왼쪽 페이지와 오른쪽 페이지를 각기 다른 이야기로 서술한다. 이런 서술 구조는 성경에서 아담의 갈비뼈로 이브를 만들었을 때 아름답다고 하나님이 부르짖었듯이 남자와 여자가 합쳐야만 하나의 완벽한 구조를 이루 듯, 이중 체제의 글쓰기라는 전략을 통해 하나로만의 불완전성을 보여주기 위한 글쓰기 전략이다. 왼쪽 페이지에서는 가부장적 결혼 체계뿐만 아니라 철저한 희생을 강요하는 하나님의 사랑에 대해서도 저항하는 서사로 이어진다. 즉 남자와 여자가 결혼을 함으로써 계급이 달라지고 철저하게 여성에게 희생을 강요, 타자화시키는 가부장적 결혼 체제에 대한 강한 비판을 보여준다. 그리고 많은 욕망을 가진 인간이 단 한 가지의 순교만을 원하도록 제한할 수 없다는 것이다. 탈식민자로서 다이스포라로서의 화자는 다중 인격자다. 그런 다중인격자인 화자는 남성을 위한, 민족을 위한, 국가를 위한, 예수를 위한 한 쪽으로의 일방적인 순교가 아닌 사랑을 통해서 행복한 삶을 갈구한다. 인내와 희생에 의한 허한 가슴은 사랑을 받음으로써 사랑으로 충만된다. 인간 한 사람 한 사람은 '약하고 불완전한 창조물'이기 때문에 사랑을 받고 싶은 허약한 인간임을 고백한다. 일방적인 순교는 집단적 문화적인 특정한 그 무엇이나 그 누구를 위해 일방적인 희생만을 강요한다.

순교는 청소년기의 내 꿈이었으며 이 꿈은 갈밀의 수녀원 안에서 나와 함께 성장해 왔습니다. 그러나 다시 여기서, 나의 꿈이 어리석음을 깨닫게 됩니다. 왜냐하면 나는 단 한가지의 순교만을 원하도록 나 자신을 제한시킬 수는 없기 때문입니다. 나 자신을 만족시키기 위해서는 모든 것이 필요합니다.[22]

순교는 한 개인을 하나님의 사랑이라는 미명하에 타자화시킨다. 타자화에 의해 소외된 개인은 침묵할 수밖에 없다. '조화로움'은 어느 누구라도 타자화, 사물화되지 않는 누구나 참여해서 적극적인 의사를 표현할 수 있는 '조화로움'을 전제로 한다. 이것은 집단적 문화적 믿음 뒤에 있는 허구성을 해체, 분해와 침식을 통한 새로운 대안적 삶이다.

> 그동안, 새하얀 세상 속에서
> 잘 구별되지 않는 그녀의 육신은 변함없고 상치됨 없이
> 마찬가지로 언제나 조화로운 그녀의 육체는 계속
> 분해되고 침식한다.[23]

위의 인용문에서 보여주는 것처럼 육체적인 부침을 통해서 '채워지기를 기다리며 비어있는 육체, 그 한가지의 목적, 오직 그 목적만을 위해 잉태된 몸'(64면)처럼 바로 집단적 문화적 제도 속에서 침묵 할 수밖에 없는 여성의 몸은 분해되고 침식될 수밖에 없다. 몸의 '조화로움을 찾기 위하여' 침묵당한 소리를 불러내야 한다는 것이다. 비록 침묵의 소리는 불안정하고 불완전해서 웅얼거림으로 깨진 언어일지라도 흘러 나와야 한다는 것이다. 이런 비전은 중심에 서지 못하고 항상 주변부의 삶을 살아왔던 디아스포라적 경험을 통해서만 가능한 비전이다.

---

22 차학경, 앞의 책, 129면.
23 위의 책, 130면.

5. 균열과 틈새를 통한 기억 되살리기

‘엘리테레 서정시’와 ‘탈리아 희극’ ‘텔레시코레 합창 무용’에서는 망각된 기억을 되살림으로 ‘폴림니아 성시’에서는 ‘9일 낮과 9일 밤을 기다리는 고통의 순간’을 통해서 하나의 원 속에 하나의 원으로 동심원들이 연속 통합되는 과정을 서사화하고 있다.

화자는 ‘집단적 문화적 제도 하의 모든 기억은 위장이고 기만이다, 9일 낮과 9일 밤의 고통과 인내를 거쳐 다시 말하게 하라, 과거의 모든 위장된 기억은 지워져야 하고, 기억은 태어나기 이전으로 되돌려져야 한다’고 서술한다.

추도 속에 부활된 조작된 과거. 그녀는 자신이 말하는 것을 듣는다. 그녀는 자신이 말하는 것을 재-생하기 위해 다시 말하는 것을 듣는다. 망각된 사람들, 망각된 사람들을 살아남기 위해. 망각된 사람들을 넘어 서기 위해. 돌로부터. 층층들. 돌 위에 돌의. 그녀 자신도 층층의 돌 사이에 돌로, 잠들어 있다. 더 이상 아니다. 그녀는 시간을 그 자체에게로 돌려보내겠다고 자신에게 말한다. 시간 그 자체에로. 시간 전의 시간으로. 그 최초의 죽음으로. 모든 죽음으로부터. 그 하나의 죽음으로. 하나 단 하나의 남음. 그것으로부터 예고가 일어난다. 재림(再臨)[24]

24　위의 책, 162면.

앞의 인용문처럼 과거의 기억은 개인 속에서도 역사 속에서도 왜곡 조작된다. 그러기에 과거는 조작된 과거일 수밖에 없다. 역사는 죽은 역사일 수밖에 없고, 생명체가 없는 돌에 불과하다. 그녀 역시 돌 사이에 누워 있는 더 이상의 생명을 주는 생명체가 아니다. 새로운 생명체로 태어나기 위해서는 오직 부활, 재림밖에 없다. 자신 속의 모든 것을 불사르지 않고는 그 극복이 불가능함을 제시한다. 미래와 과거를 통하여 새롭고 자신의 기억을 되찾아졌을 때 새로운 결론을 얻을 수 있다고 서술한다. 그럴 때 죽은 가지에서도 새싹이 돋아나고 고정되었다고, 죽었다고 생각되었던 시간이 바로 움직임의 속도를 드러내고 그것 자체의 거대한 시간이 드러난다는 것이다. 이는 바로 새로운 글쓰기, 말하기를 통해서 이루어진다. 즉, 지배적인 로고스 중심주의에서 벗어난 사이의 시학, 다이스포라적 글쓰기, 말하기이다.

> 깨어진다는 것, 완벽하지 못하게 구술한다는 것, 완벽하지 못하게 말 한다는 것, 완벽하지 않게 말하라 완벽하지 못한 말, 피진어, 깨어진 언약, 말하기 전, 말해지는 대로. 구술된 대로. 말해지려던 말하기 위해. 그 후에 말하라.[25]

위의 인용문에서 보는 것처럼 억압적이 아닌, 스스로 말하게 하는 것, 깨어진 언어일 망정, 완벽하지 않다 하더라도, 억압되기 이전의 말을 그대로 구사하는 소외된 타자의 무의식 끌어올리기이다. 그 중심 사회로

---

25 위의 책, 173면.

부터 소외, 사회문화적 억압 속에서 말할 수 없었던 것을 말함으로써 그 사회의 이방인은 이방인의 시선으로만 볼 수 있는 새로운 시학, 디아스포라적 글쓰기, 말하기를 통해 숨통을 트일 수 있다는 것이다. 이는 바로 몸의 뼈를 부풀리던 액체와 골수, 수없는 입구를 통해 자유롭게 통행할 수 있었던 혈액을 통해서 기꺼이 자유가 주어지고, 비로소 해방이 일어나는 과정과 같다. 그래서 눈에 보이는 빛이 그보다 더 밝을 수 없고 들리는 소리는 그보다 더 높을 수 없게 늪의 물결이 공기를 떨리도록 재촉하고, 다른 모든 것을 높이 올리기 위해 모든 기억이 모두 메아리치는 곳으로 향하게 된다는 것이다. 여기에서 통합과 화해의 미학, 하나의 원 속에 하나의 원 동심원의 연속이 일어난다는 것이다. 이럴 때 9일 낮과 9일 밤의 고통과 인내의 밤이 완성된다. 즉 집단적 문화적 환상의 제도 속에서 침묵당한 소수자들, 가부장제 문화 속에서 보이지 않는 침묵당한 여성 하위 주체의 말하기, 글쓰기가 이루어져 새로운 제3의 지대가 완성될 때 고통과 인내의 밤은 완성된다는 것이다.

6. 이미지와 서술의 상호 텍스트성

『딕테』에는 앞서 분석한 서술 외에 다양한 이미지가 나타난다. 주석이 없는, 신문, 편지, 일기, 인용문, 번역문, 도형 사진, 도판, 다양한 알파벳, 붓글씨 등이 혼합되어 있다. 이 이미지 텍스트들과 함께 모국어가 아닌 제3의 언어 즉 영어, 불어, 라틴어, 중국어 등 다양한 언어가 혼재되어 있다. 이 다양한 요소들은 그 자체로 텍스트에서 탈문맥화 되고 탈역사화 되면서 이미지와 텍스트 간의 대화는 서술 조각들이 서로 제휴하지 못한 채 깨진다.[26]

설명과 제목이 붙어 있지 않은 이 생략 텍스트, 텍스트 속의 사진은 과거 사진을 현재 보는 것이 과거와 얼마나 동떨어진 것인지를 분명히 보여준다. 동시에 이름 없는 주체들의 역사를 반쯤은 복원되고 반쯤은 매장된 정보로 텍스트 속에 위치하게 한다. 텍스트에서 사진은 침묵당한 주체들의 자아 재현 혹은 역사 복원의 탁월한 가시적 방식이라기보다는 오히려 그것을 전복시키는 재현의 모습을 드러내는 시각적인 텍스트로서 역할을 하고 있다.

차학경은 텍스트 속의 서술과는 달리 분리된 증거로서 사진을 차용하여 사진 그 자체의 가시성에 대한 도전, 언어와 공간의 전치로 인한 소외 그리고 역사 복원의 총체성에 대한 문화적 저항을 강조하는 장치로 이용하고 있다. 사진과 글쓰기의 병치, 시각적인 형식과 문자 텍스트 형식의 혼합은 침묵당한 주체들의 정체성 혹은 역사를 재현하는데 있어 가시적인 것들이 얼마나 비가시적인가를 보여주는 지점이다. 그런 점에서 차학경이 말한 대로 '재현은 내러티브 재현 속에서가 아니라 재현은 지배적인 양식에 대한 도전 속에 보일 수 있게 된다'(111면)라는 주장은 바로 차학경의 미국인 중에서 소수 민족의 경험, 디아스포라적 경험에 의해서만 가능한 문법이다.

---

26 정은숙, 앞의 글, 127면.

　차학경은 『딕테』에서 텍스트가 작가의 지배적인 목소리를 드러내는 하나의 행으로만 이루어진 것이 아니라 다양한 양식의 글들과 이미지들이 섞여서 충돌하는 다원적인 공간으로 설정하고 있다. 이런 공간 속에서 독자는 텍스트 표면의 단어들로 혹은 이미지로 형성된 말하여진 것 외의, 말하여 지지 않은 것들을 상상하며 텍스트를 새롭게 형상화하게 된다. 그런 의미에서 텍스트의 의미 확대뿐만 아니라, 독자들의 글 읽기의 영역까지 확대하고 있다.

참고문헌

권택영, 「그리스 여신들의 아홉 마당 굿—차학경의 『딕테』」, 『국제한인문학연구』 2권, 2008.

김승환, 「『딕테』의 서사 전략」, 『한국비교문학』 33, 2004.

김승희, 「차학경의 텍스트 '딕테' 읽기」, 『인문논총』 13, 서경대 인문학연구소, 2000.

민은경, 「차학경의 Dictee, Diction, 받아쓰기」, 『비교문학』 24집, 1999.

박영수, 「페니키아 문자와 알파벳」, 『암호이야기』, 북로드, 2006.

이귀우, 「『딕테』에 나타난 탈식민적 언어와 파편적 구조」, 『영미문학페미니즘』 제8권 1호, 2000.

이유경, 「디아스포라 정치학」, 『제75차 한국현대문학연구학회 국제 심포지움 발표문』, 2008.7.

임진희, 「Teresa Cha Hak Kyung의 Dictee에 나타난 자아, 언어, 국가의 주체」, 『미국학 논집』 28.1, 1996.

정은경, 「타자의 언어로 말하기」, 『디아스포라 문학』, 이룸, 2007.

정은숙, 「상호텍스트의 관점으로 차학경의 『딕테』 읽기」, 『비교문학학회』 24, 2007.

커를 메닝거, 김량국 역, 『수의 문화사』, 열린책들, 2005.

태혜숙, 「아시아계 디아스포라 여성의 위치에서 '몸으로 글쓰기'」, 『영미문학 페미니즘』 제11권 1호, 2003.

홍경표, 「차학경의 『딕테』에 나타난 정체성에 대하여」, 『어문학』 86집. 2004.

William Safran, "Dispora in Modern Socoeties : Maths of Homeland and Return", *Dispora* Vol.22 No.1, 1991.

이양지 문학에 나타난 분열된 주체

1. 시작하는 말

이양지의 대부분의 작품들은 주인공들을 포함해 모든 등장인물들이 이양지의 생애와 성격, 가족 이력들과 일치하는 경우가 대부분이다. 이것으로 보아 이양지의 작품 활동을 통해서 자신의 삶의 문제를 본격적이고도 적극적인 태도를 가지고 다루려는 의도를 가지고 있었다고 할 수 있다. 일본에서의 생활뿐만 아니라, 한국에서의 생활 전반, 또 언어와 관련된 의식 흐름 전반을 다룸으로써 자신의 글쓰기를 통해 자신의 삶을 성찰하고자하는 의도를 가지고 있었다고 생각된다.

여성 작가의 글쓰기의 특징은 자기의 삶을 텍스트로 한다. 이양지 역시 작품에서 자기 삶을 텍스트로 하되 이양지는 태어나면서 어머니로부터 배우기 시작한 모어(母語)와 자신의 모국어(母國語) 사이에서 끊임없이 분열하는 모습을 통해서 재일 조선인이기 때문에 겪을 수밖에 없는 디아스포라 의식을 보여준다. 이양지는 재일 조선인이기 때문에 겪을 수밖에 없는 정체성의 혼란과 가부장적 억압이라는 이중적 타자의 체험을 언어를 통해서 드러낸다. 여성은 이중적 타자, '타자의 타자'이다.[1]

이양지는 재일 조선인이라는 특수한 상황 속에서 살아갈 수밖에 없는 전형적인 문제, 자신이 속해있는 법적인 국가와 실제 조국(대한민국) 사이에 느끼는 정치적이고 역사적인 갈등, 개인과 사회 사이에서 야기하는 민족과 개인의 문제, 언어와 언어가 부딪치고 분열하는 모습을 정치하게 그려내고 있다.

이양지의 모든 작품에 등장하는 인물들은 제국주의적 억압과 가부장적 억압으로 인한 이중적 타자로 정신적으로 분열하는 주체들이다. 주변인 디아스포라라는 정체성에서 연유하는 다양한 형태의 정신 질환과 우울증, 스스로가 일체화를 이루어 내고자 동경했던 조국과 조국 사회에서 실망하는 분열하는 주체, 자신 안의 또 다른 타자를 통해 실망하고 분열하는 서브 오리엔탈리즘의 시선을 보여준다.[2]

이양지의 1982년 첫 번째 작품인 『나비타령』에서 유고작 1992년 『돌의 소리』까지 서사의 과정을 훑어보면, 제국주의적 전쟁이 끝났음에도 일본 내의 조선인들에 대한 억압은 조선인들의 공포와 불안을 야기한다. 그 공포와 불안은 결국 조국으로 향하게 하지만 조국 내에서의 재일 조선인에 대한 또 다른 시선과 자기 속에 또 다른 타자로 인해 조국

---

1 권성우, 「재일 디아스포라 여성 소설에 나타난 우울증의 양상」, 『한민족문화연구』 제30집, 100면.
2 위의 글, 102면. 권성우는 에드워드 사이드의 말을 인용해 일본 사람들이 한국이나 대만, 오키나와에 대하면서 느끼는 편견과 우월감을 서브 오리엔탈리즘으로 명명하고 있다.

과 일체화하지 못하고 또 다시 분열을 경험하게 된다. 끊임없는 분열의 경험을 통해 이양지는 민족의 이름으로 관념화 집단화를 거부하고 『돌의 소리』에서 '사물을 있는 대로 보기'라는 자신의 나름대로의 또 새로운 디아스포라 의식을 보여준다. 이양지는 현실을 사회경제적인 관점에서 간단하게 정의 내리고 이를 현실의 전부로 대체하는 언어 사용 방식에 대해 『돌의 소리』에서 논리적으로 반박한다.

> 민족이라는 말이나 민족을 둘러싼 여러 말들도 이미 주어진 의미나 가치로부터 언어 스스로를 해방시켜주지 않으면 안 될 것 같은 생각이 든다. 그렇지 않으면 우리들은 만들어진 하나의 기치로서의 인간, 그 스스로 만들어진 가치나 의미의 주술과 속박의 흐름에서 빠져 나올 수 없다. '재일한국인'이므로 더욱 그렇게 생각한다.[3]

> 모국어와 모어와의 갈등, 일본과 한국, 두 나라 사이에 있어서의 갈등 등 결국 모두가 궁극적으로 현실을 있는 그대로의 모습으로 받아들이고 허용하는 용기와 힘과 같은 인간 존재에 있어서의 근본문제와 연결되는 것이었음이 틀림없습니다.[4]

이양지는 자신의 모든 작품에서 자신의 전 삶을 텍스트로 하여 이상과 현실 속에 끝없이 분열하는 주체를 그리고 있다. 그로 인해 새로운 성찰, 현실을 있는 그대로 받아들이기, 사물을 있는 그대로 보기라는 민

---

3   이양지, 『돌의 소리』, 삼신각, 1992, 74면.
4   이양지, 「나에게 있어서의 母國과 日本」, 『돌의 소리』, 삼신각, 1992, 250면.

족적 이념, 관념화를 초월한 새로운 자기 성찰을 획득한 것이다. 민족과 지역을 초월한 새로운 디아스포라, 순간순간을 의식하며 살기라는 새로운 대안을 제시한다.

2. '재일 조선인'으로 살아간다는 것

김윤식이 최인훈과의 대담을 회상하며 다음과 같은 말을 했었다.

언젠가 『화두』의 작가와 사석에서 이런 말을 주고받은 생각이 납니다. 우는 아이를 달래기 위해 노래 불러야 될 자리에서 저도 모르게 일본 국가가 튀어나왔다는 것, 자장가 대신 일본 군가부터 익혀버린 형국 아닙니까.[5]

일본 제국주의 하에 살았던 최인훈의 사회적 초자아가 최인훈의 의식을 억압하고 있는 좋은 예라고 생각된다. 마찬가지로 이양지가 아무리 이성적으로 민족의 피를 따라 '우리나라'라고 하는 한국을 찾아왔지만, 자신을 짓누르고 있는 초자아는 끊임없이 이양지의 의식을 충동질 '우리나라'의 모든 것을 받아들이는 것을 거부한다고 할 수 있다. 이양지는 운명적으로 맺어져 있는 '우리나라'와 자신의 삶의 기반인 일본이

---

5 김윤식, 「최인훈—유죄 판결과 결백 증명의 내력」, 『작가와의 대화』, 문학동네, 1996, 13면.

라는 나라 사이에서 균열하는 자신을 바라볼 수밖에 없다.

서경식은 재일 조선인은 디아스포라 '유목민 삶의 실천자가 아니다. 오히려 여러 경계선에 포위되고, 고립되어 정신분열적 삶을 강제 당하고 있는 존재이다. 즉 정체를 알 수 없는 자, 이름 붙이려고 해도 붙일 수 없는 자, 그렇기는 하지만 어쨌든 일본에 거주하면서 '분수도 모르고 특권을 요구하고 있는' 성가신 자들, 그들이 '자이니치[在日]이다'라고 했다.[6] 서경식이 말한 것처럼, 재일 조선인[7]은 경계선에 있는 정신분열증 공포증 환자이다. 정신 이상의 가장 자리에 있지만 미친 것은 아니다. 정신 분열증 증후로 자신을 끊임없이 확인하지만 다시 불안하고 수시로 공포에 휩싸인다. 그로 인해 관념이나 민족, 어떤 것에도 타협하지 않는다. 한 곳에 머무르면 바로 곧 불안해진다. 서경식은 이런 삶을 사는 재일 조선인을 유목민의 실천자 바로 디아스포라의 삶의 실천자가 아니라고 했지만 바로 이것이 디아스포라의 삶이다.

이양지의 문학을 통해서 보여주는 것은 바로 이런 디아스포라의 삶이다. 이양지의 대부분의 작품은 대체로 이양지의 다른 타자를 등장시켜 인간의 분열증적 증상을 객관적으로 바라보려는 인간에 대한 실험적인 소설들이다. 『유희』의 유희와 화자 '나' 숙모는 모두 이양지의 타자들이다. 『해녀』의 언니와 '나' 역시 이양지의 타자들이다. 『푸른바람』의 다카꼬와 도루 역시 서로 다른 타자들이다. 『돌의 소리』의 주일, 가

---

6   서경식, 「재일 조선인이 여기 있다」, 『한겨레』, 2010.6.26.
7   '재일 조선인'에 관한 용어는 서경식에 따르면 남북한으로 분단되기 이전의 상태인 조선인이라는 용어가 가장 바람직하기 때문에 '재일 조선인'이라는 용어를 사용한다고 했다. 그러나 이양지는 '재일 조선인'이라는 용어 대신에 '재일 한국인'이라는 용어를 사용한다. 이것은 북한을 인정하지 않겠다는 의도를 가지고 있다. 여기서는 '재일 조선인'이라는 용어를 사용하겠다. 서경식, 『고통과 기억의 연대는 가능한가?』, 철수와영희, 2009.

나, 에이코 역시 각자의 타자들이면서 또한 이양지의 타자들이다. 이것은 이양지 스스로가 그대로 밝히고 있다.

> 『유희』 속에 나오는 언니도, 아주머니도, 그리고 유희도 모두가 저 자신의 분신입니다. 저는 이제야 본국인의 마음이나 입장을 조금이라도 이해할 수 있게 되었으며, 또한 이해해 나가는 길이야말로 재일동포인 저 자신의 모습을 객관화하며 부각시킬 수 있는 길임을 깨닫게 된 것입니다.[8]

위의 인용문에서 보는 것처럼 이양지의 작품 속의 인물들은 모두 이양지의 또 다른 타자들이다. 곧 이양지의 작품을 분석한다는 것은 바로 인간 이양지를 분석하는 것이다. 이양지는 작품 활동을 통하여, 재일 조선인이기 때문에 부딪칠 수밖에 없는 현실문제와 그로 인한 고통과 고뇌를 통한 내면적 성찰을 보여주려고 했다.

이양지의 작품은 재일 조선인으로 공포와 불안을 보여주는 분열적인 삶을 보여주는 작품들, 『해녀』, 「Y의 초상」, 「그림자 저쪽」, 「푸른 바람」, 『해녀』, 「각」, 그런 불안과 공포를 초극하려는 의지의 작품 「나비타령」, 『유희』, 「돌의 소리」 등으로 구분할 수 있다.

첫 데뷔작인 「나비타령」에서 재일 조선인으로서 공포와 불안은 조국을 향하게 하는 주요 동인이다. 그러나 막상 조국의 현실과 부딪치자 자신 속의 또 다른 타자, 일본 선진국의 일원이라는 우월감 속에서 조국을 바라보는 우월한 자의 시선을 발견하고 당황한다. 「나비타령」에

---

8   이양지, 「나에게 있어서의 母國과 日本」, 『돌의 소리』, 삼신각, 1992, 211면.

서는 재일 조선인으로 살아간다는 것의 고통을 가족서사를 통하여 보여준다.

재일 조선인은 일본의 식민지 지배로 '일본 국민'이라는 테두리 안으로 끌여들여졌다, 또 다시 전후 일본 정부의 의도에 따라 '국민'의 테두리 밖으로 쫓겨나 사실상 난민이 되었다. 일본 정부는 재일 조선인을 무권리 상태로 몰아넣고서 일본 국적을 취득해 일본 사람처럼 살거나, 아니면 국외로 나가라며 계속 압력을 넣어왔다. 식민지 지배에 대한 도덕적, 정치적 책임을 부정하려고 하는 일본 지배층에게 존재 그 자체가 식민지 지배의 산증인이라 할 수 있는 '재일 조선인'이라는 존재는 눈엣가시였다.[9] 일본에 살면서도 일본인과 다른 이질적인 존재로 차별과 억압 속에서 살면서 분노와 비애를 키워 온 재일 조선인 1세의 불우의식과 달리 재일 조선인 2, 3세는 그 불우의식을 내면화, 열등감과 죄악감으로 자신을 억압하며 현실을 도피하려 했다.

일본에서 만났더라면 이토록 뼈저리게 느끼지 못했을지도 모른다. 나도 그렇지만 모국이라는 장소에 와서 모르는 사이에 한 꺼풀씩 외피가 벗겨지는 것 같은 체험을 감각하고 있었으리라고 생각한다. 일본에서는 표면에 나타나는 일이 없었던 부분이, 어떤 경향을 읽을 수 있을 정도로 드러나게 된 것이다.

재일 한국인 증후군의 요체가 되는 공통사항은 집이었다. 그것도 불안정하며, 불행하며, 복잡한 사정이 둘러붙은 집이었다. 왜 모두 집이라는 것으

9　서경식, 『고통과 기억의 연대는 가능한가?』, 철수와영희, 2009, 276면.

로부터 떠나서는 살 수 없는 것일까. 만나 본 어떤 재일 한국인이든 이야기를 시작하는 순간 가족 구성의 복잡함, 세대의 불화, 가족 내부에서의 모국관의 차이와 왜곡······ 물론 내용은 다양하지만 거의 모두가 공통된 고민을 짊어지고 있다고 해도 좋을 정도였다.[10]

위의 인용문처럼 재일 조선인의 열등감과 죄악감은 집을 통해서 더욱 강화된다. 이것은 『나비타령』에서 가족의 분열을 통하여 핍진하게 보여주고 있다. 재일 조선인의 경우는 조국이 해방되었음에도 지금까지 식민지의 억압이 계속되고 있는 것이다. 그들은 일본에 거주하면서 일본의 국민으로 인정받지 못하는 일본 사회의 억압적인 상황은 공포, 불안을 불러오고 그것은 가족 해체로 이어진다. 부모들의 처절한 싸움은 끊이지 않았으며, 가족 간의 증오와 대립은 존재에 대한 위협으로 이어진다.

『나비타령』의 '나'는 어머니 아버지의 불화가 계속되자 동경에 있는 집을 가출한다. 가출해 취직한 곳은 조선인이 많이 사는 오사카의 어느 여관이다. 여관에서의 생활은 자신의 재일 조선인으로서의 자기 정체성을 분명히 깨닫는 계기가 된다. 일본 사회에서 재일 조선인이라는 것은 여관에서 세탁을 전문으로 하는 오지카와 같은 가장 저급하고 더럽고 형편없는 인간인 것이다. '나'는 오지카를 연민과 동정으로 바라보며 자신과 동일시한다.

---

10 이양지, 『돌의 소리』, 삼신각, 1992, 196~197면.

나는 다른 종업원들과 마찬가지로 아무 데도 갈 곳이 없는 흘러 온 사람들 중에 하나에 지나지 않는다. 나는 때때로 조센징에 지나지 않았던 것이다.[11]

이런 자신의 주변인으로서의 정체성은 더욱더 공포와 불안을 가져다준다. 더럽고 형편없는 조선인이라는 자기 정체성은 어디를 가도 따라 다닐 것 같아 시시때때로 불안과 공포에 휩싸인다.

① 니혼징에게 피살당한다. 그런 환각이 시작된 것은 그날부터였다.

② 여기서 피살되어 나는 피투성이가 된 채 객사하는 것이다.

③ 나는 니혼징들에게 깔려 질식당한다. 어두운 영화관도 공포였다. 좌석에서 불쑥 나온 후두부가 날붙이에 찔려 머리가 잘린다고 느껴져 제대로 영화도 보지 못한 채 밖으로 뛰어나온다.

④ 피살된다는 공포와 그 반대로 죽인다는 살의(殺意)가 내 마음 속에 꿈틀거리고 있었다.[12]

『나비타령』에서 '나'를 주변인으로 몰아가는 것은 또 가족적 상황이다. 어머니와 아버지의 불화는 몇 년 째 별거, 위자료, 재산분배, 친권자 그런 문제로 재판을 계속하고 있다. 그 재판 와중에 '나'의 둘째 오빠인 자폐증 환자 가즈오는 원인 모르는 병으로 식물인간이 되어 병원에 있다. 큰 오빠 뎃짱은 성인병으로 몸무게가 100킬로그램이 넘는다. 결국 그는 31살의 나이로 지주막하출혈로 죽는다. 엄마는 안면신경통을 앓

11　이양지, 『나비타령』, 삼신각, 1989, 301면.
12　인용문은 『나비타령』(삼신각, 1989)의 본문에서 인용. ①, ②, ③은 312면, ④는 313면.

는다. '나'는 오사카로 가출해 다시 돌아온 이후 유부남인 일본인 마스모또와 불륜관계에 있다.

『나비타령』의 이 절망적인 가족 상황은 바로 재일 조선인의 현주소를 적나라하게 보여주고 있다. 이 작품 서사를 통해 드러나 있듯이, 재일 조선인의 끊임없이 분열하는 정신적 분열과 비정상적 삶은 결국 위의 인용문 같이 일본인이 조선인을 바라보는 부정적 시선에 의한 것이다. 일본에서 조선인으로 산다는 것에 대한 불안과 공포, 가족의 해체 등은 주체의 정체성을 주변인으로 자리 잡게 한다.

3. 작품 속의 인물들, 균열하는 주체

이양지의 대부분의 작품에서는 죽음의 그림자가 어른거린다. 대부분의 작품에서 인물들은 죽음의 강박에 시달리거나 실제 죽는다. 『나비타령』에서 두 오빠의 죽음, 『오빠』에서 오빠의 죽음을 목격하고, 죽음의 주술에서 풀려나기 위해 주인공은 외출할 때마다 빨래를 베란다에 널기도 한다. 『해녀』에서 언니의 심장마비 등, 『푸른 바람』에서 입버릇처럼 '우울하군'을 뱉어내는 어린 아이 '도루', 언제나 죽음을 생각하는 '다카꼬', 이들은 하나 같이 재일 조선인으로서의 공포와 정신분열증을 가지고 있다. 『나비타령』의 아이꼬의 공포나 불안으로 드러나는 우울증이나 『해녀』에서의 언니의 원인 모르는 비만증, 폭식 등은 아버지로 대표되는 가부장제적 폭력과 관련이 있다. 또 정착하려고 해도 정착할 수 없는 조선인으로서의 민족적 소외 체험까지 더불어 분열된 디아스포라의 이중 여성 소외를 보여준다. 『나비타령』의 둘째 오빠의 자폐증, 큰 오빠 뎃짱의 100킬로그램 이상 몸무게의 성인병, 아이꼬의 유부남과의 연애, 장기간의 부모님들의 불화와 이혼 소송 등은 일본에서의 재일 조선인의 현주소를 상징적으로 보여주는 것이다. 큰 오빠인 뎃짱은 자신은 남에게 명령하는 것이 싫다는 요령부득의 인간, 가족에게조차 존재 가치도 없는 가즈오 오빠, 언제나 마음의 위안을 얻기 위해 유부남 마쓰모또를 찾는 아이코, 이 모든 인물들은 자신의 삶의 혼란 속에서 자기 자신을 타자화한다.

큰 오빠 뎃짱은 『오빠』라는 작품에서 허무적인 경향과 모든데 무관심으로 일관하는 히데오 오빠로 다시 등장한다. 아이코 역시 이 작품에서 언니로 등장한다. 민족의식이니 주체성이니 라는 말을 수시로 뱉어내는 언니는 제멋대로의 삶으로 오빠와 동생 '나'를 당황하게 하며, 일정한 직업 없이 아르바이트로 연명하고 유부남과 동거하는 인물이다. 언니는 죽음을 피하기 위해 주술을 믿으며 언제나 외출할 때 빨래를 해서 베란다에 널고 가는 버릇을 가지고 있다.

이양지의 작품 속의 인물들은 언제나 죽음을 안고 사는 인물들이다. 그렇기 때문에 그들은 『나비타령』의 아이꼬처럼, 『유희』의 유희처럼 현실이 싫거나 못마땅하면 현실을 도피한다. 이들은 정신적 환자 중에 공포증 환자에 속한다. 공포증 환자는 자신과 큰 타자를 혼돈하여 큰 타자 안에서 자신의 '자아'를 지탱시켜나간다.[13] 『나비타령』의 아이꼬가 대타자인 조국의 품에 안기기 위해 한국으로 출발했고, 『유희』의 유희 역시 모어를 마음대로 구사할 수 있는 일본으로 돌아간다. 이양지의 대부분의 작품 속에는 초점 인물의 성적(性的) 파트너는 주체의 위안과 마음의 안식을 주는 대타자들이다. 그들은 작품 속의 인물들을 있는 그대로 받아들이는 일본을 상징하는 인물들이다. 이들이 초점 인물들을 도피시키는 대타자들이다.

이양지의 작품 속의 인물들은 순간순간 자신들을 죽음의 막다른 골목까지 몰고 간다. 죽음은 자기를 부정하는 것이다. '죽음'이라는 한계까지 가는 것, 최종적인 결과에까지 감으로써 다시 삶을 긍정하게 되는 것이다. 『각』에서 초점 화자 순이의 말처럼, '지금 막 태어나서 지금 막 죽음'을 맞이하는 순간순간을 최고의 가치를 누리며 살아가는 것이다. 그러기 위해서는 매 순간 분열하는 자신을 날카롭게 바라보고, 자신을 응시해야 하는 것이다.

> 사람을 대하고 있을 때의 나, 나를 그 지경으로 만들고 있는 나, 그런 나를 보고 있는 나, 나, 나, 나, 나, 머릿속이 아찔하고 현기증이 인다.[14]

결국 정신적인 분열 상황 속에서 죽음이라는 극한 상황까지 자신을 몰고가 삶의 본질적인 물음을 제기하는 것이다. 『나비타령』에서 아이꼬는 아침부터 위스키를 마시기 시작, 인사불성으로 어머니의 목을 죄어 죽이려고까지 하고 자살까지 시도한다. 죽음에의 의지는 무(無)에의 의지를 내포한다.[15] 무에의 의지는 반동적 힘을 생성한다. 결국 '아무

---

13 올리버 켈리, 박재열 역, 『크리스테바 읽기』, 시와반시사, 1997, 96면.
14 이양지, 「각」, 『나비타령』, 삼신각, 1989, 308면.

래도 자식은 그만 둘 수 없었고, 자신의 일을 계속 하지 않으면 안 된다'는 결론을 내린다. 그리고 '가야금 교습을 받고, 내 등만한 악기 속에 우리나라가 깃들어 있는 것이 내게는 자랑스럽게 느껴졌다'며 가야금 선생의 집에서 편안함을 느끼고 연애하는 유부남 마스모또의 가슴 속에서 따뜻함을 느낀다.

『유희』에서의 '나'는 소심하고 자폐 증상을 가지고 있는 유희의 또 다른 타자이다. 이 작품에서는 유희와 '나'의 관계를 통해서 집단성, '우리나라'라고 하는 추상성을 배제하고 개인이라는 구체성의 언어만을 택하고 싶다는 서사 과정을 보여주고 있다. 즉 재일 조선인인 유희는 고국어, 한국어라는 이름으로 집단적으로 행해지는 언어행위를 받아들이기 거부한다. '우리나라'라고 하는 집단성 속에는 민족성이 가지고 있는 비열함과 저급함, 등 천박함까지 포함되어 있다. 유희는 이런 민족성의 요소를 일본 태생이라는 재일교포의 눈으로 받아들이기 힘들어한다. 유희 스스로가 비판하고 있지만, 그것은 자신 속의 또 다른 타자, 우월한 일본인의 눈으로 한국을 바라보기 때문이다. 즉 서브 오리엔탈리즘의 시선이다. 그러나 이양지의 작품에서 주인공들이 한국 문화를 체험하면서 느낀 재일 조선인으로서 우월감은 자신 역시 일본인과 다를 것이 없다는 포용적인 시선을 받아들이는 계기가 된다.[16]

집단성은 개인 간의 차이를 부정한다. 차이를 부정하려는 시도는 삶을 부정하고 실존을 평가 절하하며, 그것에 우주가 어떠한 차이도 없이 가라앉아버리게 하는 바로 죽음을 기약하는 것이다.[17] 이 작품에서 유희

15　들뢰즈, 신범순·조영복 역, 『니체, 철학의 주사위』, 인간사랑, 1994, 123면.
16　심원섭, 「이양지의 '나' 찾기 작업」, 『현대문학연구』 15집, 2000, 30면.

는 끊임없이 분열하는 주체이다. '나'는 유희로부터 같은 민족에서의 자기의 위치를 찾으려는 의지를 절절하게 느낀다. 그러나 유희는 수업 시간 외에는 한국어를 사용하지 않고 일본책만 읽는 유희를 보며 답답함을 느낀다. 유희는 한국 생활 중 부딪치는 일상적인 것 속에서 혼란을 느끼며 자신의 자아 속에 갇혀버리는 자폐 현상까지 보인다. 유희는 스스로를 위선자라고 비판하지만 일본과 문화적 차이에서 오는 이질감으로 한국 생활이 견디기 힘들다. 그로 인해 한국어를 비롯한 모든 '우리나라'로 칭해지는 것이 싫어진다. 한국 문화에 대한 이질감으로 한국 자체를 거부하고 부정하는 유희는 결국 한국 생활을 견디지 못하고 일본으로 돌아간다. 한국 자체, 민족에 대한 부정으로 일본에 돌아간다는 것은 의지의 상실, 무의 의지를 드러낸다. 자신을 한국과의 분리로 인해 다시 자신으로 돌아감으로서 자신의 힘을 새롭게 할 수 있는 긍정의 힘을 생성하는 계기로 작용한다. 그것은 『돌의 소리』라는 작품을 통해 보여준다.

4. 새로운 디아스포라 의식, '있는 그대로 보기'

디아스포라는 그리스어에서 유래한 것으로, 이산(離散)을 뜻한다. 역사적으로는 전 세계에 흩어져 살아온 유대인의 삶의 경험을 지칭하는

---

17 들뢰즈, 앞의 책, 88면.

것으로, 최근 세계화가 가속화되고 전 지구적 차원에서 민족, 국가, 인종이라는 확고한 경계가 약화되면서 새삼 문제시되고 있는 삶의 형태라고 할 수 있다. 서경식은 '근대의 노예무역, 식민지 지배, 지역분쟁, 세계전쟁, 시장경제 글로벌리즘 등 외적인 이유에 의해, 대부분 폭력적으로 자기가 속해 있던 공동체로부터 이산을 강요당한 사람들 및 그들의 후손을 가리키는 용어'[18]로 사용된다고 정의했다. 재일 동포의 형성이 강제적인 유민 생활에서 출발한다는 점과 그로 인한 가족의 해체와 현실적인 고통, 조국과 일본 사이의 정체성의 문제로 갈등하는 재일 문학의 특성이 이런 디아스포라의 특징들을 잘 보여주고 있다는 점에서 서경식의 관점은 더욱 설득력을 가진다.

장혁주, 김사량, 김달수, 정승박, 김석범 등으로 대표되는 재일 1세대 문학이 조국과 민족으로부터 자유롭지 못했다면, 재일 중간 세대의 문학은 '타자 의식'을 상대적으로 확장하고 심화시키면서 자기 정체성의 문제를 제기하고 있다. 강한 민족적 글쓰기를 보여준 1세대 문학과, 일본 사회에 적응한 현실감을 토대로 '자아' 중심의 실존적 글쓰기를 보여주는 신세대 문학, 이양지, 김학영, 이회성, 양석일 등 중간 세대의 내면 중심의 자아 반성적 글쓰기는 재일 문학의 방향을 분명히 보여주고 있다.

지구촌 시대가 되면서 '지역'은 국가의 경계뿐만 아니라 거의 모든 고정된 구분들을 획일화하는 초국적 자본의 힘에 저항하는 새로운 거점으로 인식되고 있다. 따라서 인간의 근본적 지향점, 인간의 기원으로 설정된 '고향', '조국', '민족' 등을 지난 시대의 이데올로기적 잔여물로

---

18 서경식, 김혜신 역, 『디아스포라 기행』, 돌베개, 2006, 114면.

보고 그것을 해체하는 가운데 새로운 방식의 '고향' 만들기를 요청한다.[19] 디아스포라는 흩어진 유태인의 경험대로 새로운 유토피아를 목적으로 고정된 구분화를 거부하고 새로운 '고향' 만들기를 기획한다.

이양지는 '이렇게 살고 있는 나', 또한 '저렇게 되어야 하는 나' 이러한 실체와 희망의 사이에서 정신적 아이텐티티의 중심선이 언제나 동요하는 가운데, 저희 모국과의 만남에 있어서의 하나의 단계적 마무리로서, 또한 새로운 중심선의 설정을 원하고 그것을 추구하기 위해 『유희』가 쓰여진 것입니다.[20]

위의 인용문대로 '새로운 중심선의 설정을 원하고 그것을 추구하기 위해' 『유희』의 집필 의도가 전 세대의 민족적 아이덴티티를 지향했던 작가들과 다른 어떤 것을 추구하고 싶다는 것이다. 이것이 바로 이양지 문학의 실체가 되는 것이다. 자신이 태어나서 자란 일본과 조국인 한국과의 이분법적 대립이 아니라 조화로서의 새로운 모색의 길을 찾겠다는 것이다. 그러나 위의 장에서 논한 대로 정작 『유희』에서는 그러한 자기 정체성의 실체를 찾기 전까지의 심리적 갈등을 그리고 있다. 이런 심리적 갈등은 『각』『그림자 저쪽』『돌의 소리』에서 순차적 의식의 변화를 통해 드러난다.

『각』에서는 초점 화자는 한국으로 유학 온 재일 조선인이다. 그녀는

---

19 태혜숙, 「아시아계 디아스포라 여성의 위치에서 '몸으로 글쓰기'」, 『영미문학 페미니즘』 제 11권 1호, 2003, 236면.
20 이양지, 「나에게 있어서의 母國과 日本」, 『돌의 소리』, 삼신각, 1992, 247~248면.

일각일각 부딪치는 한국의 문화적 충돌 속에서, 자기 회의와 자기 연민, 자기 혐오 등 파열하는 자신으로 인해 당황한다. 또 자기 자신을 포함한 모든 기존의 가치와 개념들, 삶조차 회의를 가지는 인물이다. 그녀는 한국어의 어미 '다'에 넌덜머리가 나고, 표음 문자를 듣는 것만으로도 목이 깔깔해진다. 한국 사람의 자기 긍정의 소박함에 속이 꽉 막히고, 한국 사람의 반일사상에도 의심스러워하는 인물이다. 한국 사람의 배려라는 이름으로 당한 고통에 죽을 기분을 느끼고, 저질스러움에 괴로워하지만 같은 동족의 일원이라는 것으로 어쩔 수 없는 감정이입을 느낀다. 한편 한국의 문화적 충돌의 당황스러움은 재일 조선인으로서의 우월감에서 오는 당황스러움으로 인식하고 재일 조선인에 대해 항상 가해자의 입장에 있었던 일본과 자신을 동일시한다. 자신들을 소외시켜 물건 취급하는 일본이지만 친절한 나라, 일본을 그리워하기 시작한다. 애인 후지다처럼 그녀를 있는 그대로 받아들이는 일본 그 자체가 그리움의 대상이다. 자신은 일본에 살아야 하기 때문에 재일 조선인에 대한 차별 때문에 일본화하지 않으면 생존 자체가 어렵다고 인식하고 있는 인물이다.

『그림자 저쪽』에서의 쇼오꼬와 징옥이도 이양지의 서로 다른 타자들이다. 둘 다 한국에 나와 있는 재일 조선인이지만 한 사람은 쏘오꼬라는 일본 이름으로 한 사람은 징옥이로 한국 이름을 사용한 것도 작가 이양지의 소설적 장치이다. 일본 이름을 사용하면서도 한국적 사고 방식을 보여주는 쏘오꼬와 징옥이라는 한국 이름을 사용하면서도 일본식의 사고 방식을 가지고 있는 두 사람을 통해서 재일 한국인의 정체성의 혼란을 보여준다. 징옥은 '조선반도를 단순한 향수에서 모국이라고 생각하는 세대는 이제 끝났다구. 재일 한국인은 일본 안에서 어떻게 살아갈 것인가를 우선 생각해야 해'라며 재일 조선인의 현실 문제를 제안하고 있다. 반면 쇼오꼬는 원죄 사건에 휘말린 재일 조선인 노인을 돌보았던 기억을 더듬으면 '더불어 산다는 것'은 진정한 의미를 통해서 자신을 성찰하는 인물이다.

이양지의 의식에 대한 총괄적인 의미를 지니는 것이 『돌의 소리』라는 작품이다. 그동안 재일 조선인으로서의 정체성의 혼란은 이 작품에 와서는 정리가 된다. 즉 재일 조선인이 겪는 고통이 재일 조선인만이 겪는 특수한 문제로 보기보다는 인간이면 누구나 겪을 수 있는 인간의 근본적인 문제, 자신의 내면 속의 모순에 의해서 야기된 문제로 봐야 된다는 것이다.

이 작품에서 시를 쓰는 주일과 살풀이 춤을 추는 가나 역시 이양지의 타자들이다. 주일의 애인인 에이코는 주일을 알게 해주는 주일의 또 다른 타자이다. 에이코는 주근깨 투성이에 말을 더듬고 얼굴이 둥근 못생긴 여자의 전형이다. 그러나 주일에게 에이코는 사람을 원망하지도 않고 체념하지도 않으며 왜곡되지 않고 자신의 있는 그대로 살아가는 모습에 신성(神聖)까지 느끼게 하는 존재다. 에이코는 일본인의 싱징이면서 주일의 대타자이다. 주일은 제국주의적 유산인 재일 조선인이라는 열등감과 남자라는 가부장적 의식을 함께 가진 자신 내부의 모순을 폭력으로 발산하는 재일 조선인을 상징하는 인물이다.

주일은 한국으로 유학 와 경영학과에 다니고 있지만 시를 쓰고 있다. 아침에 일어난 시각부터 매 순간을 의식화하며 산다는 결의 하에 자신의 의식을 훑어나가며 자신에 관해 성찰한다. 그동안 개인적인 고뇌를

'재일한국인'이라는 문제로 모두 떠넘겨버리는 안이한 삶의 태도를 반성하고 관념에 휘둘려서 구체적 삶을 음미하지 못한 자신의 과오를 반복하지 않으려 한다. 무엇보다도 있는 그대로 보기를 혐오하고 그 자체로 파악하려고 하지 않는 자신을 새롭게 다지기 위하여 매 순간의 의식을 각인시키려하고 있다. 그러나 매 순간의 자신조차도 불확실한데 의식을 어떻게 각인하고 의미하는가를 다시 회의한다. 그러나 성실성 속에서 재일 조선인이 제국주의적 모순에 의한 억압으로 가족 간의 불화를 일으키는 집, 민족, 국가 등의 집단화된 문제를 개인적인 자신의 모순을 극복하고 다시 바라 볼 것과 대상을 있는 그대로 바라볼 것을 제의한다. 이것으로 '올바름'을 위하여 다시 태어나는 것이다.

> 모국어와 모어와의 갈등, 일본과 한국, 두 나라 사이에 있어서의 갈등 등 결국 모두가 궁극적으로는 현실을 있는 그대로의 모습으로 받아들이고 허용하는 용기와 힘과 같은 인간 존재에 있어서의 근본 문제와 연결되는 것이었음이 틀림없습니다.[21]

위의 인용문에서나 『돌의 소리』를 통하여 드러나듯이 주일의 어머니가 아버지와의 불행한 결혼 생활로 모든 것을 왜곡된 관점에서 보듯이, 재일 한국인이 불행한 과거의 역사로 인해 모든 사물과 대상을 왜곡된 관점에서 바라 볼 것이 아니라, 있는 그대로 보자는 것이다. 이것은 이양지가 「나에게 있어서의 母國과 日本」에의 글처럼 후지산[富士山]

21　위의 글, 250면.

을 민족에 대해 생각하기 시작한 후에 본 모습은 조국을 침략한 군국주의의 상징으로 나타나 거부해야만 하는 끔찍한 대상이었지만, 한국 유학을 마치고 17년 만에 만나게 된 후지산은 이제 아무 동요도 없고, 아무런 감정의 기복도 없이 차분한 마음으로 후지산과 대치할 수 있게 된 자신에 대해 안도감을 느낀 것과 같다.

『돌의 소리』에서 주일이 같이 하숙하는 인길이라는 학생이 학교 수업 시간에 가족의 족보를 알아오라는 말에 충격을 먹고 자폐 증상을 보이자, 주일은 재일 조선인이라는 특수한 입장이 가족의 불행으로 집약되어 나타나는 현상을 떠올리고, 집에 대해 집중 탐구, 결국 집은 고리타분한 것으로 결론을 내린다.

재일 한국인에게 있어 집은 모국인 한국에도, 그리고 일본에도 없다. 나는 무엇인가를 끊임없이 묻고, 설사 해답을 얻을 것 같다 해도 실체로서, 생활로서, 확고한 근거를 발견할 수 없다고 한다면 그런 사람들이 만들어 내는 집이라고 한 것은 또 비슷한 동요와 진폭이 많은 것이 될 수밖에 없다.[22]

주일은 참으로 개인적으로 살 수밖에 없음을 천명한다. 여기서 참으로 개인적이라는 말은 바로 사회적 집단적 관념에 의해서 대상을 편견과 왜곡된 시선으로 바라보지 말고 대상을 있는 그대로 보기이다.[23]

---

22 이양지, 『돌의 소리』, 삼신각, 1992.
23 '있는 그대로 보기'에 대해 심원섭은 불교적 인식론과 관련시켜 설명하고 있다. 불교적 인식론에 의하면 인간은 대상을 있는 그대로 볼 수가 없다고 한다. 우리는 대상이, 인간과 별도로 외부세계에 객관적으로 존재한다고 생각하기 쉽지만, 실제로 인간은 인간 특유의 왜곡된 인식 구조 속을 통과해 들어 온 주관화된 대상 밖에는 인식할 수 없기 때문이라는 것이다. 따라서 인간이 대상을 완전하게 바라보기 위해서는, 먼저 인식 주체가 갖고 있는 왜곡된 인식

이양지는『나비타령』에서『유희』까지 재일 조선인으로 한국과 일본을 오가며 느끼는 정체성의 혼란을 가정의 불행, 가족의 해체, 모국어와 모어와의 충돌 등으로 균열하는 주체를 형상화했다. 그러나『돌의 소리』에 와서는 '대상을 있는 그대로 바라보기'라는 새로운 디아스포라 의식을 제시하고 있다. 시시각각 분열하는 불안한 주체가 신봉한 관념성 역시 그것을 발화한 순간 새로운 의미가 생성되듯이 주체의 의식도, 관념 자체도 역시 믿을 것이 못된다. 그런 의미에서 아무런 편견과 왜곡없이 '사물을 있는 그대로 바라보기'라는 새로운 대안을 제시하고 있다. 또 재일 조선인이 언제까지 과거의 역사로 인한 고통 속에서 불행한 삶을 반복할 것인가. 문제는 대상을 있는 그대로 바라봄으로써 타자들과의 소통이 필요하다. 그럼으로 그들이 충일한 삶을 누릴 수 있을 것이다.『돌의 소리』의 주일처럼 또 재일 조선인이라는 피해 의식과 고통으로 인해 다른 타자, 에이코에게 폭력을 행세한 것 같이 다른 타자들에게까지 고통을 주는 것이 반복되어서는 안 될 것이다.

구조를 완벽하게 파악해 가는 수행, 궁극적으로 인간의 모든 감관작용을 포함한 인식구조가 갖고 있는 '공(空)'성을 인식해내는 수행과정이 필요하다고 한다. 이 수행이 완벽에 이른 뒤에 대상을 바라 볼 때, 비로소 대상을 있는 그대로 바라보는 일이 가능해진다는 것이다. 심원섭은 이양지의 '있는 그대로 보기'의 내용이 불교의 인식론과 유사한데가 있다고 했다. 심원섭, 「『유희』이후의 이양지」, 『일본학』19집, 2000, 277면.

5. 다시 균열하는 주체

이양지는 자신의 정체성의 혼란을 극복하기 위해 한국이라는 '우리나라'를 찾았고 그 시점에서 『나비타령』을 썼고 첫 작품으로 아쿠다가와상 후보에까지 올랐다. 또 한국에서의 긴 유학을 마치고 귀향하는 시점에 『유희』를 발표해 아쿠다가와상을 받았다. 『나비타령』에서는 재일 조선인인 아이코가 일본 사회에서 받는 억압감을 작품에서 서사화했다. 『유희』에서는 유희가 모어인 일본어와 모국어 사이의 충돌, 어떻게 해도 적응할 수 없는 한국의 문화의 저질성을 견디지 못하고 일본으로 돌아가는 서사다. 이 과정을 개략적으로 훑어보면 이양지는 결국 한국 유학 끝에 내린 결론은 일본에 적응하면서 살아갈 수밖에 없다는 것이다.

일본에 적응하고 살기 위한 나름대로의 논리가 '대상을 있는 그대로 보기'이다. 그러기 위해서 재일 조선인들이 가장 많이 겪는 전형적인 문제, 가족의 불행과 그로 인한 가족의 해체를 재일 조선인의 특수한 문제로 인식하기보다는 인간의 보편적인 문제로 만들어 버린다. 그 예로 『돌의 소리』의 에이코의 가족 이야기를 든다. 에이코 아버지는 첫 번째 부인이 아이를 못 낳는다고 해서 다시 둘째 부인과 결혼해 낳은 아이가 에이코와 언니라는 것, 그래서 에이코는 한 집에서 두 분 어머니를 모시고 살아왔다는 것이다. 그럼에도 두 분은 다정하게 잘 살아가고 있다는 것, 또 그런 가족 속에서 자란 에이코 역시 열등감이나 편견 없이 사람을 있는 그대로 받아준다는 논리다. 그러니까 이양지는 일본에 살아가기 위해서 일본 제국주의 논리는 받아들이지 않지만 에이코와 같은 자기의 분수에 맞게 살아가는 일본인의 논리에 순응할 수밖에 없음을 보여주는 논리다.

'대상을 있는 그대로 보기'는 순간순간을 의식하며 살되, 대상을 왜곡과 편견없이 바라보자는 것이다. 이것이 바로 진정한 디아스포라 의식인지도 모른다. 정체 없이 떠돌아다니는 디아스포라의 경우, 순간순간을 의식한다는 것, 또 대상을 그 자체로 바라본다는 것처럼 중요한 것은 없다. 이양지가 『돌의 소리』나 「나에게 있어서의 모국과 일본」에서 거듭 강조하고 있는 것이 이 논리이다.

이양지가 정체성의 혼란을 통하여 일본에 살아남기 위해서 선택할 수 있는 길은 오직 '순간순간을 의식하며 살아가되, 대상을 있는 그대로 본다'는 것이다. 『돌의 소리』의 주일처럼 아침 깨어난 시각부터 순간순간을 기억하며 의식을 체크해나가는 것이다. '우리나라'라고 하는 '한국'으로 와서 주일이 재일한국인으로서 한국인들과의 상호소통을 통해서 한국을 이해하려는 시도보다 고립된 '개인'의 존재를 선택함으로써 현실적인 대안을 제시하고 있다. 그러나 그런 고립된 개인은 아직도 일본 사회에 남아 있는 일본 제국주의자의 시선이나 억압, 개선되기 힘든 현실에 부딪칠 때마다 주체는 다시 분열할 수밖에 없다. 아무리 자신의 논리로 무장하더라도 디아스포라의 분열하는 주체를 가지고 있는 이양지로서 다시 분열을 계속할 수밖에 없을 것이다. 그래서 이양지의 죽음은 상직적인 사건이다.

영국과 한국의 신여성, 조지 엘리엇과 나혜석

1. 머리말

이 글은 나혜석과 조지 엘리엇의 글쓰기와 삶을 통하여 드러난 여성성의 실천성의 의미를 비교하는데 있어서 여성주의적 접근 방법을 택한다. 여기서 여성주의라는 것은 역사를 관통하는 글쓰기와 삶에 녹아 있는 모든 문제와 사건을 여성의 관점에서 보고 분석하는 하나의 방법으로 채택한다. 여성주의 방법론은 학적으로서의 정당성과 객관성, 그 외의 실천적 가치 지향을 포괄한다. 그를 위해 분석 대상을 장르 구분 없이 글쓰기를 대상으로 하되 자서전적인 것으로 채택한다.

한국과 영국의 근대는 1세기의 차이를 보인다. 영국은 산업 혁명 후 19세기 빅토리아 시대가 우리나라 일제강점기와 마찬가지로 근대에 접어든 시기다. 우리나라 일제강점기와 마찬가지로 영국에서 빅토리아 시대에는 여성들의 사회 진출의 욕망이 팽창, 다양한 움직임과 함께 여성의 사회 활동이 활발해진다. 그래서 여성 작가들의 진출이 가장 활발한 시기이기도 하다. 조지 엘리엇을 비롯한 샤롯트 브론트 자매, 제인 오스틴, 가스켈 등 가장 활발한 여성 작가가 등장한 시대였다. 이 영국의 작가들은 대부분 세계적인 성공한 작가가 되었다. 그러나 한국은 정반대이다.

이 글에서는 영국의 조지 엘리엇과 나혜석의 여성성 실천을 비교함으로써 그녀들의 욕망이 어떤 과정을 거쳐서 어떻게 성취를 이루었고 이루지 못했는가를 국가적 운명과 연관시켜서 분석해보려고 한다.[1] 두 작가만으로 한정하는 것은 두 사람의 인생 경로가 비슷하고, 두 사람의 비교 연구 자체만으로 다른 여성 작가들과 구분된 그들의 작품과 실천으로서의 삶이 여성적 삶에 의미를 가진다고 보기 때문이다.[2] 왜냐하

---

1   영국의 1800년대와 한국 1900년대는 국가적으로는 정반대의 입장이다. 식민지 제국과 피식민지국이라는 상반된 입장에 있었지만, 여성의 입장에서는 비슷한 근대를 체험하는 시대적 공간이라는 점에 있어서는 일치한다. 사회적으로 진보를 지향하는 성의 개방이나 자유결혼, 자유연애의 문제, 여성해방 등 또 한편으로는 그로 인해 성적 문란을 야기하는 사회 풍속의 차원에서 단속, 금기가 교차되는 시기이기도 하다. 그런 의미에서 초창기 근대 여성 해방기라는 시대의 흐름 속에서 여성의 의식은 어떻게 전개되고 그로 인한 여성의 실천은 국가적 운명과의 상관관계 속에서 어떻게 전개되는가를 비교 분석하는 것이 의미가 있다고 생각한다. 두 여성 작가나 문학 작품이나 시대적 흐름의 비교 연구가 서로 영향 관계에 의해서 연구되어야 한다고 생각하지 않는다. 고대 그리스나 동양의 성인들이 많이 등장한 시대가 일치하는 시점이 영향관계가 있었기 때문이 아니라 동서양이 서로 영향이 없었다 하더라도 역사적 조건에 의해서 성인이 많이 나타날 수밖에 없었기 때문이다. 서로 영향 관계에 의한 비교 분석은 오히려 주어진 해답 안에서의 조건지어진 분석만을 요구할 뿐이다.
2   영국의 조지 엘리엇과 비슷한 시기의 샤롯트 브론테 자매, 제인 오스틴, 그 후의 버지니아 울프 등의 작품의 성과는 우리가 알다시피 각기 개성은 다르지만 세계적으로 알려진 작가라는 점에서 성공한 작가라고 할 수 있다. 그들의 삶을 보면 샤롯트 브론트 자매가 일찍 세상을 하직한 것은 가족력에서 오는 허약함이고, 버지니아 울프 역시 심리적 우울증으로 남편에게 심리적 부담으로 주고 싶지 않다고 자살한 것으로 극히 개인적 죽음인 것이다. 그러나 우리나라의 나혜석이나 김명순의 죽음, 김일엽의 도피는 시대적 흐름인 자유연애로 인한 부작용, 성문란이나 이혼 등의 사회적 부작용을 신여성에게 뒤집어 씌워 마녀 사냥을 한 사회적 매장

면 영국 빅토리아 시대의 여성 작가들은 대부분 작품뿐만 아니라 인생에서도 성공한 반면, 한국의 초창기 여성 작가들은 작품에서 뿐만 아니라 인생에서도 실패했다. 물론 인생의 실패나 문학적 성과는 어떤 관점에 의해서 해석하느냐에 따라 평가가 달라지기 때문에 한마디로 정의할 수 없다. 그러나 이 글은 어쩔 수 없이 조지 엘리엇과 나혜석이라는 상대적 평가에 의한 것이다.

조지 엘리엇과 나혜석은 한 세기 이상의 시대적 차이와 아시아와 유럽이라는 지역적 차이에도 불구하고 그들의 여성으로서의 진보적 삶은 오늘날의 여성들에게 많은 시사점을 던져준다. 조지 엘리엇이 살았던 19세기 초의 영국과 일본 제국주의 하의 절름발이 근대화를 향해 발걸음을 시작했던 20세기 초의 우리나라는 발전 속도가 다를 수밖에 없는 역사적·지리적 환경을 갖고 있었다. 그러나 다른 시대였음에도 불구하고 여성 해방기 초창기 여성들의 의식이나 의식의 변화는 거의 궤를 같이 한다.

두 사람 다 똑같이 당대에 가장 진보적 삶을 살았음에도 작품의 세계와 그들의 삶의 과정은 다르게 나타난다. 그 원인이 개인과 상호 연관되어 있는 전통적 사회의 윤리나 그 당대의 시대적 분위기에 의해서 많이 좌우될 것이라 생각하고 이를 통해서 한번 고찰해보고자 한다. 즉 한 사람은 당대에 작가로서 뿐만 아니라 개인적인 삶도 성공적이었던 반면, 한 사람은 화가로서, 작가로서 또 개인적인 삶까지 극점을 향해

의 의미가 있는 죽음인 것이다. 그런 의미에서 영국과 한국의 해방 초창기 여성 연구에 있어서, 1800년대 영국과 1900년대 한국의 역사적 회오리의 중심에 있었던 조지 엘리엇과 나혜석을 비교 분석함으로써 충분히 다른 여성 작가들과의 연구까지도 유추할 수 있다고 생각한다.

치달았으며, 한 순간의 잘못으로 비참하게 삶을 마감하였을 뿐만 아니라 작품 활동을 더 이상 할 수 없었다. 성공과 실패는 다양한 측면에서 논할 수 있지만, 자신의 지향하는 바, 삶의 목적을 향해 끝까지 갈 수 있었느냐 아니면 어떤 연유로건 자신의 의지와 상관없이 사회적 환경에 의해서 좌절되느냐에 따라서도 논할 수 있을 것이다.

우연히 만나게 된 조지 엘리엇을 통해서 연구자의 한 사람으로서 나혜석의 비참한 생과 조지 엘리엇의 탁월한 작품 성과와 행복한 생의 마감 사이에는 전통적 윤리와 역사적인 환경, 그것을 조정하는 개인적 역량, 그런 것들의 상관관계에 의해서 그들의 운명이 결정되지 않았나 하는 의구심이 이 글을 시작한 동기가 되었다.

또 한편 세 신여성, 김명순, 나혜석, 김일엽에 대한 객관적인 평가는 지역과 시대를 초월해 다른 나라 근대 초창기 여성들의 작품과 그 성과를 포괄적인 측면에서 다룰 때 가능하리라 생각되었고, 그에 대한 시작으로 이 연구를 하게 되었다. 전혀 문화적인 영향관계가 없었던 서양에서부터 영향관계를 가졌던 일본 근대 초창기 여성 작가의 연구도 함께 이루어져야 할 것이다. 이를 위해서는 작가가 살았던 역사적 배경, 전기적 고찰, 작가의 작품 비교, 교류했던 지적인 배경 등 다양한 측면을 고려해야 한다.

2. 조지 엘리엇과 나혜석의 역사적 평가

조지 엘리엇은 엘리자베스 가스켈(Elizabeth, Gaskell), 브론트 자매 (Charlotte and Emily, Bronte), 제인 오스틴(Austen, Jane) 등과 함께 19세기 빅토리아 문학을 빛낸 여성 작가였다. 리비스[3]는 헨리 제임스(Henry James), 조세프 콘라드(Joseph Conrad), 제인 오스틴과 함께 영국의 4대 작가의 한 사람으로 조지 엘리엇을 다루고 있다. 그 외 많은 비평가들이 그녀의 소설이 빅토리아 시대 중류 계층의 윤리를 탁월하게 드러냈으며, 묘사의 탁월성, 지성적 깊이에 대해 극찬을 아끼지 않았다. 한편으로 조지 엘리엇에 관한 비평 중에는 도덕 선생과 같은 작가적 해설에 대한 불만과 형식이 뒤떨어진다는 평 또한 만만치 않다.

페미니즘 비평가 중 케이트 밀레트[4]는 조지 엘리엇이 조지 헨리 루이스[5]와 이십 년 이상을 동거하는 등 당대의 인습적인 도덕에 과감하게 도전하는 한편 작가로서도 탁월한 업적을 이루었음에도 불구하고, 작품 속의 여주인공들의 보수적 윤리에 대해 불만을 표했다. 이런 케이트 밀레트의 평은 조지 엘리엇에 대한 1970년대 이후의 페미니즘 비평의 주류를 이루었다.

나혜석은 1920, 30년대 화가와 작가로서 활발한 활동을 전개했으며,

---

3 F. R Leaves, *The Great Tradition*, London : Penguin Books inc., 1972.
4 Millett, Kate., *Sexual Policics*, New York : Ballantine Books, 1969, pp.196~197.
5 자유연애주의자인 George Heny Lewes는 부인 Agnes Lewes가 자신의 친구 Thornton Hunt와의 사이에 아이가 생기자 자신의 자식으로 입적, 그 당시 영국 법적으로 부인의 부정을 인정한 것이 되어 평생 이혼할 수 없었다. 그래서 Geroge Eliot과 1854년부터 Lewes가 죽기 전 1978년까지 동거했다.

외교관의 부인으로, 네 자녀의 어머니로서도 훌륭한 여성이었다. 화가로서는 전문 화가만을 대상으로 경쟁하는 '조선 미술전람회'에서 1922년 첫 회부터 4회까지 연속 입선, 5회 때 〈천후궁〉으로 특선, 구미 여행 중에는 출품을 중단, 귀국 후 1931년 다시 〈정원〉이 특선, 32년 11회 무감사 입선하였다. 또 조선에서 여성으로서 최초로 유화개인전을 개최, 5천여 명의 관객을 끌어들인 여성 화가였다.

나혜석은 작가로서도 작품 구성력과 묘사력에 있어서도 그 당시 남성작가를 능가하는 작품 「경희」를 이광수의 『무정』이 발표된 이듬해 1918년 동경 여자유학생의 친목 모임인 '조선여자친목회'의 기관지 『여자계』 2호에 발표했다. 그 외에도 식민지 상황에 처한 조선의 현실을 알레고리화한 「회생한 손녀에게」,[6] 가부장제의 구습에 희생당한 여성들의 운명을 그린 「규원」,[7] 「원한」,[8] 혁신적인 성 이론을 제기한 1930년대 수필 「여인 독거기」, 「이성간의 우정론」을 바탕으로 한 소설 「현숙」,[9] 신여성의 영향을 받아 자신의 주체성을 찾겠다는 딸과 구습에서 벗어나지 못한 어머니와의 갈등을 그린 「어머니와 딸」 등 소설과 희곡, 여성적 체험을 쓴 다수의 수필과 시를 발표했다.

당대의 남성작가나 남성평론가들에 의해서 이루어진 나혜석에 대한 평가는 다른 신여성들과 마찬가지로 대체로 부정적이다. 이것은 남성들이 일본 제국주의를 벗어나는 길은 서양 문물을 모방한 근대화의 길밖에 없음을 인식하고, 결혼 제도와 풍습을 개혁하고자 했던 '자유연애'

---

6 『女子界』 제3호, 1918.9.
7 『新家庭』, 1921.7.
8 『朝鮮文壇』, 1926.4.
9 『三千里』, 1936.12.

나 '개성의 발견'을 결국 관념적으로만 인식하여, 그로 인해 빚어질 갖가지 부작용을 예측하지 않았기 때문이다. 뿐만 아니라 근대화를 지향하는 남성들은 자신들이 정치적으로 경제적으로 통합할 수 없는 근본적인 한계 속에서 시작한 근대화의 길의 전망을 가늠할 수 없었고, 그 자신 없음을 결국 타자인 여성에게 되돌린 것이다. 즉 근대화의 최고의 걸림돌인 과거의 가부장적 의식의 한계를 초월하는 것은 결국 정치적이고 경제적인 자장 안에서 해결될 수 있는 것이다. 경제적 활동의 길이 막혀 있던 신지식인이나 신여성은 결국 경제적 주체인 전통을 그대로 고수하려는 '아버지'에게로 되돌아 갈 수밖에 없었다. 식민지 모국을 둔 국민으로서 경제적 활동을 할 수 있는 길은 자작농으로 농사를 짓거나, 자기 자본으로 장사를 하는 것뿐이었다. 대부분의 신지식인은 스스로의 자본에 의해서 움직이기보다는 취업을 원했지만, 이 또한 한정되어 있었다. 경제적으로 정치적으로 궁지에 몰린 대부분의 '신지식인'[10]은 심리적 불안감 속에서 방황했다.

이런 근대화를 향한 집념과 정치적으로나 경제적으로 통합하지 못하는 절름발이식 근대화로 나아가는 이중 모순 속에서 '신여성들'의 의식을 진지하게 고찰하고, 여성들을 이해하려는 태도보다는 남성들의 담론이나 가부장적 풍습과 다르다는 것으로 여성들을 대상화, 하나의 가십거리로만 대하려 했다. 여성들을 더 이상 사회에서 생존할 수 없게 된 것이다. 나혜석을 비롯한 '신여성'을 비판하기 위해 쓴 김동인의 「김연실전」이나 염상섭의 「해바라기」, 「너희는 무엇을 어덧느냐」는 그 대표

---

10 여기에서 '신지식인'이라는 용어는 그 이전의 서당에서 교육을 받던 구지식인과 변별된다는 점에서, 새 신식 교육 기관에서 교육을 받고 신문물을 받아들인 지식인들을 가리킨다.

적 예이다.

1990년대 이후 여성연구자들에 의해 나혜석의 독특한 생애를 둘러싸고 이루어졌던 담론 분석, 혹은 초기작 「경희」의 작품 분석이 이루어졌고 이를 중심으로 활발한 연구가 진행되고 있다. 그리고 '나혜석 기념 사업회'[11]라는 단체에서 매년 정기적으로 나혜석 기념 심포지엄을 열고 있어 계속적인 연구물이 나오고 있다. 또『나혜석 전집』이 태학사와 한길사에서 나란히 출판되었다. 나혜석은 2000년 2월 문화관광부로부터 '2월의 문화인물'로 지정되었을 뿐만 아니라 그녀의 고향인 수원시에 나혜석의 거리가 만들어짐으로 나혜석에 대한 관심이 고조되고 있음을 알 수 있다. 이것은 나혜석의 예술적 평가와 함께 독특한 예술적 삶에 대한 관심으로 인한 것이다.

3. 국가적 전망에 따른 '자기 긍정'과 '자기 부정'

19세기 빅토리아 시대와 20세기 한국의 역사적 배경은 지역적 거리만큼이나 상반된 상황이었다. 영국은 산업 혁명으로 인한 경제적 발전에 따른 부르주아 의식의 빠른 성장으로 정치적인 면에서부터 다양한

---

11 이 사업회에 대해서는 나혜석에 대한 새로운 평가와 연구업적을 축적한다는 의미에서는 상당한 의미를 가진다. 2015년 3월 7일 수원시 주최로 나혜석학회가 창립, 첫 학술 심포지움이 열렸다. 그 이후 1년에 두 번 학술대회가 정기적으로 열리고 있다.

개혁의 욕구가 분출했고, 그에 따른 개혁이 순조롭게 이루어짐으로 인해 다양한 계층에서 국가에 대한 신뢰와 미래에 대한 희망을 가지게 되었다.

반면 한 세기가 지난 한국은 일본 제국주의의 희생양으로 정치적인 힘을 잃어버리고, 또한 경제적인 토대를 상실했고 이로 인해 실제적인 제도 개혁이 이루어질 수 없었다. 또 일본의 식민주의적 정책에 따라 우왕좌왕, 근대화로의 욕망만이 있을 뿐 제대로 근대화로 진입할 수 없었다. 단지 의식적인 측면에서만 가능했다.

셰익스피어를 제외한 우리가 알고 있는 영국 작가, 워즈 워드, 브론트 자매, 헨리 제임스, 디킨슨, 제인 오스틴 등의 대부분의 작가가 빅토리아 시대의 작가였다는 사실은 그만큼 19세기 작가들이 영국문학사를 풍성하게 했다는 것을 증명한다. 특히 소설 장르에서 셰익스피어와 빅토리아 시대 작가를 제외하면 더 이상 영국 소설을 공부할 필요가 없을 정도로 빅토리아 시대는 소설 작가들이 많이 등장했던 시대였다. 게오르그 루카치가 소설을 부르주아 장르라고 했던 것이 과연 진리임이 입증된다.

19세기 빅토리아 시대에는 부르주아 혁명의 시발점이 되는 산업혁명이라는 거대한 시대적 흐름에 의해서 새로운 개혁의 물결이 온 영국 사회를 강타하고 있었다. 영국은 최초로 산업화된 나라였고, 1770년부터 계속된 산업혁명은 19세기 초반에 전성기를 맞이했다. 이로 인해 이전의 농업 경제에 의한 물질적 기반은 공업, 상업에 의한 물질적 기반으로 차츰 옮겨져 실업가와 노동자 계층이라는 새로운 계층이 형성되었다. 새로운 계층의 형성은 귀족 사회에서 부르주아 사회로의 이전을 불가피하게 했다. 새로운 물질적 기반과 부르주아 계층의 형성은 정치적 사회적 제도와 종교적 개혁을 요구했고, 이는 빅토리아 시대의 큰 흐름이 되었다.

빅토리아 시대 이전의 영국 사회가 귀족에 의해서 정치적, 경제적 종교적 권력까지 장악된 사회였다면, 빅토리아 시대부터는 근대화된 제도, 정치, 경제, 종교가 분리되고, 정치는 전문 행정 관료에 의해서, 경제 부흥은 신흥 부르주아에 의해서, 그동안 정치적 권력을 함께 가지고 있었던 교구는 분리·해체되고, 종교는 국교도에서 진보적인 성향인 비국교도로의 방향 전환이 이루어지고 있었다. 선거권에 의한 신흥 부르주아의 확대, 국교보다는 비국교도인 복음주의 운동, 교육 법안 제정 등도 있었다.

이로 인해 빅토리아 시대에는 중류 계층의 문화가 형성되었고, 자기 계층에 대한 보호를 위해 엄격한 윤리적 생활양식을 요구하였다.[12] 이것은 그리스 로마 시대 플라톤이 자기 계층인 귀족 계층을 영속시키기 위해 『이상국가』를 통해서 엄격한 윤리를 요구했던 것과 같다. 이런 중류 계층의 엄격한 윤리는 그 당대의 작가들, 즉 디킨슨, 제인 오스틴, 조지 엘리엇을 통해서 그대로 나타난다. 빅토리아 시대의 중류 계층은 현대의 부르주아 계층과 마찬가지로, 그들의 가정을 중시하고, 자녀에게 투자할 어느 정도의 규모의 재력을 가지고 있어야 했다. 그들은 국교도보다는 비국교도[13]가 많았다. 중류 계층의 이런 특징들은 전통적인 윤리를 내세우는 데는 상당히 보수적이면서 종교적인 측면에서는 상당히

---

12 CC Eldridge, *Victorian Imperialism*, Morrison and Gibb Ltd, 1978, p.45.
13 주로 감리교도, 조합교회파, 침례교회 등.

진보적인 의식을 가지고 있었다. 이는 조지 엘리엇의 실제 삶과 작품 속에 그대로 드러난다.

특히 세 차례에 걸친 기혼 부인 재산권법 개정[14] 등으로 여성의 권위가 상승하던 시기였다. 이로 인해 상류 계층의 부인들의 지위는 향상되었지만, 중류 계층 여성들은 여전히 직장이나 직업을 가질 수 없었고, 직업이 한정되어 있었다.

빅토리아 시대의 소설 「제인 에어」나 「플로스 강의 물방앗간」 등에서 나타나는 가정교사가 그 당시 여성의 보편적 직업이었고, 그 외 문필업, 저널리즘에 종사하는 것이 고작이었다. 이런 사정으로 여성들에게 결혼은 직업과 동격의 개념이 되었으며 여성들의 이상이 되었다. 이때부터 농경 사회에서 산업 사회로 넘어가는 부르주아 사회에서의 공적인 영역에 머무르는 남성과 사적인 영역에 머무르는 여성의 분업이 시작되었다고 할 수 있다. 그래서 빅토리아 시대의 가정에 머무르는 여성은 '집안의 천사'[15]라는 용어로 미화된다. 이런 여인상은 당대 여성 작가들의 내면의식으로 자리 잡는다. 엘리엇의 『목사 생활 풍경』의 여주인공 아모스의 아내 바톤(Milly Barton)처럼 '모든 재산과 모든 교양을 능가하는 부드러운 여성, 수줍음과 당당함을 겸비한 여성, 남편을 위해

---

14 1870, 1882, 1893년의 3회에 걸쳐 기혼부인 재산법이 제정됨에 따라 기혼 여성들에게도 미혼 여성과 같은 재산권이 인정되었다. 이 법이 제정되기 전까지는 결혼한 여성은 결혼과 동시에 남편의 소유가 되었고, 친척으로부터 상속되는 재산 역시 남편에게 귀속되었다. 줄리아 프레윗 브라운, 박오복 · 이경순 역, 『19세기 영국 소설과 사회』, 열음사, 1990.

15 '집안의 천사'라는 개념은 1885년에 발표된 패트모어(Coventry Patmore)의 시집 제목에서 따온 용어로 빅토리아 시대의 성이데올로기를 반영하는 용어이다. 즉 희생, 자기망각, 도덕적 순결, 봉사라는 여성들의 덕목이 아내와 어머니의 역할 속에 있음을 강조하는 당대의 믿음에 의한 것이다. 충실한 여성의 세계는 자기 집 네 벽안에 놓여 있으며 자신은 단지 남편을 통해서만 바깥 세계와 전격적으로 통할 수 있다고 믿는 믿음이다. 이순구, 『조지 엘리엇과 빅토리아조 페미니즘』, 동인, 2003, 43면.

존재하는 여성'이다.[16]

영국의 빅토리아 시대보다 한 세기가 지난 한국에서는 일본의 강압적인 한일합방에 의해, 정치적, 경제적인 개혁은 거의 불가능했다. 제 나라를 잃은 반성으로 나라의 부국강병을 위해 여러 가지 자구책이 논의되었지만, 결국 정치적인 힘을 잃은 백성들이 할 수 있는 일은 한 사람 한 사람의 실력을 양성하는 길밖에 없었다. 그에 따라 전통적인 유교이념에 따른 구습을 타파하고, 근대 문명이라는 기치 하에 서양문명의 과학주의, 합리주의, 개인주의를 받아들여 힘을 양성하여 근대화하는 길만이 일본 제국주의로 벗어나는 길처럼 여겨졌다.

조선의 많은 지식인들은 근대문명을 직접 경험하기 위해 일본 유학을 떠났고, 유학을 다녀온 후 이들은 일제하의 한국 사회를 이끄는 지도자들이 되었다. 일본과의 한일합방에 책임 있던 양반 지도자들은 일본으로 망명했거나, 더 이상 한국 사회에 발을 들여놓을 수 없었다. 새로운 근대 이념을 실현할 수 있는 사회적 지도자는 유학을 다녀온 젊은 계층뿐이었다. 유학생들의 대부분은 양반 계층의 자녀였지만, 중인 계층과 양반 첩의 자식, 혹은 소작농의 아들들이 양반 계층의 후원을 얻어 유학을 떠나는 경우도 많았다. 소위 그들은 '신지식인'[17]층에 속했다. 또한 이 당시 여성들도 함께 유학을 갔었는데, 이들 역시 양반 계층의 자녀도 있었지만, 양반 첩의 딸이나 중인 계층의 딸들이 많았다. 이들 역시 '신여성'이라 불리어졌다.

---

16 Joseph Wiesenfarth, *Goerge Eliot's Mythmaking*, Heidelberge : Carl Winter Univ, 1977, p.62.
17 '신지식인'은 여기에서 신식 교육 기관에서 근대 교육을 받은 지식인으로 과거 서당 교육을 받은 과거 지식인과는 구분된다.

'신지식인'들이나 '신여성'들은 1910년대에는 일본의 무력 정치에 의해 정치적·사회적 욕구들을 분출할 기회를 찾지 못하다가, 1920년대 일본 제국주의의 문화정치라는 기만적인 통치체제에 의해 잠시 욕구들을 분출할 기회를 얻었다. 이들 지식인 대부분은 일제하에서 정치적인 발판을 마련할 수 없었기 때문에 그 돌파구를 담론 형식을 통한 민중 선동에서 찾았다. 그 대표적 인물이 이광수와 최남선이었다. 이 중 한 사람은 중인 계층 출신이고, 한 사람은 고아였다. 이들의 이념적 뿌리는 근대 의식에 있었지만, 근대 사회로 향하기 위한 기본 조건이 되는 경제적 토대에 관한 것은 그들의 능력 밖의 일이었다. 그들은 어디까지나 근대 이념적 개혁을 통해서 국민 한 사람 한 사람이 자각해서 일어서기를 바랐다.

그것이 결국 인습에 대한 개혁으로 나타나고, 부모의 강권에 의해서 진행되는 전통 결혼이 가장 유교적 악습으로 인식되어, 당사자의 자유 의지로 결정하는 자유연애와 자유 결혼을 주장한다. 그러나 시대적으로는 자유연애를 통한 자유결혼이 불가능한 상황이었다. 경제적으로 독립할 수 있는 남녀만이 주체적으로 자신의 결혼을 결행할 수 있었다. 그러나 대부분의 '신지식인'이나 '신여성'은 경제적 독립이 불가능했다. 경제적 독립이 불가능한 남녀의 자유연애에 이은 자유결혼, 이로 인해 사회적 물의는 끊이지 않았다.[18] 그렇기에 근대화의 핵심 이슈가 되는 '개성'을 발휘하기에는 문제가 있었다.

근대화의 개혁적 인물들의 대부분이 일본 유학을 거친 '신지식인'이

---

[18] 그 당시 신문 사회면을 채웠던 자살 기사 대부분이 자유연애에 이어 남자 측 부모의 결혼 반대로 인한 것이다.

었지만, '신지식인'의 물질적 기반은 거의 없었다. 돈 있는 개혁파의 도움, 혹은 부모님의 학비 도움으로 유학을 다녀왔지만, 스스로 물질적 기반을 가지기에는 역부족이었다. 그 당시 물질적으로 풍요롭게 살 수 있는 길은 부모의 말을 잘 따르거나, 아니면, 친일의 길밖에 없었다.[19] 물질적 기반이 없는 상황 속에서 '자유연애'나 '개성'의 발휘는 죽음의 길밖에 없었다. 그렇지 않으면 다시 전 시대의 제도와 풍습에 적절히 타협해야 했다. 그런 상황 속에서 근대화에 따른 부작용이 일고 1930년대 일본의 군국주의가 강화되면서 조선은 다시 민족주의로 환원, 1920년대에 불던 서양의 근대화 의식을 비판하기 시작했다.

한국의 근대화 과정 속에서 의식적 개혁은 정치적·경제적인 개혁과 함께 균형을 이루면서 발전해야 함에도, 정치적인 암흑으로 절름발이가 될 수밖에 없었다. 일할 기회를 찾을 수 없는데서 오는 경제적인 박탈감은 결국 인간을 박제화 시켰다. 의식적 개혁을 부르짖으면서 개인적 독립을 강조했지만 경제적 독립을 할 수 없는 상황에서 자신들이 주체적으로 할 수 있는 일은 한계를 가질 수밖에 없었다. 이런 미래의 불투명성 등으로 지식인은 한국 사회의 미래에 대한 신념을 가질 수 없었으며, 이는 한국 국가 자체에 대한 부정에서 결국 '자기부정'으로 나

---

19 물질적 기반인 남자 아버지의 허락을 얻어내지 못해 윤심덕과 그 애인이 자살한 경우를 비롯한 그 당시 많은 자유연애론자들의 자살이나, 일본 사법고시에 붙어 변호사를 할 수 있었음에도, 외유 중 미국에서 친일로 수모를 당한 나혜석의 남편 김우영이 일본 외무성의 권고를 받아들이지 않고 변호사의 길을 걸으려고 했지만 결국 궁핍한 돈 때문에 일본 공무원의 길을 걷지 않을 수 없었던 것은 그만큼 신여성은 물론이고 신지식인조차 경제적 독립이 불가능할 정도로 경제적 기반이 약했다. 나혜석의 말기의 참혹한 죽음도 결국 경제적인 궁핍함과도 관련이 있다. 이혼 후 그림으로 경제적 기반을 마련하기 위해 개최한 두 번째 전시회도 실패로 돌아가고, 1933년 문을 연 우리나라 최초의 미술 개인지도를 목표로 한 사설학원의 효시가 될 수 있는 '여자미술학사' 역시 일 년도 채 안되어 문을 닫아야 했다.

타나게 된다. 자기 자신 뿐만 아니라, 타인조차 부정하는 정신적 공황 상태에서 희생양은 결국 '신여성'이었다. 남성에 의해서 가부장제의 풍속을 해친 마녀이면서, 서양의 근대를 모방한 민족의 반역자라는 누명을 쓰고 역사 밖으로 쫓겨나야 했다.[20]

반면 영국에서는 산업혁명에 의한 부르주아의 성장과 함께 이루어진 제도 개혁은 영국 국민에게 국가에 대한 신뢰와 미래의 확신, 이로 인한 '자기 긍정'은 전통적인 윤리까지도 받아들이는 그 사회에 대한 신뢰로 나타난다. 즉 '자기 긍정'은 결국 타인을 인정하고 사랑하는 박애 정신으로 드러난다.

4. 가부장적 환경과 자기 실현

조지 엘리엇이나, 나혜석의 정체성을 규명하는 일은, 여자로서 겪는 가부장적 사회에서의 갈등과, 갈등의 극복 과정 혹은 실패 과정, 그녀의 작가로서의 성공, 혹은 실패 요인의 분석에 의해서 가능할 것이다. 한 인간이 삶의 목적에 도달하기 위해서는 개인적 역량과 성실도 중요하지만, 특수한 환경 하에서는 개인의 능력보다는 그 당대의 지적인 환경과 국가적 존망이 한 개인의 역량을 좌지우지하기 때문에 그 점들도

---

[20] 1930년대 들어 나혜석, 김일엽, 김명순 세 명이 모두 사회로부터 고립되었다.

함께 고려되어야 할 것이다. 특히 여성들의 운명은 더 역사적 환경에 종속되어 있다. 왜냐하면 경제적인 독립이 극히 제한되어 있는 여성들의 운명은 남성들의 운명과 긴밀한 연관관계를 가지고 있고, 남성들의 운명은 또 국가적 전망과 직결되어 있기 때문이다.

역사적·지리적 환경에 의해서 발전 속도가 다르기 때문에 한 세기의 시간적 거리에도 불구하고, 두 여성을 둘러싸고 있는 가부장적 환경은 크게 다르지 않다. 두 여성들은 경제적 독립을 위해, 예술이나 저술 활동에 종사했는데, 국가적 전망이 밝은 영국에서는 성공하지만, 국가적 전망이 어두웠던 한국에서는 실패했다. 두 여성의 성공과 실패 사이에는 국가적 운명과 긴밀한 상호연관 관계를 가지고 있는 가부장적 환경이 관련되어 있다.

조지 엘리엇이 런던으로 오기 전 30세까지 살았던 곳은 19세기 초 뉴캐슬, 리즈, 버밍엄 등과 함께 산업 중심지였던 코벤트리와 와위크셔(Warwickshire)였다.[21] 이 두 지역은 런던에서 2시간 정도 떨어진 중부지방의 시골이라는 지역적 특성과 경제 부흥 도시라는 시대적 특성에 의해서 이중적 가치를 지닌다. 이런 점은 바로 조지 엘리엇의 특성과도 연관이 된다.

조지 엘리엇은 태어난 도시 와위크셔에서 코벤트리의 로즈 힐로 옮겨오면서 일군의 진보적 지식인을 만나게 되고 그들로부터 많은 영향을 받는다. 여학교 때 여교사 루이스를 만나 신앙적으로 영향을 많이 받

---

[21] 19세기 초 산업혁명의 중심지인 Lancashire, Manchester, 서쪽 중부지방인 Newcastle, Leeds, Birmingham 그리고 Coventry는 지방 부르조아들이 새로운 산업 기술에 투자함으로써 신흥 부르조아가 탄생한 지역이며 이로 인해 땅을 가진 지주들에 도전했다. Simon Dentith, *George Eliot*, The harvester press, 1993, p.9.

왔던 그녀는 또 로즈 힐의 지성인 그룹에서 또 다른 영향을 받았다. 이 그룹은 조지 엘리엇의 인생에서 첫 번째로 지적 욕구를 충족시킨 모임이었다.[22] 또 그녀의 지성을 처음으로 인정받는 계기가 되었다. 1847년 독일어 숙어, 라틴어, 그리스어, 히브리어, 독일 철학 등에 대한 해박한 지식과 미묘한 번역의 어려움을 가지고 있는 스트라우스의 「예수의 일생」과 포이에르 바흐의 「기독교의 본질」을 성공적으로 번역함으로써 조지 엘리엇은 지성인 사회에서 인정을 받게 된다. 조지 엘리엇은 포이에르 바흐의 무신론에서 깊은 영향을 받는데, 포이에르 바흐의 무신론은 19세기 부정적 무신론과는 변별되는 독단적인 종교가 제외시키고 있는 인간적인 점을 부각시키는 휴머니즘 철학에 기반을 두고 있다.[23]

그 후 그녀는 그의 아버지와 함께 다니던 교회에 참석하지 않겠다고 선언함으로써 가부장적 세계와의 첫 번째 갈등을 겪는다. 이 사건은 그녀의 정체성을 규명하는 특징적인 사건으로, 그의 아버지가 강요하는

22　로즈 힐의 중심 멤버인 찰스 브레이 역시 코벤트리 지역의 이중적 지역적 특성을 그대로 반영하는 인물이었다. 즉 그는 리본 제조업자가 만든 리본을 창고에 모아두었다가 무역을 하는 신흥 부르주아이면서 진보적 지식인으로, 또 저자이면서 자유사상가로 코벤트리 헤랄드의 출판인이면서 편집인으로 코벤트리의 지역 사회를 이끄는 지도자였다. 그의 부인, 그의 처제, 그의 동서가 함께 모여 로즈 힐의 서클을 형성한 이 모임은 코벤트리 지방의 종교, 문화, 전통 모든 면에서 과거를 부정하는 현대 사상을 받아들인 아방가르드였다. 그 당대의 유명한 여성 소설가였던 엘리자베스 가스켈, 그 당시의 여권운동가 하리에트 마트노와 함께 합류한 조지 엘리엇은 이 모임에서 깊은 종교적 영향을 받는다. 이들은 종교적으로 국교회를 반대하는 유니테리언(Unitarian)파로 예수 그리스도의 신성을 부정하고, 삼위일체설을 부정한다. 이 당시 영국의 종교적인 분위기는 그리스도의 신성을 인간적인 것으로 해석하려 하거나 성경을 과학적이고 실증적인 것으로 해석하려는 경향이 많았다. 독일의 종교학자이면서 성격분석학자인 D. F. Strauss, 휴머니즘 철학자, Ludwig Feuerbach, 프랑스의 철학자이면서 휴머니즘 종교 기획자, Auguste Comte 등 대부분의 종교나 철학 관련 학자들이 기독교의 신성을 부정하려했다. *Ibid.*, pp.11~13. "Unitarian denied the co-eternal divinity of Christ and Atonement"; Rosemary Ashton, *George Eliot, A life*, penguin books, 1996, p.36.
23　Gordon S. Haight, *George Eliot; A Biography*, New York : Oxford University, 1968, p.284.

대로 신앙생활을 하지 않겠다는 결심 아래 몇 달간의 갈등 끝에 교회는 참석하되 자신의 신념에 따라 신앙생활을 할 것을 허락 받는다.[24]

　두 번째 조지 엘리엇이 영향을 받았던 지적인 그룹은 런던의 『웨스트민스터 리뷰』에 기고하는 진보지식인 그룹이었다. 조지 엘리엇은 저술 활동으로 생계유지를 할 것을 결심하고 런던으로 온다. 거기에서 조지 엘리엇은 한때 자신의 번역 책을 출판해줬던 출판인 존 채프먼(John Chapman)을 찾아간다. 그가 바로 출판인이면서 『웨스트민스터 리뷰』에 출자를 한 장본인이었다. 이 존 채프먼 역시 주 업무는 출판인이면서 돈을 벌기 위한 수단으로 하숙업을 했다.[25] 존 채프먼이 『웨스트민스터 리뷰』를 인수하자 조지 엘리엇은 편집 일을 도맡아 하게 된다. 『웨스트민스터 리뷰』는 조지 엘리엇의 헌신으로 진보 성향의 핵심 잡지로 부각된다.[26] 조지 엘리엇은 여기에서 무보수로 일을 했지만, 그 당시 지식인의

24　Rosemary Ashton, *op. cit.*, pp.43~45.

25　John Chapman은 미남으로 10살 이상의 부인과 아이들, 가정교사 겸 살림을 도와주는 미스와 함께 살고 있으면서 하숙을 쳤다. 지금 런던 워털루 다리 옆에 있는 Somerset House에서 서쪽으로 10번째 집이라고 광고까지 낼 정도로 공공연하게 하숙 업을 했다. 주소가 '142 Strand'로 되어있는 그 하숙집은 지금도 호텔보다는 수준이 떨어지는 민박과 여관을 겸하는 House로 사용되고 있다.
　조지 엘리엇도 영국에 있는 동안 이 집에 기거하게 된다. 이로 인해 존 채프먼과의 스캔들이 죽은 후까지 돌 정도였다. 이곳은 런던의 중심지역으로 바로 옆에 웨스트 민스터 사원과 트라팔가 광장, 레스터 스퀘어 광장, 피카딜리 광장, 러셀 스퀘어 등이 인접해 있는 곳이다.
　이 존 챕맨이 주관하는 『웨스트민스터 리뷰』는 노동자를 지지하는 좌파의 영향력있는 기관지로 나중 조지 엘리엇와 20년 이상 동거인으로 살았던 George Henry Lewes가 주관했던 『Leader』가 그 당시 가장 영향력 있는 잡지였다.
　런던의 지성계를 이끄는 핵심 있는 인물이 Chapman-Lewes-Hunt였다. Hunt는 Lewes와 함께 『Leader』를 주관했던 인물로 루이스의 부인과 사이에 4명의 아이를 낳았다. 루이스는 조지 엘리엇와 함께 동거하면서 부인과는 별거한다. *Ibid.*, pp.77~125.

26　'Chapman published the Westminster Review, a journal with a proud intellectual history on Radical side. Marian Evans(조지 엘리엇의 『웨스트민스터 리뷰』를 편집할 때까지의 이름, 그녀는 이름을 세 번 바꾼다. 그전 Mary Anne의 이름에서, 런던에서 활동하면서 Marian Evans로 바꾼다)'.

중심 잡지였던 『웨스트민스터 리뷰』의 편집인 자격으로 많은 런던 진보 지식인과 교유하는데 성공한다. 진보 지식인의 대부분은 『웨스트민스터 리뷰』의 기고자였던 토머스 헉슬리, 존 스튜어트 밀, 하디트 마티노, 허버트 스펜서, 조지 헨리 루이스 등으로 그들은 유럽 대륙의 철학, 사회과학, 종교철학, 문학 등을 영국에 소개함으로 그 당시의 영국 지성계를 이끄는 지도자였다.

조지 엘리엇은 결국 이 편집 일을 하다 동거인, 조지 헨리 루이스를 만나게 된다. 조지 엘리엇은 20대 초반기에 아버지와 함께 다니던 교회 가기를 거부함으로 주위 사람들을 놀라게 하더니, 루이스와의 바이마르의 도피 여행을 통해서 또 한 번의 충격을 런던 사회에 던진다. 루이스를 영국 사회에서는 성적 이단아로 취급, 성적 문제에 있어 상당히 진보적인 의식을 가진 지식인들까지도 그런 루이스와 함께 동거하는 조지 엘리엇을 외면했다.[27] 조지 엘리엇은 가족이나 친구들로부터 배척당했고, 그 벌로 그녀는 아기를 가지지 않음으로써 스스로를 사회적으로 격리시켰다고 했다.[28]

위의 두 사건을 통해서 조지 엘리엇은 자신이 옳다고 생각하는 일에 관해서는 주위 사람들이 뭐라고 하든, 그것이 전통적 관습과는 대치된다 하더라도, 자신의 신념을 밀고 나갔다. 인간은 약한 면과 강한 면을 가지고 있는데, 조지 엘리엇은 이 두 사건을 통해서 그녀의 강한 면을 보여주고 있다. 반면 그녀가 스캔들을 통해서 보여주는 남성에게 끊임

---

27 시몬 덴티스(Simon Dentith)는 윤리적으로 상당히 엄격했던 빅토리아 시대에 결혼한 남자와 함께 동거한다는 자체가 바로 사회에서 배척을 당할 일이라며 이는 그 당시 윤리적인 척도가 남자와는 다르게 여자에게 다른 이중척도를 가지고 있었기 때문이라 했다.

28 Simon Dentith, *op. cit.*, p.16.

없이 애정을 갈구하는 모습은 여성으로서 사회에 홀로 서기가 두렵기 때문에 남성들에 대한 의존을 통해서 그녀의 문제를 해결하고자 하는 약함을 보여주는 모습이다. 그의 아버지가 돌아가신 이후, 그녀는 '아버지 없이 나는 어떻게 될 것인가, 마치 나는 나의 도덕적 천성의 일부가 떨어져 나간 것 같을 것이다'[29]라고 부르짖는데 그 당시 사회의 끊임없이 억압하는 가부장적 예속이 마치 자신이 그 사회를 살아가기 위해서는 어쩔 수 없는 필연적인 것으로 받아들이고 있음을 볼 수 있다. 이런 모습을 통해서 남성에 대한 끊임없는 애정을 갈구하는 모습과 그녀의 연약한 모습을 동시에 보여주는 것이다. 이런 조지 엘리엇의 모습은 크리스테바가 이야기하는 여성은 세계와는 주변적인 관계 밖에 가지지 않기 때문에 사회적 윤리를 자각할 수밖에 없는 존재라는 것을 보여준다. 이 윤리는 타자에 대한 자신의 의무를 자아에 대한 의무와 종에 대한 의무로 설정하게 한다. 이 윤리는 법이 아니라 사랑을 통해 주체를 '타자'[30]에게 묶어두는 것이다. 이런 모습은 결국 가족에게 자신을 종속시키는 모습을 통해서 보여준다.

조지 엘리엇은 루이스를 만난 이후로 여러 가지 사교적으로 어려움이 많았지만, 자신의 저술활동은 루이스를 통해서 향상된다. 아무리 강한 여성이라도 사교적으로 그렇게 불신과 배척을 받으면 자신에 대한 자신

---

29 Gordon S. Haight, *op. cit.*, p.284.
30 잃어버린 유아기의 어머니를 결코 잊지 못하는 인간은 그 결핍을 매우기 위해 대상을 향해 간다. 상실한 어머니처럼 보이는 대상, 이것이 '큰타자'이다. 그러나 그 어머니는 다시는 찾을 수 없기에 대상을 잡으면 대상은 소타자가 되어 미끄러지고, 미끄러지는 순간, 인간은 살기 위해서 또 다른 대상을 환상의 눈으로 바라본다. 이 끝없는 환유의 고리 속에서 '큰타자'는 소타자로 바뀐다. '타자'란 억압된 무의식이 의식 속에 위장된 모습으로 나타난다. 권택영, 「타자란 무엇인가」, 『타자비평』 창간호, 2001, 24~25면.

감을 잃게 된다. 조지 엘리엇이 자기 불신과 고독감으로 우울증에 시달리면 루이스는 끊임없는 격려와 위로로 조지 엘리엇의 심리적 안정감을 회복하도록 도와주었다. 조지 엘리엇이 소설가로 태어나게 해주었던 것도 루이스였다. 주로 서평과 여러 가지 수필을 써왔던 조지 엘리엇이 루이스에게 자신의 소설 습작을 보여주었던 것이 계기가 되어 루이스는 조지 엘리엇의 소설가적 소질을 발견하고 소설을 쓰도록 권고한다. 그래도 조지 엘리엇은 실패에 대한 두려움으로 시작하지 못하다가 결국 루이스의 충실한 조언과 소설가가 되기 위한 평론가로서의 산파역 때문에 결국 소설가로서 탄생한다. 루이스가 조지 엘리엇에게 준 지속적인 조언은 쓰고 있는 소설이든, 완성된 소설이든, 쓰려는 소설이든 가능한 긍정적으로 이야기한다는 것이다. 조지 엘리엇은 동거인의 그런 지속적인 관심에 대한 감격으로 소설 발표 후 동거인 루이스와의 동질감을 가지기 위해서 이름까지도 메리안 에반스(Marian Evans)라는 이름에서 루이스의 이름의 일부를 딴 조지 엘리엇(George Eliot)으로 바꾼다.[31]

조지 엘리엇의 철학대로 조지 엘리엇은 동거인 루이스의 도움으로 언제나 자신 없었던 자신의 허약함을 극복하는 대신 동거인의 전 존재를 자신의 일부로서 받아들임으로써 동거인의 관련된 모든 일을 자신의 것으로 받아들이는데 서슴지 않았다. 루이스의 아이들이 아플 때는 엄마로서의 충실한 역할을, 루이스의 전 부인에게 생활비까지 자신의 수입에서 매년 보조했다. 그리고 자신의 모든 수입은 동거인 루이스의 통장으로 전입했다. 이는 동거인에 대한 완전한 믿음과 사랑이 보장되

---

[31] 루이스가 죽은 후 조지 엘리엇와 결혼한 John Cross는 George는 루이스의 크리스찬 이름이라고 조지 엘리엇한테 들었다고 한다. Rosemary Ashton, *op. cit.*, p.166.

지 않으면 불가능하다. 동거인에 대한 믿음 역시 그녀의 작품이 사회적으로 환영을 받았기 때문에 더욱더 가능했을 것이다. 이는 시대적 사회적 환경에 의해서 개인의 생활이 얼마나 좌우 될 수 있는가를 보여주는 부분이다. 특히 사회적 훈련이 취약한 여성의 경우, 주위 환경이 받쳐주지 않으면 사회에서 성공하기 힘들다.

조지 엘리엇은 가족에 대한 사랑을 통해서 자신의 휴머니즘적 공감대가 확대되어 나가고 그것이 사회를 개혁시켜 나갈 것이라 믿고 스스로 사회개선자가 되어 실천했다. 루이스 역시 자신의 뛰어난 저술 활동에 힘입어 그것이 자신에 대한 신뢰가 되고, 사회에 확산되는 개혁의 기운이 제도의 개혁을 통해서 보완됨으로써 국가에 대한 전망과 미래에 대한 확고한 신념, 이를 통해 타인과 사회에 대한 신뢰로 확대되는 경험을 통해서 조지 엘리엇이라는 한 특정한 개인에 대한 사랑으로 연결되고 있다. 물론 서로 간의 사랑이 상호 헌신적이기 때문에 그것이 더 큰 상호신뢰를 낳는 힘으로 작용했다고 할 수 있다.

이것은 조지 엘리엇이 기존의 가부장적 제도를 타도함으로써 자신의 여성적 이상을 실현하려는 것보다 그 제도와 화해하면서 여성의 나아갈 길을 점진적으로 개선해나가는 혁명가가 아닌 사회개선주의자로서의 자신의 정체성을 확립한다. 즉 여성들이 가부장적 제도를 아무리 부정하려고 해도, 그 사회적 구조가 남성 중심의 권력구조이기 때문에 문화적 권력 내의 남성들과 충돌할 수밖에 없다. 이 충돌로 결국 여성들은 깨어질 수밖에 없다. 그러지 않기 위해서는 기존의 전통과 법을 인정하면서 서서히 자신을 개혁해 나갈 수밖에 없다는 것이다. 이것은 자신 속의 타자, '남성'을 긍정적으로 받아들임으로써 자기 윤리를 확립할 수 있었던 것이다.

한편 나혜석은 수원의 양반 가문에서 출생, 그 당시의 다른 신여성과 마찬가지로 한국의 여학교 교육을 마치고 일본 유학을 간 전형적인 예이다. 나혜석 역시 조지 엘리엇이 『웨스트민스터 리뷰』를 중심으로 활동한 것과 마찬가지로 그 당시의 한국의 최고 지성인으로 지칭되는 일본 조선유학생들이 발간한 학회 기관지 『학지광』, 그것의 여성판인 『여자계』를 중심으로 활동하기 시작했다. 나혜석은 『여자계』의 핵심 멤버였으며 나혜석의 첫 작품 「경희」 또한 여기에 실렸다.

조지 엘리엇이나 나혜석의 가부장적 세계에 대한 반항은 이념적인 것과 실제적인 것으로 대별해서 생각한다면, 영국에서는 종교적인 것으로 나타나고, 한국에서는 유교적인 전통에 대한 반발로 나타난다. 실제적인 것으로는 결혼 문제로 드러난다. 그러나 영국은 신흥 자본주의 국가로 발전하면서 자본의 문제가 심각하게 대두되었고, 새로운 산업의 발달과 식민지로부터 벌어들이는 자본으로 자본이 엄청나게 늘어났다. 그에 비해 한국은 일본 제국주의 하에서 아직 자본주의가 발달하기 전 단계였다.[32] 여자들은 물론이고 남성들도 직장을 구하기가 힘들었다. 그 당시의 소설들의 주요 소재는 직장 구하기였다. 부모로부터 혹은 후원자로부터 많은 돈을 지원 받아 일본 유학을 다녀온 남성들이나 여성들이 직장이 없어 서로가 서로를 위로하기 위해 몰려다녔다. 그래서 남자들은 부모로부터 경제적인 독립이 어려웠고, 여성들 역시 부모로부터 완전 독립이 어려웠다. 조지 엘리엇과 같은 저술 활동으로 경제적 독립

---

[32] 여기에 관해서는 이견이 있을 수 있다. 영정조 시대부터 자본주의 맹아가 있었다고 해도 물질적인 기반이 형성되지 않은 일본 제국주의하의 조선 현실을 자본주의 단계라고 하기 어렵다.

을 하는 것은 더더구나 어려웠다.

그렇기에 그 당시 지성인들이 자유연애를 주장했지만, 경제적 독립이 불가능한 상황에서 자유연애는 개인적으로 더 어려운 상황으로 몰고 갔다. 남성지식인들은 초창기 자유연애에 의한 사회적 혼란을 의식하고 영과 육의 분리에 의한 정신적인 결합으로 연애를 주장하고 과거의 헌신적인 여인상을 주장했다. 그러나 나혜석을 비롯한 신여성들은 여성이라는 생래적 특징에 의해서 남성들의 주장을 받아들일 수 없었다. 나혜석의 의식의 밑바닥에는 심미적 사고 즉 삶의 감동에 언제나 중심이 놓여있었다.[33]

나혜석을 비롯한 신여성들의 연애 대상자의 대부분은 기혼 남성이었다. 유학한 대부분의 남성들은 기존의 유교적 전통에 의해서 이미 결혼을 한 남성이었다. 나혜석의 결혼 상대자인 김우영 역시 일본 유학생으로 일본 관청에 근무하는 엘리트로 한 번 결혼 경험을 가진 홀아비였다. 나혜석의 오빠 소개로 알게 된 김우영은 나혜석의 전 애인 최승구가 죽은 지 얼마 되지 않아 청혼을 했지만 거절당하고, 6년에 걸쳐 나혜석에게 매달린다. 나혜석은 옛 애인의 죽음으로 충격, 정신이 허약한 상태에서 아직 새로운 결혼을 생각할 수 없는 상황이었다. 그러나 몇 년간에 걸친 구애 끝에 성공, 결국 결혼을 하게 된다. 이 결혼은 김우영의 끈질긴 구애 끝에 이루어진 결혼이라는 것 또 김우영이 한 번 결혼을 했다는 전력이 있다는 것, 전 부인과의 사이에 아이가 있다는 것, 양반 출신의 나혜석의 집안과 한미한 집안 출신의 김우영의 집안이 기울

---

33 졸고, 「날몸의 시학」, 『여성문학에 나타난 근대의식과 타자의식』, 예림기획, 2005, 103~106면.

어진다는 것, 또 홀어머니만 있다는 것 등등으로 나혜석으로 보아서는 불리한 결혼이었다.

그래서인지 결혼 시작 전부터 김우영은 상당히 저자세로 시작한다. 나혜석은 결혼에 동의하면서 결혼 조건으로 '결혼 후 시어머니 될 김우영의 어머니와 전부인의 자식과는 별거할 것'을 전제 조건으로 한다. 조지 엘리엇이 결혼하면서 루이스의 아이들을 위해 자신의 아이들을 낳지 않은 것과 전부인 아그네스를 위해 매월 생활비를 보조해준 것과는 대조적이다. 그리고 나혜석이 신혼여행지로 전 애인의 무덤을 찾아 비석을 세워준 것은 그 당시 아무리 여권을 부르짖는 시대라고 하지만, 충격적인 일로 받아들여졌다.[34] 나혜석이 시어머니와 전부인의 자식과의 별거를 요구한 것은 시어머니와 전부인의 관계는 그 당시의 가부장적 전통과 관련된 버려야 할 것으로 개인의 열망과 자기 가족 중심의 핵가족을 부르짖던 시대였기 때문에 당연한 것으로 받아들여졌다.

나혜석은 결혼을 한 이후 자신의 첫 작품 「경희」에서 예시한 것처럼 결혼하기 전보다 더 열심히 그림을 그리고 저술활동을 했다. 나혜석은 '내 생활이 걸작이 되고 싶어요'[35]라는 의식 아래 단란한 가정 꾸미기와 자신의 개성 발휘를 위한 작품 활동을 열심히 했다. 그래서 그는 '조선미전'에서 11회까지 계속적으로 입선하였으며 그 중 특선을 두 번이나 했다. 그리고 틈틈이 자신의 새로운 경험들을 글로 열심히 발표했다. 그리고 1921년 임신 9개월의 몸으로 조선에서 고희동에 이어 두 번째

---

34 이 사건을 충격적으로 받아들여졌다는 것은 이것을 소재로 염상섭이 『해바라기』라는 작품을 썼다는 사실로도 증명이 되지만, 그 사건이 지금까지 회자된다는 사실도 증명이 된다.
35 나혜석, 「파리의 여자」, 『삼천리』, 1935.11.

로 여성으로는 첫 번째 유화 개인 전람회를 열었으며 그 전람회에 관객
4, 5천 명이 다녀가는 성황을 이루었다. 또 첫 임신했을 때의 경험 「모
(母)된 감상기」를 잡지에 발표해 충격을 던진다. 이 글을 통해서 나혜석
은 감각적 체험에 의해서 어떻게 어머니가 되어가는가를 구체적 경험
을 나열하면서 설명하고 있다.

1927년 남편이 일본 정부로부터 외딴 임지 근무로 인해 주는 특전으
로 일 년 가까이 세계 여행을 떠날 때, 함께 구주 여행길에 올랐다. 몇
군데를 거쳐 파리에 도착한 부부는 남편의 출장으로 잠시 나혜석은 혼
자서 파리에 머물러야 했다. 마침 그때, 나혜석의 남편의 친구이자 그
당시 한국 사회에서 영향력 있는 종교 단체인 천도교의 교주였던 최린
이[36] 파리에 머물고 있었다. 한국과 너무나 멀리 떨어진 이국 만리에서
의 외로움과 이국이 주는 낭만 때문인지 남녀는 서로 가까워졌고, 불륜
의 관계를 맺었다. 이로 인해 결국 나혜석은 귀국 후 남편으로부터 이
혼을 당한다. 여기에도 복잡한 문제가 얽혀있다. 구주 여행으로 가정 경
제가 바닥이 난 상황에서 나혜석이 최린에게 경제적 도움을 요청한 것
이 와전되어 나혜석의 남편에게 전해졌고, 이것이 남편의 자존심을 건
드린 것 같다. 1930년 이혼이 성립되었다.

이혼이 성립된 지 4년 후 나혜석은 자신의 인격적 통일이 부족해 저
지른 잘못으로 반성한다는 「이혼고백서」라는 글을 『삼천리』 잡지에 발
표한다. 거기에 남편과의 이혼은 원치 않는다는 말과 자신이 이혼할 수
없는 이유를 나열했다. 그러나 남편은 이미 마음이 나혜석으로부터 떠

---

36 남편 김우영과 최린과는 1920년 『동아일보』 창간 발기인으로 서로 인연을 맺은 각별한 사이
    였다. 또 최린은 나혜석과 만나기 직전까지 일본에서 여성 비행사 박경원과도 연애를 했었다.

난 상태였고 회복할 수 있는 길은 없었다. 자신의 불륜으로 당한 이혼이기 때문에 위자료 한 푼 없이 쫓겨난 나혜석은 친정으로부터도 배척받아 갈 곳이 없었다. 다행히 이혼원인 제공자인 최린으로부터 위자료 청구 소송으로 위자료를 받았지만, 평생 먹고 살 수 있는 돈은 아니었다.

또 「이혼고백서」를 『삼천리』라는 잡지에 발표한 것과 최린에 대한 위자료 청구 소송 제기로 더 조선 사회로부터 배척을 받게 된다. 자신의 그림으로 다시 일어서려고 했지만, 이혼 후 심리적 혼란으로 인해 오는 수전증으로 작품 활동도 힘들었지만, 조선 미전에서도 낙선되고, 모아 놓은 그림이 불에 타는 등 불행이 이어진다. 전시회 역시 김우영과의 결혼 중에 개최한 전시회가 문전성시를 이루었던 것과는 대조적으로 파리 날리듯 한산했다. 오빠 나경석은 갈 곳 없이 친구 집을 전전하던 나혜석을 그 이름을 숨기고 다른 이름으로 어느 양로원에 보낸다. 거기에서 나혜석은 언제 죽었는지 모르게 죽었다. 그녀의 죽음은 몇 년이 지나고 한참 후에 알려졌다.[37]

조지 엘리엇은 동거인 루이스를 통하여 구원을 얻었다면, 나혜석은 남편으로 인해 불행해진 작가이다. 물론 나혜석의 파리에서의 불륜은 자신의 말대로 인격적으로 통일되지 않은 잘못된 일이었다. 그러나 남편 김우영이 자신 속에 나혜석이 대한 진정한 사랑, 아니 사랑이 아니라도, 인간적인 연민만 가졌어도 나혜석의 생애는 그렇게 비참하게 마감하지 않았을 것이다. 남편은 자신에 대한 사랑도 타인에 대한 사랑도

---

37 경원대 윤범모 교수는 나혜석의 미술을 재검토하는 논문에서 1949년 3월 14일자 정부 공보처 발행에 의한 관보에 의거하여 나혜석의 사망연월을 1948년으로 확정하고 있다. 이구열, 『에미는 선각자였느니라』(동화출판공사, 1974)에서 사망년도를 1946년으로 추정해 온 것을 부정하고 있다.

없는 인간이었다. 자신에 대한 사랑이 있었다면, 자식에 대한 연민이 생겼을 것이고 그렇다면 자신의 잘못을 만천하에 고하면서 그렇게 매달리는 나혜석을 그렇게 까지 내치지 않았을 것이다. 이는 자신에 대한 전망도 사회나 국가에 대한 전망이 없는 식민지 국민의 어쩔 수 없는 자기 소외에서 빚어진 일이다.[38]

인간과 인간의 진정한 관계는 다른 사람들의 마음속에 심어 놓은 감정이나 기대 속에 자리 잡고 있는 것이다. 그것은 서로에 대한 대등한 인격체로서 관계되어 질 때 가능하다. 이런 것은 지성의 능력, 경제적인 능력, 그런 것들로 인한 미래적 전망이 가능할 때 이루어 질 수 있는 것이다. 그러나 이것은 개인의 힘만으로도 불가능하다. 시대적 상황에 의해서 개인의 능력에 시너지 효과를 가져 올 때 가능하다. 그럴 때 개인과 개인과의 상호 신뢰가 발생하고, 또 그것에 의해서 타인을 수용할 여지가 생긴다. 그러한 상황이 가능했던 나라가 산업 혁명 후 영국이었고, 불가능했던 것이 일본 제국주의하의 한국적 상황이었다. 특히 한국의 1920년대에서 1930년대로 넘어가는 시점은 일본 제국주의자들이 제2차 대전을 준비하는 군국주의화가 시작되는 한국 역사상 제일 암울한 시점이었다.

---

38 나혜석의 불행은 첫 번째는 나혜석 자신에게 있다. 나혜석의 평상시 삶의 모토처럼 '내 생활이 걸작이 되고 싶어요'라는 말 속에는 완벽한 현모양처의 역할과 자신의 개성의 발현을 위한 예술에 매진하는 것, 두 가지 완벽하게 했을 때 자신의 삶에 만족할 수 있었다. 이혼 후 어느 변호사의 구애도 거절하고 독신을 고집한 것도, 자식에 그토록 연연한 것도 결국은 '진정한 자기 가족'이라 할 수 있는 김우영과 그 자식들과 함께 살면서 자신의 일을 할 수 있을 때만이 자신이 행복할 수 있다고 생각한 것이다. 그녀에게 개성의 발현은 '남의 일' 가정 주부의 역할을 하고 나머지의 여가에만 할 수 있는 것이다. 그녀의 이혼 후, 스스로가 사회에 굳건히 발을 디디지 못한 것은 남성들의 횡포도 작지 않지만, 나혜석의 그동안의 논리가 주체적이라기보다는 식민지 담론을 모방하다보니, 스스로가 양가성의 모순에 빠지게 되었다.

5. 작품과 실제 삶에 나타난 여성적 윤리

빅토리아 시대의 특징은 자유주의적 사회적 양심과 보수주의적 도덕적 결합을 동시에 강조하는 이중성에 연유하고 있다. 조지 엘리엇 작품의 주인공들은 이러한 이중성을 구현하고 있으며 그로 인한 모순과 갈등들을 표명하고 있는 인물이나 사건들로 가득 차 있다.

조지 엘리엇에 관한 여성비평가들이나 다른 여성 작가들의 불만은 조지 엘리엇 자신의 실제 삶은 진보적인 삶을 살았던 반면, 작품 속의 여성 주인공들은 대부분 보수적 전통의 인습에 굴복한다는 것이다. 이에 대한 젤다 오스틴(Zelda Austen)은 조지 엘리엇은 1,000명 중에 1명 정도 나타나는 천재의 삶을 살았던 반면, 작품 속의 매기(Maggie)나 도르디아(Dorothea) 등은 그렇지 못하기 때문이라고 말한다. 이 말은 한 번 쯤 경청할 만하다. 작품 속의 주인공이나 작품을 읽는 독자들의 대부분은 천재라기보다는 평범한 인간들이다. 그럴 때 작품을 통해서 제시해야 하는 삶은 평범한 삶에 관한 이야기가 되어야 함을 시사하는 것이다.

「플로스 강의 물방앗간」은 조지 엘리엇의 자서전 소설이라는 것으로 많은 주목을 받아왔다. 조지 엘리엇과 이 작품의 주인공 매기는 둘 다 1819년에 태어났고, 조지 엘리엇의 오빠와 작품의 매기의 오빠 톰 역시 1816년에 태어났다.[39] 이 점은 바로 조지 엘리엇이 이 작품을 자

---

[39] Rob Abbott & Chalie Bell, *GEORGE ELIOT*, Hodder & Stoughton, 2003, p.21.

신의 자서전적인 것으로 강력히 시사하는 것이다. 이런 점으로 본 연구의 초점이 맞추어져있는 조지 엘리엇의 실제 삶과 비교 연구할 수 있는 가장 적당한 작품으로 이 작품을 선정한 것이다.

이 작품은 전통 가부장적 사회가 얼마나 여성들이 가지고 있는 고유의 생래적 여성의식을 좌절시키는가를, 그로 인해 여성들은 어쩔 수 없이 낭만적 의식과 환상만을 가질 수밖에 없음을 보여준다. 빅토리아 시대에 '완전한 레이디'라고 하는 것은 철저히 여가를 즐기고 장식적이고 의존적이며 찬양을 받는 일과 출산 이외에 아무런 기능을 가지지 않았다. 빅토리아 시대가 점차 상업화됨에 따라 남성 중심의 직업이 남자를 가정에서 빼내기 시작했을 때 가정은 남녀 역할을 촉진시켰고 동시에 남성은 강하고 여성은 약하고 수동적이라는 남녀 성별의 정형화를 가져왔다.[40]

그래서 결국 여성들은 전통적 가문 위주의 가부장적 사회에 굴복할 수밖에 없다는 것을 보여준다. 조지 엘리엇 역시 이에 대해 작품에서 언급하고 있다. 작품의 본문에서 '나는 여러분과 함께 이런 끔찍한 편협성에 느낌을 나누려합니다. 그것이 탐과 매기의 삶에 어떻게 작용하는가를 이해하려고 합니다'라며 오빠 탐과 여동생 매기의 성장 과정이 편협성에 의해 좌우되었음을 지적하고 있다.[41]

작품에서 매기와 탐의 성장 과정은 교육 과정에서부터 차별화가 시작된다. 탐보다 매기가 영리하다는 전제에도 불구하고, 그 아버지와 어

---

40 Merry William, *Woman in the English novel, 1800-1900*, New York : St. Martins Press, 1984.
41 조지 엘리엇, 박춘배 역, 『플로스 강의 물방앗간』 상권, 『한국세계문학』 94, 을유출판사, 1984, 288면.

머니는 탐을 위한 교육에는 교사를 구하는 일부터 어떤 공부를 시켜야 할지에 대한 다각적인 노력을 기울이는 것에 비해, 매기에 관해서는 교육보다는 매기의 여성스럽지 않은 행동에만 관심을 가진다. 매기의 영리함이나 지적인 욕구는 오히려 '꼬리가 긴 여우와 같아서 쓸데없는 긴 꼬리 때문에 귀찮기만 한'[42] 것으로 인식된다.

　여성스럽지 못하다는 것으로 엄마와 이모들로부터 듣는 지청구나 아버지의 영리한 여자들에 대해 '쓸데없이 꼬리 긴 여우'에 지나지 않는다는 부정적인 의식, 다니엘 디포우의 「악마의 역사」 속에 나온 마녀에 대한 해석,[43] 오빠 탐의 전지전능한 신에 가까운 정도로 남성을 우월시하는 우월적인 의식 등은 자신의 감수성이나 지적 호기심에 의해서 스스로 능동적으로 행동했던 매기의 의식을 잘못된 것으로 인식하게 만든다. 이런 의식은 매기의 정서 불안정으로 나타나고, 탐에 대한 맹목적인 사랑으로 나타난다. 매기의 탐에 대한 맹목적인 사랑을 통해서 남성 우월주의 내지 가부장적 사회에 대한 맹목적인 희구가 매기의 의식 속에 살아있음을 보여준다. 매기의 이런 희구는 아버지의 파산으로 인한 몰락 이후 구체적으로 드러난다.

　아버지의 파산 이후 탐은 남성 우월주의로부터 기인된 가족에 대한 남아의 의무와 권리라는 목표를 향해 전력을 기울인다. 결국 파산 전의 물방앗간과 집을 찾는데 성공한다. 파산 후 탐의 현실에 대처하는 모습

42　위의 책, 21면.
43　다니엘 디포우(Daniel Defoe)의 『악마의 역사』라는 책에서 마녀인지 아닌지를 알아보기 위해 물속에 넣어 물에 빠져 죽으면 죄가 없고, 살아나오면 마녀라는 아이러니를 통해서 여성들에게 스스로에 대한 부정적인 이미지를 심어 줌(George Eliot, *The Mill on the Floss*, Penguin Popular Classics, 1994, p.14).

이나 위기관리 능력이 탁월, 어릴 때의 학습 능력이 부족하고, 공부를 싫어하던 모습과는 정 반대의 모습으로 나타난다. 탐의 이런 모습은 남성이라는 오직 그 이유만으로 부모를 비롯한 주위 사람들로부터의 신뢰로부터 오는 자신감에 의한 것이다. 여성답지 않다는 이유만으로 하는 짓마다 꾸지람을 듣는 매기와는 달리 탐의 실수는 충분한 이유를 가진 것으로 이해됨으로써 남자로서의 우월감을 키우는 근본 원인이 된다.

그에 비해 어릴 때 총명함을 보여주었던 매기는 파산 후에는 힘을 잃은 모습으로 제시된다. 탐은 매기에게 자신이 어머니와 그녀가 살 집을 장만할 때까지 다른 일자리를 얻지 말고 플레 이모 집에 얌전히 있으라고 설득한다. 이처럼 매기의 행동반경을 제한함으로써 자아성취, 사회로의 진입을 방해받음으로 인해 매기는 무력감 속에서 자기 부정의 미학을 스스로 키우게 된다. 매기가 할 수 있는 일은 기껏해야 슬퍼하는 엄마나 분노에 휩싸인 아버지를 위로하는 일 뿐이다. 매기가 자신의 삶의 궤도를 잃어버린 상태에서 그녀는 극심한 자기 소외에 빠지고 결국 켐피스의 체념의 철학을 받아들인다. 체념의 통해서 오는 무력감과 결핍감으로 부터 오는 현실 타개책은 자기부정 밖에 없다. 자기애로부터 비롯된 자신의 인정어린 동정심과 들끓던 지식욕은 체념의 철학을 받아들인 후 극단적인 금욕주의로 변한다.[44] 매기의 성격과는 맞지 않는 극단적인 금욕주의는 결국 남성들과의 낭만적인 사랑이 꽃피면서 막을 내린다. 현실과는 동떨어진 이런 낭만적 사랑은 매기에게 부정적인 여성의 정체성을 부여하게 된다.

---

44 *Ibid.*, pp.293~294.

"네가 느끼는 감정이 내 감정보다 더 훌륭하다면 그 훌륭한 감정을 좀 다른 식으로 보여봐……"

"오빠, 그런 오빠가 힘을 갖고 세상에 뭔가 할 수 있기 때문이야"

"그래 네가 아무 것도 할 수 없다면 할 수 있는 사람에게 복종해야지."[45]

위의 인용문은 매기가 그녀의 가족을 파멸에 넣은 사람의 아들인 필립과의 비밀 데이트를 하다 탐에게 들킨 후, 탐이 매기에게 억압적으로 뱉은 말이다. 탐의 억압이 강화되자 반항적이었던 매기는 순종을 내면화하려는 극단적인 변화를 시도한다. 그런 변화 후 결국 매기는 당대 이데올로기가 부여했던 여성적 최고의 선인 자신의 '미'를 확인함으로써 그 사회와 정면으로 바로 설 수 있었다. 즉 스티이븐과 필립의 사랑을 통해서 자신의 미모와 매력을 확인함으로써 자신으로 다시 되돌아 올 수 있었다. 자신을 회복한 매기는 자신이 되돌아가야 할 집은 필립에게도 스티이븐에게도 아닌 가족의 대명사인 오빠 탐에게로 돌아가야 한다는 것을 깨닫는다. 자신의 정체성은 가족과의 재결합을 통해서만이 가능하다는 발견을 하게 된다. 즉 스티이븐과의 사랑을 거부함으로써 그 당대의 성 이데올로기인 여성적 가치, 미모, 매력으로 자신의 가치로 삼지 않고 인간의 유기적인 관계, 삶의 숨결이 숨 쉬고 있는 과거의 집합체인 가족과의 재결합을 중시한 것이다.[46]

---

45 조지 엘리엇, 박춘배 역, 『플로스 강의 물방앗간』 하권, 『한국세계문학』 94, 발행처, 1984, 을유출판사, 107면.

46 Merry williams, *Women in the English Novel, 1880-1900*, New york : St. Martins Press, 1984. 이 책에서 저자는 빅토리아 시대의 충실한 여성의 세계는 집안에 있다고 했다. 조지 엘리엇의 이런 여성상은 당대 독자들에게 친근한 여성상이다. 조지 엘리엇이 작품 발표 당시 이 작품이 디킨즈를 비롯한 남성작가들이나 당대 독자들에게 인기를 얻었던 이유도 일부 이런 여성관에

이것은 조지 엘리엇이 추구하는 '완전한 선에의 동경'이라는 자신 스스로 확립한 윤리를 실천하기 위한 것이다. 과거의 인간의 유기적인 관계에 대한 충실함이다. 결국 탐과 루시 등의 친척과의 맺은 인연을 훼손하지 않고 과거의 관계에 대한 의무를 충실히 하는 것이다. '인간의 진정한 관계란 다른 사람들의 마음속에 심어 놓은 감정이나 기대를 따르는 것'[47]이다. 스티이븐의 청혼을 거절하는 것은 곧 탐의 기대에 부응하기 위한 것이다. 매기에게 탐은 집의 대명사이고, 집은 안식처요 성스러운 유해가 안치된 성소다. 또 타락에서 구원받을 수 있는 곳이다. 매기가 탐에게 돌아온 것은 바로 모든 욕망으로부터 벗어난 편안한 안식처로 돌아가는 것이다. 이것은 천성적으로 감수성이 예민하고 지적 호기심이 가득한 매기가 가부장적 문화를 받아들이지 않음으로 오는 소외로 인해 많은 갈등과 고통을 집안 몰락으로 더 심하게 겪은 결과로 인해 다시 가부장적 문화의 대명사 '집'으로 돌아온 것이다. 여성이 갈 곳은 결국 집인 것이다. 여성들의 자아 추구는 가부장적 문화를 받아들일 때 성취될 수 있는 것이며, 성 이데올로기는 가부장적 문화의 표상 '집'에 잘 적응할 수 여성을 만들어 내는 것이다.

이 작품 속에서 나온 예화들, 자신의 지적 호기심에만 도취, 제멋대로이고 마음에 들지 않는 고집불통인 매기를 어머니는 '언젠가 물에 빠져 죽을 거라'는 자기 암시를 통하여 매기의 자신에 대한 부정적 이미지를 제공하는가하면, 책에서 본 마녀의 이야기와 스티이븐과의 표류

서 유래한가고 지적했다.
47　조지 엘리엇, 박춘배 역, 『플로스 강의 물방앗간』 하권, 『한국세계문학』 94, 을유출판사, 1984, 171면.

이후 세인트 오즈 읍 사람들의 매기에 대한 험담 등을 통하여, 매기에게 옳고 그름에 대한 판단을 흐리게 한다. 이런 자기 부정과 소외를 통해서 매기는 자신에 대한 확고한 신념을 잃게 되고 그 당대의 성 이데올로기를 자신도 모르게 내면화한다. 매기가 그 당대의 마녀가 되지 않기 위해서는 루시로 대변되는 그 당대의 이상적 여인상을 품고, 탐으로 대변되는 가부장적 이상을 적극적으로 받아들여야만 살아 날 수 있는 것이다.

매기가 여성이라는 사회적 제약에 의해서 자신 스스로의 고유한 자아를 버림으로써 그 사회에 적극적으로 환원하고자 한 것은 여성성의 가치를 당대의 이데올로기와 조화시키고자 한 것이다. 매기의 여성성은 타인의 고통을 자신의 고통처럼 생각하는, 나와 타인을 동일시함으로써 일체감을 느끼는 것이다.

쇼왈트는 19세기 여성들의 천성적 창조성은 아이를 낳고, 기르는데 중심이 있으며 그녀들의 적절한 영역은 결혼에 있다고 말한다.[48] 또 길버트와 구바는 여성 작가들의 글쓰기는 자기 분열의 의식의 영상을 보여준다고 했다.[49] 이와 같이 여성 작가에 의해서 감지된 자기 분열은 여자 주인공의 자기분열로 나타나고, 여성 작가의 그 시대 의식의 반영이며 곧 언어의 반영에 의한 것이다.

나혜석과 조지 엘리엇은 출발 지점부터 다르다. 나혜석은 진명여학교에서부터 두각을 나타내 졸업하면서부터 신문에 그녀의 진명여학교

---

48 Pam moriss, "Challenging the canon and Establishment", *Literature and Feminism*, 1993.
     여기에서 Showalter 부분 재인용. p.44.
49 Pam moriss, "Writing by Woman", *Ibid.*, p.85.

의 우등을 알릴 정도로 주목받는 여성이었다.[50] 김일엽은 나혜석을 이렇게 표현했다. '그렇게도 잘 났다던 나혜석! 미의 화신으로 남자들의 환영에 둘러싸였던 나혜석!, 최초의 여류 화가로 여류 사회를 그렇게 빛냈던 나혜석!'[51] 김일엽의 표현대로 나혜석은 집안, 학벌, 미모에 있어서 조지 엘리엇과는 달리 뭇 여성의 부러움의 대상이었다. 그녀는 꺼릴 것이 없었다. 그렇다고 식민지 모국을 둔 그녀가 식민지 지배와 전 시대의 유물인 가부장제 억압 속에서 자유로울 수는 없었다. 나혜석의 인생은 지배와 피지배, 근대와 봉건주의, 남성과 여성 등 양극단 사이의 모순을 그대로 표현한 모노 드라마였다. 이 글에서 다루게 될 그녀의 글쓰기 특히 소설 「경희」와 「이혼고백서」는 그 모순을 그대로 드러낸다.

이 글에서 장르가 다른 「경희」와 「이혼고백서」를 함께 다루는 것은 최근 여성문학 연구 경향이 협의의 '문학'에서 광의의 '글쓰기'로 확대되고 텍스트 중심에서 텍스트의 생산과 소비가 이루어지는 환경으로 확장되고 있을 뿐만 아니라,[52] 나혜석 당대에는 글쓰기가 자신의 체험을 넘어서지 못했기 때문에 위에서 쓴 대로 모든 담론이 분석의 대상이 될 수 있다.

이를테면 「경희」 역시 소설의 양식으로 쓰여진 것이지만, 거의 자기 체험적인 것에서 벗어나지 않고 있다. 「이혼고백서」가 집약적인 자기 인생고백론이었다면, 「경희」는 나혜석의 인생관을 허구적 틀을 빌려 재구성한 것이다.

---

50 『매일신보』, 1913.4.1 · 2.

51 김정동, 『나혜석의 미술 동선』(제5회 나혜석 학술논문집), 2002.4, 44면.

52 '남녀의 생물학적 차이로 사회적 문화적 차이로 위계화하는 것이 담론의 힘이고, 담론의 힘이 실현되는 공간이 바로 어문생활이라고 보면, 여성담론에 대한 분석은 여성주의 문학 연구의 핵심적인 연구이면서 여성어문 생활사 연구의 한 축을 형성하게 된다. 이경하, 「근대를 바라보는 여성주의 시각」, 제1회 여성주의 인문학 학술대회, 2006.6.10, 32면.

「경희」를 1918년에 발표하고 「이혼고백서」를 1934년에 발표한 것을 감안하면, 「경희」를 먼저 분석하는 것이 순서일 듯하나, 나혜석의 철학 내지 인생관이 압축된 「이혼고백서」의 분석을 통해서 나혜석의 철학을 분석한 다음, 「경희」를 분석하는 것이 나혜석을 비롯한 당대 신여성의 심리적 풍경을 이해하는데 더 도움이 되리라 생각된다. 나혜석이 남편 김우영과 이혼한 것은 1930년 11월 20일이고 「이혼고백서」[53]를 발표한 것은 이혼 4년 후인 1934년이다.

이 글은 고백적 글쓰기로 자신의 삶의 고통과 절망을 다 드러내 보인 후의 자신의 존재의식을 회복하고 자기 삶의 균형을 회복하고자 하는 의도로 쓰여진 글이다. 이 글은 두 번에 걸쳐서 발표한 글로, 두 사람 사이의 역학관계, 우리나라 사람들의 왜곡된 민족성, 결혼까지의 내력, 화가로서 주부로서 자신의 가정생활, 최린과의 관계, 이혼 후의 상황 전개, 지금까지의 자신의 향방, 모성에 대한 자신의 소견, 이혼 후의 금욕생활, 이혼 후의 자신의 생각, 자신의 인생관 피력 등으로 자신의 과거의 경험으로부터 미래에 앞으로의 생활까지 총체적인 글쓰기를 하고 있다.[54]

여기에서 전체적인 글 중 자신의 인생관을 피력한 부분, 마지막 장인 「청구씨에게」만을 대상으로 해서 분석하겠다. 이 글에서 나혜석은 '인생은 가정만도 인생이 아니요, 예술만도 인생이 아니외다. 이것저것 합한 것이 인생이외다'라며 '근대인의 이상은 남의 하는 일을 다하고 남는 정력으로 자기 개성을 발휘하는 것이 가장 최고 이상일 것일 것이외다'고 했다. 여기에서 나혜석이 근대인의 이상을 처음부터 '자기 개성

---

53 『삼천리』, 1934.8~9.
54 졸저, 「'날몸'의 시학」, 『여성문학에 나타난 근대체험과 타자의식』, 예림기획, 2005, 115면.

을 발휘하는 것이다'라고 하지 않고, '남의 일'을 다하고 '개성을 발휘하는 것이다'라고 한 것도 가부장적 사회에서 살아남기 위한 전략인 것이다. 이 또한 엘리엇과 마찬가지로 가부장적 사회에서의 타자 '남성'을 자신 속에 받아들임을 윤리로 삼고 있다. 여기서 그러면 '남의 일'은 무엇인가. 이는 곧 가부장적 사회에서 여성에게 부과한일 여성의 가사 노동이 될 것이다.

이로 미루어 본다면 나혜석의 욕망은 자신의 욕망이라기보다는 그 당대의 서구 근대문화를 모방한 현모양처론을 내면화한 욕망이며, 그 당대의 남성들의 욕망이 내면화되어 있다. '남의 하는 일을 다 하고 남는 정력으로 자기 개성을 발휘하는 것이 최고의 이상'이 근대인이라면 결국 근대인은 '슈퍼우먼'이 되어야 한다는 것이다. 나혜석의 '슈퍼우먼 콤플렉스'는 가정 내의 모든 일은 여성이 해야 한다는 남성 중심의 가치관에 의해서 자신을 내면화시키고 또 근대인이기 때문에 자신의 개성을 발휘하는 일에도 소홀히 하지 말아야 한다는 식민지 지배 담론에 의해 형성된 서양 중심의 가치관이 내재해 있다. 즉 남성과 식민지 지배 담론에 의해서 형성된 모순된 양가성의 논리이다.[55] 이 모순 된 양가성의 논리는 식민지 여성들은 서구 근대 문화를 거부하지 않고 모방함으로써 타협하게 되고, 근대화와는 상반되는 가부장적 가치관에 의해서 형성된 현모양처 콤플렉스에 의한 이중 욕망에 의해서 형성되었다.

이 양가성의 모순은 나혜석의 글쓰기 전체의 맥을 이루고 있으며, 또한 나혜석 혹은 신여성, 신지식인 전체를 관통하는 핵심이 되고 있다.

---

55 Homi K. Bhabha, *The Location of Culture*, London : Routledge, 1994.

'거의 같지만 똑같지는 않은' 닮은꼴의 식민지인은 모순된 심리적 정서와 양가성을 지니게 된다.[56] 여기에는 분명 식민지 현실이 가로 놓여 있고, 그 식민지 현실의 불투명성은 모든 조선 사회를 황폐화하고 있다. 나혜석 역시 이 점을 지적하고 있다.

> 일정한 주의가 확립치 못하고 고립한 인생관이 서지를 못하여 바람에 날리는 갈대와 같은 시일을 보내고 맙니다. 이는 대개 정치 방면에 길이 막히고 경제에 얽매어 자기 마음을 자기가 마음대로 가질 수 없는 관계도 있겠지만 너무 산만적이 되고 말았나이다.[57]

나혜석의 이런 심리적 모순을 극명하게 드러내는 것이 '슈퍼우먼 콤플렉스'이다. 작품 「경희」에서 자기 정체성을 추구하는 신여성 '경희'가 방학마다 집으로 돌아와 하는 일은 다락 정리부터, 다림이질, 김치 담그기, 바느질하기 등 일체의 가사 노동이다. 이런 '경희'의 모습을 통해서 작가는 그 당시 신여성의 주체적인 행동을 오해하는 그룹, 즉 근대 여성을 이해하지 못하거나, 근대 여성들을 폄하하는 그룹을 설득하는 서사의 목적을 보여주려고 하고 있다.

영국의 빅토리아 시대와 마찬가지로 한국의 일제강점기 시대에도 여성들에게 '집의 천사'를 원했지, 사회적인 의식을 가지고 있는 주체적인 여자를 원하지 않았다. 나혜석은 '신여성'을 이해하지 못하는 아직

---

56 김복순, 「「경희」에 나타난 신여성 기획과 타자성」, 『나혜석 심포지움 제4회 논문집』, 2002, 116면.
57 나혜석, 「이혼고백서」, 『나혜석 전집』, 한길사, 2000, 424면.

전통적 여인상을 고집하고, '신여성'을 거부하는 보수 진영, 나이든 여자, 소설에서 '사돈 마님'이나 남성 그룹들에게 '신여성'의 바람직한 상을 보여줘 그들을 설득하는 것이 우선 필요하다고 나혜석은 생각, 계몽을 시도했다. 이 소설의 형태는 다른 계몽 소설과 달리 계몽의 주체 '경희'는 전면에 나서지 않고, '경희'의 어머니의 입을 빌려 사돈 마님을 설득한다. 설득하는 수법도 '경희'의 어머니가 '경희' 즉 '신여성'의 좋은 점과 왜 여성들의 교육이 필요한가를 말하기보다 '사돈 마님'의 궁금점을 풀어줌으로 스스로 감동하게 한다.

이 작품에서 '경희'의 '슈퍼우먼'적 생활방식을 계몽적 '신여성'상으로 작가가 설정한 것은 작가 자신의 생각이라고 보기에는 그 당대 사람들이 '신여성'에게 바라는 여성상이기도 하지만, 나혜석의 일본 유학 시절, 보아온 식민 지배 담론에 의해서 형성된 모방된 여성상이기도 하다. 작품 「경희」에서 뿐만 아니라 「이혼고백서」에서 자신의 삶이 '걸작이 되고 싶어요'라는 욕망 속에는 주부로서, 아내로서, 어머니로서, 한 주체적인 여성으로서, 또 한사람의 애인으로서도 성공하고 싶은 욕망이 도사리고 있는 것이다. 「경희」의 마지막 장, 아버지가 고집하는 자신의 집안과 비슷한 자제와의 우애혼을 거절하는 것은 자신의 삶에 대한 주체적인 철학을 정립하기 전에 결혼부터 한다는 것에 부담감을 느끼는 것으로 당연하다.

나혜석의 '슈퍼우먼'식 여성상은 「경희」에서 드러내고 있지만, '신여성'에 대한 사회의 부정적인 시각을 교정한다는 목적과 위에서 서술했지만 나혜석은 근대의 개성 있는 주체에 대한 파악이 잘못된 데 있다. 주체적인 여성상 '신여성'은 과거의 불합리한 삶의 양식을 따르지 않고, 합리적인 삶의 방식, 개성적인 주체로서 살면 되는 것이다. 사회의 부정적인 시각 즉 '체면'을 의식하면서 사는 삶 자체가 이미 구시대적 삶의 방식인 것이다.

나혜석의 이런 의식은 주체적인 자기의식이기보다는 식민지 지배의식에 의한 모방으로 실천에 있어서는 양가성의 모순을 보여준다. 양가성의 모순을 극명하게 드러낸 글은 「모(母)된 감상기」이다. 이 글에서 나혜석의 논리의 예리함과 함께 히스테릭한 측면을 그대로 보여준다. 결혼 하면서 여성들은 '임신'을 당연히 예상해야 한다. 그러함에도 나혜석은 임신했을 때의 심리적 상황을 '모든 사람이 자신을 저주하는 것 같다'고 표현하고 있다. 이런 의식의 밑바닥에는 「이혼고백서」에 제시한 '남의 일을 다 하고 나머지 자기 개성을 발휘해야 한다'는 의식과는 모순된 심리가 내재해 있다. '남의 일'이라는 집안일 속에는 가장 중요한 것이 자녀 양육이다. 그러함에도 나혜석이 이런 신경질적인 반응을 보이는 것은 결국 나혜석의 의식이 자신의 주체적인 의식이기 보다는 당대의 지배 이데올로기, 가부장적 의식이나 식민지 담론에 지배당하고 있음을 보여준다. 당대의 지배 담론과 자신의 의식과의 논리적 모순이 벌어지면 벌어질수록 정신적 분열 증상이 발생한다. 마찬가지로 이런 양가성의 모순 속에는 '경희'의 신여성으로서의 주체성을 확립하려는 의지와 함께 양반 부잣집 마님으로서 편안히 살고자 하는 양가성 모순 속에서 그녀의 불안한 심리가 노출된다.

경희는 다시 제 몸을 위서부터 아래까지 훑어본다. 이 몸에 비단 치마를 늘이고 이 머리에 비취 옥 잠을 꽂아볼까. 대가댁 맏며느리 얼마나 위엄스

러울까. 새애기 새색시 놀음이 얼마나 재미있을까? 시 부모의 사랑인들 얼
마나 많을까. 지금 이렇게 천둥이던 몸이 부모에게 얼마나 귀염을 받을까.
친척인 들 얼마나 부러워하고 우러러볼까.[58]

여자가 자기 개성을 잊고 살 때, 모든 생활 보장을 남자에게 받을 때 무한
히 편하였고 행복스러웠나이다마는, 여자도 인권을 주장하고 개성을 발휘
하려고 하며, 남자만 믿고 잊지 못할 생활전선에 나서 게 된 금일에는 무한
히 고통이요, 불행을 느낄 때도 있는 것이외다.[59]

사람의 행복은 부(富)를 득한 때도 아니요, 이름을 얻을 때도 아니요. 어
떤 일에 일념(一念)되었을 때외다. 일념이 된 순간에 사람은 전신(全身) 세
청(洗靑, 깨끗이 씻음)한 행복을 깨닫습니다. 즉 예술적 기분을 깨닫는 때
외다.[60]

위의 인용문에서 첫 번째와 두 번째 인용문은 자신의 체험적인 것보
다는 부잣집 맏며느리나 개성을 잊고 사는 구시대 여성에 대한 세속적
인 여론을 반영한 글이라면 세 번째 인용문은 자신의 체험적인 것이다.
그러니까 세 번째 인용문에서 자신을 잊고 어딘가 몰두 할 수 있는 예
술의 길이 가장 행복하다는 것은 체험을 통한 것이다. 그러나 세 번째

<hr>

58 나혜석, 「경희」, 『나혜석 전집』, 한길사, 2000, 99면.
59 나혜석, 「이혼고백장」, 위의 책, 421면. 나혜석은 「이혼고백서」를 처음 발표했을 때는 「이혼
     고백장」으로, 나중에는 「이혼고백서」로 바꾼다. 이 글에서는 「이혼고백서」로 통일하되 특정
     한 인용은 원문 그대로 하겠다.
60 나혜석, 「이혼고백장」, 앞의 책, 423면.

어디에 몰두 할 수 있는 행복을 이야기하면서 첫 번째 두 번째 인용문에서처럼 개성을 말살한 몰개성 속에서 물질적인 풍요만 누리는 것을 '행복'이라는 단어로 표현한다는 것은 논리적 모순이다. 부잣집 맏며느리에 대한 부러움의 묘사가 구시대의 여성의 삶의 모순에 대한 총체적인 인식에 근거한 것이라기보다는 피상적인 인식에 머무르고 있고, '어떤 일에 일념 된' 기분이 꼭 예술에만 있는 것이 아니다. 구시대적 삶을 살아가는 사람들도 물질적인 풍요로 인한 행복만이 아니라 가정을 다스리는 일에 몰두할 수도 있고, 남편에게 자식에게 몰두하고 희생함으로 행복할 수도 있다. 구시대의 삶과 근대적 삶의 차이는 가치관의 차이일 뿐 행복과 불행의 기준은 아닌 것이다.

또 양가성의 논리는 「경희」에서 보여준 인격적 통일을 보여주는 '경희'의 모습과 실제 삶을 고백한 「이혼고백서」의 통일되지 못한 인격을 통해서 보여 준다. 「경희」에서 보여준 것처럼 그렇게 타인에 대한 배려가 훌륭한 것이 실지 자신의 삶에 있어서 김우영과의 결혼 조건으로 '시어머니와 전실의 딸'과 따로 살 것을 조건으로 한다든가, 일 년 반 이상의 외유 기간 중 자신의 세 명의 자녀들을 맡아 키워 준 시어머니, 시누이에게 선물하나 사오지 않아 이혼할 때, '친척들에 대한 배려 없음'이 중요 사유가 되기도 한다. 그리고 사랑하는 사람과 결혼했고, 결혼한 남편과도 사랑하고 있으면서, 외유 중 파리에서 최린과의 연애 사건은 이런 양가성의 모순을 그대로 보여주는 것이다.

6. 여성성 실천으로서의 '숭고한 법에 굴복'과
'슈퍼우먼 콤플렉스'

크리스테바는 여성은 큰 상징계와는 주변적인 관계 밖에 가지지 않기 때문에 윤리에 대해서 더 많이 자각해야한다는 것이다. 이 윤리는 타자에 대한 자신의 의무를 자아에 대한 의무와 종에 대한 의무로 설정해야 한다는 것이다. 이 윤리는 법이 아니라 사랑을 통해 주체를 '타자'[61]에게 묶어두는 것이다. 이 윤리적 모델은 어머니의 아이와 같은 사랑인데, 이 사랑은 자신에 대한 사랑이요 자신 내부의 타자를 포용하기 위해 기꺼이 자신을 포기하려는 마음이기도 하다. 조지 엘리엇의 '숭고한 법에 굴복'하는 것이나 나혜석의 '슈퍼우먼 콤플렉스' 역시 이런 윤리에 의한 것이다.

조지 엘리엇은 자신의 삶을 통해서나 작품을 통해서 보여준 철학은 '가장 고도의 숭고한 법에 굴복하는 것'이다. 조지 엘리엇의 삶에서 나타나는 자유분방함이나 작품을 통해서 보여주는 도덕적 엄격함은 결국 '가장 고도의 숭고한 법에 굴복하는 것'의 일례라 할 수 있다.

조지 엘리엇의 '가장 숭고한 법에 굴복'하는 삶은 소설에서 자신보다는 타인을 배려하는 삶으로 나타나는 것처럼, 실제 삶에서도 동거인

---

61 잃어버린 유아기의 어머니를 결코 잊지 못하는 인간은 그 결핍을 메우기 위해 또 다른 대상을 찾는다. 상실한 어머니처럼 보이는 대상, 이것이 '큰타자'이다. 그러나 그 어머니는 다시는 찾을 수 없기에 대상을 잡으면 대상은 소타자가 되어 미끄러지고, 미끄러지는 순간, 인간은 살기 위해서 또 다른 대상을 환상의 눈으로 바라본다. 이 끝없는 환유의 고리 속에서 '큰타자'는 소타자로 바뀐다. '타자'란 억압된 무의식이 의식 속에 위장된 모습으로 나타난다. 권택영, 「타자란 무엇인가」, 『타자비평』 창간호, 2001, 24~25면.

루이스의 자녀들을 배려하기 위해 자신의 아이를 일부러 가지지 않는다든가, 루이스의 자녀들이 아파, 장기간 입원했을 때 헌신적으로 간호했다든가, 루이스의 부인에게 죽을 때까지 생활비를 대주는 행동으로 나타난다. 이는 나혜석이 실제 소설에서 보여준 배려의 삶이 실제 생활에서 모순되게 나타나는 것과는 대조적이다. 그리고 조지 엘리엇이 자신의 삶을 통해서 보여준 자유분방함 역시 숭고한 법에 굴복한 것이다. 남편 루이스와의 동거를 통해서 보여준 자유분방한 삶은 관습적 법, 인간의 진정한 관계, 그리고 사랑의 선택이라는 세 가지 층위에서 생각해 볼 수 있다. 조지 엘리엇이 작품을 통해서 보여준 도덕적 엄격성과 삶을 통해서 보여준 자유분방함은 사회적 유기적 관계에서 인간의 진정한 관계라는 '숭고한 법'을 따른 것이다.

나혜석에게 나타난 '슈퍼우먼 콤플렉스' 역시 남성 우월주의에서 살아남기 위한 전략으로 사회적 유기적 인간관계를 고려한 삶의 전략이다. 나혜석의 '슈퍼우먼'식 여성상은 「경희」에서 나타난 대로 거의 완벽한 여성상이다. 집안일을 전적으로 가정부에게 맡기는 것이 아니라 경희 자신이 집안일을 도움으로써 타인에 대한 배려 정신을 보여 줄뿐만 아니라 일본어 능력이 탁월, 부를 형성하는 데도 남자 못지않다. 이것은 남성들과는 달리 여성들은 하나의 원칙을 고집하기 보다는 모든 것을 수용하고 포용하는 열린 주체로서 여성적인 특징이기도 하다.

조지 엘리엇이나 나혜석의 전략은 여성적 본능이라고 할 수 있는 살핌의 미학에 의해서, 여성 주체로서 중심이 아니라 다양을 통일적이게 하는 힘, '여성'이라는 형식 안으로 모으는 힘이며 그 힘의 역동적 표현인 것이다. 그 힘은 어느 한 지점에서 권력의 형태로 자리 잡지 않으며 끝없이 유동하는 여성성의 실천의 장이다.

조지 엘리엇이 태어나고 활동했던 시대는 산업 혁명 후 영국을 가장 부흥시켰던 빅토리아 시대였다. 식민지국으로부터 벌어들인 자본은 나라의 부를 증강시키고, 의식 개혁과 제도 개혁으로부터 미래를 확보하고 있었다. 이런 국가적 전망은 국민 개개인에 대한 긍정과 자긍심으로 이어지고 이는 타인에 대한 긍정과 협력으로 이어진다. 조지 엘리엇과 남편 루이스와의 관계는 이를 증명한다. 그렇게 자기 부정과 자신감이 없었던 조지 엘리엇을 일류 소설가로 만들고, 그로 인해 경제적부를 함께 누리게 했던 사람은 동거인 루이스였다. 이것은 루이스 역시 사회적 환경으로부터 받은 자신감과 '자기긍정'에 힘입어 조지 엘리엇을 감싸 안았기 때문이다.

반면 식민지인으로서 식민지 지배담론에 의해서 근대를 모방하려고 했지만, 정치, 경제적 토대의 상실로 현실적으로 불가능했던 한국의 식민 지식인이나 신여성은 자기 당착과 '자기부정'에 빠지게 된다. 이런 자기 상실감은 타인에 대한 부정으로 나타나고 양가성의 논리에 빠지게 된다. 나혜석과 남편의 이혼 사건이 이를 극명하게 보여준다. 또한 그렇게도 자신에 넘쳤던 나혜석이 이혼 후 빠른 속도로 황폐화되는 것도 이 때문이다.

조지 엘리엇과 나혜석은 여성으로서, 주체적인 여성과 여성으로서의 배려의 삶을 중요시하는 열린 주체로서 열심히 살았지만, 식민지 지배국인 영국의 여성과 한국의 여성의 삶이 전혀 상반되게 나타난다. 이것은 물질적인 부의 축적과 제도 개혁을 함께한 영국은 근대 영국을 향해 가는 전망이 개인에게까지 미쳐 긍정적인 자기 발전으로 나아가고,

타인을 함께 어우르는 삶으로 자리 잡은 데 비해 한국에서는 절름발이식 개혁, 물질적인 부의 축적이나 제도 개혁은 이루어지지 않은 의식 개혁만을 부르짖고 식민지 지배 담론만을 모방하려고 한 양가성의 모순을 보여주고 있다. 이로 인해 한국인 개개인은 '자기부정'에 이르고 이는 타인을 폄하하고 축출하는 극단의 행동으로 나타난다. 이로 인해 나혜석 역시 자신 스스로도 양가성의 논리 속에서 모순을 보여주지만 그로 인한 희생자이기도 하다.

『완득이』에 나타난 타자윤리학

1. 다문화 문학의 방향

한국에서 다문화 담론이 활발하게 진행된 것은 아마도 2005년 이후일 것이다. 이는 이때부터 외국인 노동자수가 늘어나고, 농촌 총각들의 국제결혼 활성화에 의한 사회적 배경 때문이다. 또 2006년 하인즈 워드 열풍은 다문화 사회 담론을 더욱더 활성화하는데 한 몫 했다고 할 수 있다. 제3세계에서 온 이주 노동자들의 저임금과 사용자들의 억압과 착취, 농촌으로 시집온 제3세계 여성들의 열악한 환경과 가난, 문화적 단절감으로 인한 소외감은 불평과 불만의 요소로 작용하기도 한다. 다문화 사회 담론은 이 모든 것에 대한 새로운 대안으로서 그럼에도 불구하고 '함께 잘 잘아보자'는 담론이라고 할 수 있다.

그러나 여전히 대다수 한국인들에게 이주 노동자, 결혼 이민자, 혼혈인, 새터민 등은 한국 사회의 열등한 타자로 인식되고 있다. 한국인들은 이들을 한국 사회의 새로운 주체로 인정하는데 인색하고 영원한 타자로 방치하는데 익숙하다. 이러한 편견의 대부분은 '단일민족'이라는 환상에 기댄 배타적 민족주의에서 비롯된다. 이 배타적 민족주의라는 것은 전근대적인 혈통주의에 그 맥이 닿아있다. 이택광은 이에 대한 예를 다음과 같이 지적했다. 한국인들은 미국 국적자인 미셸 위와 일본 국적자인 아키야마 요시히로를 위성미와 추성훈으로 호명하기를 원한다. 그러나 이와는 반대로 한국인들은 한국 국적자인 결혼 이민자와 배우자의 자녀들을 한국인으로 호명하고 싶어하지 않는다는 것이다.[1]

문학에서 다문화 담론은 두 방향으로 형상화되고 있다. 이주 노동자의 열악한 환경과 착취의 잘못된 구조적 고리를 끊기 위한 투쟁을 형상화한 작품, 그리고 제3세계 여성들의 열악한 결혼 생활과 그에 따른 갈등을 작품의 소재로 다루어 왔다. 또 한때 가해자로서의 한국과 피해자로서의 베트남에 대한 역사적 고찰과 그 피해 사실을 소재로 하여 서사화한 작품, 중국 조선족이 한국에 다양한 채널로 이주하면서 그에 따른 갈등 등 다양한 다문화 소재가 작품으로 형상화되어 왔다. 최근에 와서는 다문화 사회 속에서의 갈등을 단지 한국인의 문제만으로 여기는 것에 그치지 않고, 그에 대한 피해를 작품화하여, 다문화에 대한 포괄적인 이해를 요하는 작품들도 발표되고 있다. 방현석의 『랍스터를 먹는 시간』에 실린 중편 소설들에서는 한국과 베트남 사이의 과거와 현재의 상호적 고찰을 다문화적 차원에서 심도 있게 다루고 있다. 즉 한국이

---

1   이택광, 『민족, 한국 문화의 숭고 대상』, 로크미디어, 2007, 13~14면.

베트남 전쟁에서 저질렀던 야만적 행위가 농촌의 미혼자들에게 베트남 여성을 중매하면서 '절대 도망가지 않습니다'라는 말로 반복되는 이 현상을 분석하여, 그 해답을 제시하고 있다. 문순태의『생오지 가는 길』에 실린 단편들에서는 농촌으로 이민 온 제3세계 여성 결혼 이민자들은 오히려, 한국의 전통 음식을 만들고 관습을 익히는 한국문화의 이수자로 긍정적으로 그려진다. 공선옥의『유랑가족』연작 소설 중「가리봉 연가」는 자본의 흐름을 따라 이동하는 중국 조선족 결혼 이민자가 농촌 아줌마를 흔들어 놓음으로써 오히려 결혼 이민자에 의해서 가정들이 해체되고 파괴되는 현상을 그리고 있다. 그동안 다문화에 관한 작품들은 한국인들과 타자, 즉 이주 노동자, 결혼 이민자, 혼혈인, 새터민의 갈등과 대립 그리고 그 해결 국면에 초점을 맞추었다고 할 수 있다.

그러나 이제부터는 한국인들의 다문화에 대한 이해를 기본으로 하여 타자들과의 정서적 유대와 교감에 초점을 맞춰 그것을 정서적으로 형상화하는데 힘을 모아야 할 것이다. 그런 의미에서『완득이』라는 작품을 통해 다문화 가정으로 인한 문제에 대한 인식과 그로 인한 소외, 그 소외로 인한 완득이의 폭력, 가족의 해체에서 화해까지의 서사 과정을 살펴보려고 한다. 이러한 과정은 완득이에게 가까이 다가가고자 하는 담임선생과 완득이의 정서를 통해서 잘 드러나고 있다. 이 글에서는 완득이의 담임선생을 통해 드러나는, 작품에 나타난 타자윤리학은 무엇이며, 다문화 언어를 배려의 차원에서 분석하고, 마지막으로『완득이』에서 독특하게 창출되는 다문화 가족과 다문화 교회를 살펴보고자 한다.

2. 『완득이』에 나타난 소외와 극복

지금까지 문학 작품에서 다루어 온 소외는 소외 그 자체로서 다루어졌지, 그 해결 방법은 제시되지 않았다. 이는 작가들이 작품 소재로서 다루어 온 소외가 대부분 경제적 불균형에서 오는 것이기 때문에, 소외 자체에 대한 해결책은 사회 전체의 제도를 바꾸지 않는 한 불가능하기 때문이다. 그러나 『완득이』는 경제적 불균형에서 오는 정서적 소외를 다루고 있기 때문에 가능했다. 이것은 물론 경제적 소외를 바라보는 작가의 순수한 시선 때문이기도 하다. 또 청소년의 시선으로 세상을 바라보는 청소년문학 양식이 가지고 있는 특징에 의한 것이기도 하다. 청소년문학 양식이 가지고 있는 특징이 따로 있는 것은 아니지만, 청소년의 세계관이 작품 속에 구현되어야만 그것을 청소년문학이라 할 수 있을 것이다. 그래서 이 작품은 다른 다문화 가족을 다룬 작품보다 소외의 문제가 구체적이면서 좀 더 발전적인 의식을 보여준다.

완득이의 가족은 카바레에서 혹은 장터에서 춤을 추는 난쟁이 아버지, 아버지와 동업인이면서 정신 지체아인 삼촌이라고 불리는 민구, 베트남인인 엄마로, 현 우리 사회의 전형적인 아웃사이더를 구성원으로 삼고 있다. 아버지의 동업인인 민구는 카바레에서 쫓겨나고 장터에서 장사를 하는 것이 수지가 맞지 않자, 역무원에게 쫓기면서 지하철에서 물건을 팔고 있다. 완득이는 두 사람이 죽도록 노력을 해도 겨우 옥탑방에서 지내고, 학교에서 기초생활수급자에게 주는 급식 지원을 받아야만 겨우 살아갈 수 있는 생활환경을 갖고 있다. 완득이는 다른 친구들과 전혀 다른 이러한 생활환경으로 친구들과의 소통을 단절하고, 철저한 소외를 통해서 자기 생존 방식을 획득한다.

완득이는 베트남인 어머니와 난쟁이 아버지 사이에 태어난 다문화 가정의 자녀이다. 완득이 어머니는 아버지가 카바레에서의 춤을 추는 생활이 싫어서, 아버지는 카바레의 많은 사람들이 완득이 어머니를 하인 취급하는 것이 싫어서, 서로 헤어져 살고 있다. 완득이는 어머니라는 존재 자체를 모르고 있다. 다문화 가정이 그렇듯이 완득이를 둘러싸고 있는 정서는 소외이다. 완득이는 난쟁이 아버지를 어린아이처럼 취급하는 다른 사람들과의 불편한 관계로 인해 타인과의 접촉 자체를 불편해 한다. 완득이의 세계는 난쟁이 아버지, 훤칠하지만 지진아이면서 말더듬이인 민구라는 삼촌이 전부이다. 그 사람들이 빚어내는 이상한 행동과 비굴한 의식이 완득이를 지배하는 정서이다. 이런 성장 배경에 의해서 완득이는 난쟁이 아버지나 어눌한 삼촌을 무시하는 주위 사람들의 말이나 행동에 동물적인 감각을 가지고 달려든다. 누군가가 자신의 아버지를 난쟁이라고, 어린 아이로 취급만 했다 하면 자신도 모르게 주먹이 날아간다. 완득이는 난쟁이 아버지나 지진아인 삼촌을 위해서 어쩔 수 없이 폭력적으로 행동한다.

아버지가 카바레를 떠나 지하철에서 물건을 팔게 되면서 완득이는 독립적인 생활을 해나가야만 했다. 그 이후 완득이는 새로운 세계, 즉 담임선생을 비롯한 학창들과 어머니까지 만나는 새로운 세계로 진입하게 된다. 완득이는 담임선생을 만나기 전까지 소외를 소외라고 느끼지 못하는 비정상적인 세계에 속해 있었다. 완득이는 어릴 때부터 비정상적인 가정에서 자라 소외를 겪고, 의식, 감각 등 모든 것을 스스로 차단, 혼자서 살아가는 것을 체질화한다. 오직 학교와 집만 왕래하며, 자신과 관련 없는 것에는 무심하다. 모든 것으로부터의 차단, 심지어 자신의 의식과 감정까지도 차단하면서 완득이는 자신이 외톨이라는 것도 잊고, 엄마의 존재조차 의식하지 못하는 철저히 소외된 존재로 살아간다.

> 너 자신한테 이상한 막을 씌워놓고, 가끔 번개처럼 나왔다가 다시 들어가 버린다는 거야. 눈뜨면 학교 가고, 해지면 다시 집에 와서 자고, 그렇게 움직이더래.[2]

위의 인용문은 완득이의 아버지가 담임 이동주로부터 들은 이야기를 완득에게 전달하는 이야기이다. 완득 아버지 역시 난쟁이라는 열등감으로 자기 소외에 빠져 있는 인물이다. 그렇기 때문에 완득이의 소외를 챙길만한 위치에 있지 않다. 그 소외는 복싱을 하겠다는 완득이의 의사를 무시하고, 소설가가 되기를 바라는 것으로 나타난다. 아버지는 완득이 사회 신분 계층에서 한 단계 낮은, 자신과 같은 몸으로 살아가는 부류가 되기를 원치 않기 때문이다. 그러나 담임 이동주의 역할은, 완득이 아버지와 완득이 사이의 막힌 대화의 통로를 원활하게 함으로써 서로가 이해하고 용서하는 단계를 만드는 데 이르게 된다. 완득이의 아버지는 담임선생의 완득이에 관한 이야기를 통해 자신의 과거와 열등감을 떠올린다. 육체적 불구가 결국 정신적인 불구로 이어져 자신의 껍질 속에 숨어 살던 과거, 말더듬이인 민구와의 만남을 통해 새로운

---

2   김려령, 『완득이』, 창비, 2008, 174면.

삶의 의미를 가지게 된 이후를 회고하며, 그는 열등감을 극복한다. 오직 민구만이 난쟁이인 완득이 아버지의 존재 가치를 인정해주기 때문이다. 과거 기억의 재생은 단지 지난 일에 대한 재생에 불과한 것이 아니라 현재와 과거의 마주침 속에서 새롭게 생성되고 재현되는 그 무엇이라고 할 수 있다. 여기서 완득이 아버지는 과거의 기억을 떠올리면서 동시에 완득이의 현재와 마주친다. 이를 통해 완득이와 아버지는 새로운 대화와 소통을 통해 서로를 인정하고 열등감을 극복하자는 새로운 협약을 도출하는데 성공한다.

> "너는 내 춤을 인정해주고, 나는 네 운동을 인정해주고, 우리 몸이 그것 밖에는 못 하는 모양이다." 아버지는 더 이상 킥복싱을 반대하지 않겠다는 말을 이렇게 했다.[3]

이 모든 것은 담임 이동주의 적극적인 개입이 있었기에 가능한 것이었다. 또한 이 일은 완득이 아버지는 폭력적인 세계에서 춤을 통해서, 또 정신지체자이자 말더듬이인 민구가 전적으로 자신을 신뢰하는 인간관계에서 자기 긍정적인 의식을 확보하였고, 완득이는 완득이 대로 단순히 동물적인 감각으로만 시작했던 복싱이 질서와 법도를 가진 운동이란 것을 알게 되면서, 새로운 삶의 의미를 찾았기 때문에 가능했다. 이 모든 것의 매개 역할을 한 사람은 앞서 언급했듯 담임 이동주다.

완득이가 세상 밖으로 나오게 된 것은 전적으로 담임선생 이동주 덕

분이다. 담임은 사업을 하는 자신의 아버지가 이주 노동자를 부당하게
해고하는 것을 어릴 때부터 경험한 사람이다. 그래서 유독 이주 노동자
에 관심을 갖는다. 그가 가진 모든 재산은 이주 노동자를 위해 사용된
다. 자신은 옥탑방에서 기거하며 이주 노동자들의 모임을 위해 교회를
사서 그들의 활동을 돕고, 그들이 받는 부당한 대우를 개선하기 위해
회사 대표인 자신의 아버지까지 고발한다. 그리고 학교 교사로서 다문
화 가정의 자녀인 완득이에게 특별한 관심을 갖는다. 완득이와 같은 동
네 옥탑방에 살면서 완득이의 아버지와 삼촌이 출타하면 완득이를 보
살핀다.

3. 정서적 일체감에 의한 타자 미학

　주위의 모든 사람들은 타자다. 타자는 결국 내 자신의 또 다른 내면
이다. 자신에 대한 이분법적인 사고를 어떻게 만들어 가고 어떤 관계를
가지느냐는 경계와 비경계에 대한 인식으로부터 시작된다. 이런 자신
속의 타자를 통해 스스로의 분열적인 면을 인정하고 받아들일 때 '타
자'에 대한 이해가 가능하다. 비로소 주위 사람들과 동질감을 가지게
되고 신뢰감이 생기며, 타인과의 소통이 가능해진다. 이럴 때 경계는 자
연스럽게 사라진다.[4] 『완득이』의 타자윤리는 주로 담임 이동주 선생의
타자윤리를 통해 드러난다.

레비나스는 윤리학의 중요한 목표는 자아 중심의 가치철학에 있는 것이 아니라 타인 중심적인 타자윤리를 실천하는 것에 있음을 역설한 유태인 철학자이다. 즉 타인의 얼굴은 신과 우주의 얼굴이며 사회의 얼굴이며 바로 나의 얼굴이라는 것이다.[5] 레비나스 뿐만 아니라 파농도 인간은 그 자신의 존재를 타인을 통해 승인받고자 노출한다고 말한다. 그 자신이 타인에 의해 효과적으로 승인받지 못하는 한 그 자신의 행동을 주관하는 주체는 타인이 된다는 것이다. 인간이 그 자신의 인간적 가치와 실체를 의탁하는 대상은 바로 타자라는 존재이고 타자의 승인이기 때문이다. 그런 타자를 통해 그 자신의 삶도 하나의 의미로 응축된다는 것이다. 장자 역시 '나'란 단지 비어있는 형식, 타자들이 묵고 돌아가는 여인숙과 같은 곳에 지나지 않는다고 했다.

'너'와 '나'가 하나 됨이란 '너' 속에 있는 '나'를 통하여 '너'와 하나 됨을 말한다. 또 '나'는 '너'를 통하여 비로소 의미를 가진다. '너' 속에 있는 '나', '나' 속에 있는 '너'를 발견할 때 비로소 모든 사물이나 인간은 소유의 대상이 아닌 사랑의 대상이 된다. 인간은 본래 주체 자신의 바깥으로 향해 있다. 레비나스에 의하면 이것은 인간의 본래적인 타자성 때문이다. 또 타자에 대한 관심에 의해서만 무한성을 경험하고 진리에 대해 관심을 가질 수 있다. 『완득이』[6]의 담임선생 이동주는 바로 이런 타자에 대한 관심으로 자신의 모든 삶의 메커니즘을 새롭게 맞추어 나가는 전적으로 타자지향적인 삶을 살고 있는 사람이다. 담임선생 똥

---

4   이덕화, 「경계 허물기」, 『생오지 가는 길』, 책만드는세상, 2009.
5   윤대선, 『레비나스와 타자철학』, 문예출판사, 2004, 15~29면.
6   『완득이』는 김려령의 장편 소설로 창작과비평사의 창비청소년문학상 1회 수상작이다.

주처럼 타자의 입장에서 타자를 보는 사람은 그들 하나하나가 자유로운 독자적인 존재인 '너'가 되어 그 사람과 마주 서게 됨을 보여준다.

'완득이'에게 조폭 똥주라고 불리는 담임선생이 사용하는 언어는 완득이의 수준에 맞춰져 있다. 인간 간의 관계는 소통으로 시작된다. 담임 이동주 선생이 완득이에게 가까이 다가가기 위해서는 완득이가 사용하는 언어, 완득이의 경제적인 수준까지도 자신과 닮아있다고 생각할 때 가능하다. 담임은 완득이가 사용하는 고등학생의 언어를 그대로 사용하고, 완득이와 같은 옥탑방을 얻어 살고 있으며, 완득이와 같은 기초생활수급 학생들에게 나누어주는 식사를 완득이와 함께 나누어 먹는다. 이것은 담임 이동주가 철저하게 완득이의 수준에 자신을 맞추려는 배려에 의한 것이다. 장자가 이야기한 자신이 텅 빈 상태, 담임 이동주의 모든 것은 타인이 스쳐가는 하숙집에 지나지 않는다. 이동주의 의식과 뱉어내는 언어, 행동철학 등 그의 모든 것은 타자윤리학이 보여주는 미학을 고스란히 재현하고 있다.

담임이 완득이를 보살피는 방법은 철저히 타자지향적이다. 자신의 관점에서 완득이를 동정하고 돌보아주는 것이 아니라, 자신을 비운 상태에서 완득이를 돌본다. 우선 담임이 쓰는 언어는 완득이가 사용하는 언어 그대로다.

"새끼가 왜 이제 나와, 햇반 하나만 던져!"
기초수급자 학생에게 나온 햇반을 뺏어 먹는 담임은 똥주 밖에 없을 것이다. 나는 다시 방으로 들어가 햇반을 가지고 나왔다. 그리고 똥주 머리를 노리고 던졌다. 맞고 죽어라. 빗나갔다……

"왜 백미밥이야? 그저께 흑미밥 나왔잖아!"

"어제 다 먹었어요."

"아껴 좀 먹어, 새끼야!"

아, 재수 없어 …… 누가 수급 대상자로 해달라고 했나. 중학교 때도 그런 혜택 받아 본 적 없었다. 그런데 고등학교에 와서 담임 똥주가 '경제 사정 곤란'이라는 사유로 나를 수급대상자로 만들었다. 나쁠 건 없다. 학비도 감면해주고 급식도 공짜로 주니 아버지 힘든 어깨를 가볍게 해 줄 수 있어 좋다. 다만 똥주가 더럽게 생색내는 바람에 보기 싫어 죽겠다. 그리고 내 수급품을 먹어치운다.[7]

이것은 담임의 완득이와 가까워지기 위한 전략적 언어이다. 그리고 이것은 완득이가 일상적으로 사용하는 습관적인 말투이다. 담임은 완득이에게 친밀감을 보여주기 위해서 또 그 말이 폭력적임을 경고하기 위해서 일부러 완득이가 사용하는 언어를 그대로 사용한다. 그러나 담임은 어른들 특히 완득이 아버지에게는 겸손한 존칭어를 사용한다. 그래서 난쟁이로 사람들에게 비인간적인 대우를 받아 온 완득이 아버지의 자존심을 세워준다. 두 대비적인 언어 사용을 통해서 작가는 담임의 완득이에 대한 언어 사용이 의도적임을 밝히고 있다. 또 완득이를 기초수급대상자로 올려놓고, 완득이가 기초수급대상자로 소외감이나 부끄러움을 느끼게 하지 않기 위해 일부러 완득이의 햇반을 뺏어 먹는다.

완득이의 담임선생이 완득이나 학생들에게 쓰는 언어는 유머이고 반

---

7   김려령, 앞의 책, 18~19면.

어적이다. 담임선생은 한국인들이 체면과 명분 때문에 시달리는 민족이라는 것을 알고, 그것에 유머와 반어법으로 대응한다. 담임은 자기반 학생들에게 대학은 공부 잘하는 한두 명만 가면된다며 공부할 필요 없다고 공부하는 학생들을 말린다. 그러자 오히려 학생들이 홈페이지에 담임선생이 수업 시간에 맨날 딴소리나 하고 야자도 잘 챙기지 않는다고 올린다. 선생은 학원에서 다 배우고 오면서 뭘 더 배우냐고 따진다.

담임의 타자지향적인 의식은 철저히 완득이를 위한 것이다. 교사로서 학생들을 폭력적으로 대하는 것도 완득이를 위해 철저히 계산된 교육방법이다. 담임은 완득이 공부로 대학에 가는 것보다는 어릴 때부터 익숙한 세계, 폭력을 좀 더 정당하게 살리는 방법이 낫다고 생각하여 복싱을 권한다. 그러나 완득이 아버지의 생각은 다르다. 그는 완득이가 자신과는 다른 세계의 장래 희망을 가지기를 소망한다. 또한 완득이 이것저것 자기가 아는 것을 멋대로 꿰맞추는 재주를 가졌다고 말하며, 완득이가 소설가가 될 것이라고 담임이 농담한 것을 전적으로 믿는다. 즉 담임이 희화적으로 한 말을 완득이 아버지는 자신이 듣고 싶은 대로 듣고 그대로 믿는다. 그래서 완득이 처음 복싱을 하려고 할 때 아버지와 갈등하게 된 것이다. 완득은 복싱 연습을 하면서 살아있다는 충족감을 느끼면서 새로운 삶의 의미를 찾는다. 완득이 복싱을 안정적으로 하게 된 것도, 완득이 아버지가 지하철에서 장사를 하며 경찰에게 쫓기는 신세에서, 시골 장돌뱅이로 돌아다니다, 담임이 산 집에 댄스 교습소 간판을 걸면서 마침내 안착하게 된 것도 담임의 세심한 배려가 없었으면 불가능하다.

담임 이동주의 삶은 완득이의 가족을 위해 사는 삶과 같다. 완득이,

완득이 아버지, 완득이 어머니를 위한 세심한 배려가 없었다면 세 가족의 화해도, 그리고 세 사람이 정상적인 삶을 살기도 힘들었을 것이다. 담임은 완득이가 같은 반 아이들에 의해 소외될까봐, 기초생활수급자라는 것도 가난 자체가 부끄러운 것이 아니라는 것을 반 학생들에게 설득한다. 그리고 자신이 기초수급식품을 함께 먹음으로써, 경제적 불균형을 아무 것도 아닌 것으로 만들었으며, 특히 반 학생들에게 완득이의 삼촌이라고까지 하며, 완득이가 반 학생들에게 소외되지 않게 세심하게 배려해오고 있었다.

이동주 선생은 완득이의 가족만이 아니고 타국에서 온 이주 노동자, 이주 결혼한 여성들을 위해 쉼터를 만들고 그들의 상담역을 맡아, 그들의 어려움을 해소시켜주고 있다. 중소기업을 운영하는 아버지를 통해 다문화 가족들의 고통과 소외를 눈으로 직접 봄으로써, 담임 이동주 선생은 경제적 불평등에서 오는 배제와 언어를 몰수당한 이주자들의 타국에서 뿌리내리지 못하는 피폐하고 배제된 삶을 위해 모든 시간을 투자한다. 그리고 쉼터에 참여하는 완득이 엄마를 만남으로써 가족 간의 그동안의 오해를 풀어주고 사랑을 다시 찾게 해준다. 완득이 어머니의 합류는 흔히 가족은 함께 해야 한다는 기존의 개념을 뛰어 넘어 서로 배려하고 염려하는 가족으로 어머니는 어머니대로 자신의 위치를 지키면서 가족에 대한 배려의 마음으로 아들과 남편을 서서히 끌어들이는 작가의 성숙한 태도 역시 돋보인다. 아버지라는 이름으로, 어머니라는 이름으로 혹은 가족이라는 당위성으로가 아닌 서로 배려하는 진정한 의미의 가족 사랑을 보여준다. 그런 의미에서 이 작품 속의 모든 인물은 타자지향적인 인물들이다.

4. 『완득이』에 나타난 다문화 가족, 교회

완득이의 가족은 전형적인 다문화 가족이다. 난쟁이 아버지에 베트남인 어머니 그리고 그 사이에 난 완득이, 세 사람의 캐릭터도 각기 독립적이다. 난쟁이인줄 모르고 중매쟁이에게 속아 결혼한 베트남인 어머니는 남편이 카바레에서 바람잡이 춤 선생을 하는 모습에 실망해, 완득이가 어릴 때 가출한다. 완득이 어머니는 완득이 아버지가 난쟁이라든가 가난하다든가 그런 이유로 가출한 것은 아니다. 정당한 노동이 아닌 퇴폐장소에서 그런 일을 하고 있는 것에 대한 실망으로 남편과 헤어진 것이다. 남편인 완득이 아버지 역시 자신을 따라다니면서 인간적인 대접을 받지 못했던 완득이 어머니를 배려하여 10여 년 이상 가출 상태임에도 이혼을 하지 않은 채 한국 국적을 유지할 수 있도록 그대로 둔다. 완득이 어머니는 덕분에 성남 공장에서 한국 국적으로 정당한 대우를 받으며 살아간다.

담임의 완득이에 대한 관심으로 어머니는 완득이를 비롯하여 남편을 만나지만, 일반적인 통념처럼 섣불리 가족 안으로 들어오지 않는다. 남편에 대한 애틋한 사랑으로 10여 년 전 남편이 좋아했던 늙어 죽기 전 폐닭으로 처리한 닭을 백숙으로 삶아 준다든가, 질긴 갈비를 좋아한다며 값싼 갈비를 준비해서 간간히 식사를 준비해주면서, 자신의 일자리를 지키면서 서서히 가족과 화해를 한다. 여기서 질긴 폐닭과 갈비도 가난과 소외의 상징인 다문화 가족의 음식으로 상징성을 가진다. 다른 닭보다 세 배나 싼 폐닭은 즐겨 먹지 않는 사람은 고기가 질겨서 먹지 못하는 닭이다. 그러나 오랜 세월 완득이 가족은 그 질긴 고기에 익숙해져 다른 고기는 씹을 맛이 없다며 고기 맛을 못 느낀다.

어머니를 받아들인다는 것에 아무런 준비가 되지 않았던 완득이 역시 처음의 강경했던 태도가 조금씩 누그러지면서 어머니에 대해서 마음을 열기 시작한다. 이 작품의 미점은 어머니라고, 아버지라고 해서 완득이에게 당연히 어머니, 아버지이기를 강요하지 않는다는 것이다. 어머니로서의 따뜻한 마음, 아내로서의 따뜻한 배려를 통해 자신이 아들에게, 남편에게 받아들여지기를 기다리며 조금씩 다가선다는 것이다. 완득이 아버지 역시 마찬가지이다. 완득이 어머니를 바라보고 지켜볼뿐, 남편으로서 혹은 완득이의 어머니로서의 의미와 희생을 내세워 완득이 어머니를 억압하지 않는다.

완득이와 아버지의 관계도 마찬가지이다. 직업상 떠돌아다닐 수밖에 없기 때문에 완득이 아버지는 완득이를 위해 옥탑방에 혼자 기거하게 함으로써, 자식에 대한 충분한 배려를 보여준다. 또 완득이가 자신과 같은 노동을 하며 살기를 원치 않았기 때문에 완득이가 복싱을 시작했을 때 반대한다. 완득이는 아버지로부터 수강료를 받을 수 없게 되자 여러 가지 아르바이트로 수강료를 벌어가며 복싱을 한다. 완득이 역시 아버지에게 떼를 쓰거나 자신을 이해해 주지 않는 아버지를 원망하지 않는다. 이해할 때까지 기다릴 뿐이다. 완득은 어릴 때부터 주위 사람들이 아버지를 난쟁이라고 어린애 취급하는 것을 못 견뎌 주먹을 날리기 시작했다. 그 폭력이 몸에 익어 말씨까지 폭력적이다. 그래서 완득은 어릴 때부터 사람들에게 상처를 많이 받았기 때문에 사람들과 어울리기를 싫어한다.

완득이는 자신이 속한 세계에서 저절로 익힌 폭력적 습관을 복싱으로 용해한다. 그리고 이 복싱은 다른 세계로의 진입 가능성을 열어 보이는 것이다. 완득은 복싱을 할 때마다 살아 있다는 기분을 느낀다. 그리고 몇 번의 시합을 거치면서 복싱에 익숙해진다. 완득은 기다림 끝에 어머니와의 화해와 함께 아버지와의 화해에 이른다. 아버지도 자신이 원하는 일을 하고 다른 가족이 하는 일도 서로 인정해주기로 완득이와 협약을 맺는다. 즉 완득이의 생각을 그대로 받아들인다. 부모들이 자식들을 마치 자신의 분신처럼 생각해 명령하고 따를 것을 주장하는 부모와는 다르다.

이 작품에서 교회는 상징적인 곳이다. 갈 곳 없고 소외된 사람의 모임 장소로 사용되기도 하고, 또 마지막에는 개조되어, 완득이 아버지의 댄스 교습소로 활용된다. 담임 이동주 선생은 자신은 옥탑방에 살면서 모든 재산을 다 털어 한때 교회로 사용했던 건물을 사서, 이주 노동자의 모임을 주선해 이주 노동자의 부당해고, 부당한 처우에 관한 이야기를 듣고, 회사 대표를 고발하기도 하고, 처우 개선을 요구하는 만남의 장소로 이용한다. 이주 노동자의 모임 자체를 정부에서 감시, 요주의하고 있기 때문에, 교회로 위장하고 있다. 외톨이 완득이 역시 자신을 위해주는 척하면서, 가까이 산다는 것으로 자신의 모든 것을 들통나게 하는 담임이 미울 때면 이 교회를 찾는다. 또 교회는 담임이 완득이의 외톨이 생활을 염려하여 여자 친구로 만들어 준 같은 반 친구 정윤하와의 데이트 장소로 이용되기도 한다.

이 작품에서 교회는 교회가 가지고 있는 본질적인 기능, 하나님과 인간 사이의 매개 역할을 충분히 하고 있다. 즉 세속교회가 교회를 이용,

소금의 기능을 제대로 못하고 신도들의 사교 모임으로 비춰지고 있는 현실을 고발하며, 교회를 하나님과 인간을 연결하는 진정한 기능으로 새롭게 의미화한다. 이 교회는 완득이의 심리적 위안 장소이기도 하다. 완득은 담임의 말이 지당하기 때문에 반발할 수 없지만, 지당한 말을 들을 때마다 화가 나 교회에 와서 담임을 죽여달라고 기도한다. 그러나 하나님은 응답이 없다. 그 교회는 비어있는 교회이다. 이 또한 의도적인 작가의 서술전략이다. 그래서 그 교회는 어설프게 끼어드는 목사라든가, 전도사의 각자 자신의 관점에서 해석한 설교를 통해서 왜곡되지 않는다. 완득이의 기도는 언제나 유보될 뿐이다. 기도가 유보되고 기다리는 동안 완득이는 담임의 인간적인 사랑을 차츰 깨닫게 된다. 그래서 죽여 달라는 기도는 유보되고 기도 제목은 달라진다.

> "아버님이 말 안해?"
>
> 어머니라……아버지는 어머니에 대해 한 번도 말한 적 없고, 나도 들은 적 없다. 그런데 똥주가 어머니 이야기를 한다. 그것도 베트남 사람이란다.
>
> "네가 아버지 안 닮았다고 했더니 좋아하시더라. 많이 걱정했나 봐."
>
> "저 어머니 없는데요."
>
> "있어, 새끼야. 전부터 느낀 건데, 니네 집 가계도는 뭐가 이렇게 정직하냐. 구성원 하나하나가 참……"
>
> 하나님, 이번 주 안으로 똥주 꼭 죽여줘야 합니다. 안 그러면 교회 폭파시킵니다.[8]

8　위의 책, 37면.

위의 인용문에서 보는 것처럼, 완득이는 자신의 가족이나 자신에 관한 모든 것에 열등감을 가지고 있는 인물이다. 그런 인물에게 담임은 가족에 대해 아무렇지 않게 이야기하고, 완득이가 듣고 싶지 않은 이야기를 끄집어낸다. 그럴 때마다 완득은 하나님께 담임 똥주 선생을 죽여 달라고 기도한다. 그러나 차츰 담임의 진정성을 알게 된다.

완득이 그 교회에 갈 때마다 인도네시아에서 온 알리 핫센이라는 이주 노동자를 만난다. 그는 언제나 전도사처럼 뛰어나와 완득에게 '자매님, 자매님' 한다.[9] 완득은 그럴 때마다 남자인 자신을 보고 '자매님'이라 지칭하는 것이 당황스러울 뿐만 아니라, 우리와 전혀 다른 얼굴을 가진 외국인이라는 사실도 당황스러워 한다. 이 '자매'라는 용어는 구약 성경 신명기에서 혈연적 사회구조와 평등주의적 의식을 강조하기 위한 쓰인 '형제'라는 용어처럼,[10] 이 작품에서는 단일의 혈통주의에 기반, 타문화에 배타적인 한국인들이 '자매'라는 말을 통해서 다문화 가족에게 좀 더 친근하게 다가갈 수 있는 전략적인 용어로 사용되고 있다.

완득은 이 문화와 차츰 조용한 교회 분위기에 익숙해지며 자신이 심리적으로 위안을 얻고 싶을 때 이 교회를 찾는다. 그러면서 '침묵하는 하나님'에 익숙해지고 주체적인 자신의 모습을 조금씩 이루어나간다. 나중에 담임으로부터 이 교회는 자신이 이주 노동자의 모임을 위해 이사 간 교회를 대신 매입, 동네 주민들이 이주 노동자의 모임을 싫어하기 때문에 교회로 위장하고 있다는 사실을 듣게 된다. 그리고 담임이

---

9   『완득이』에서는 '자매'라는 말이 10번 이상 나오고, 왓산이 돌아간 이후에는 '형제'라는 말로 바뀐다. 여기서 '자매'라는 용어는 가부장적 제도의 구약 시대와는 달리 요즈음에 와서는 평등한 관계를 지칭하는 말로 '자매애'를 많이 사용하고 있다.
10   한동구, 「성경에 나타나 가족 해체와 성경적 답변」, 『신학과 사회』 제24집 2호, 2002, 60면.

그 이주 노동자를 위해 자본가들의 횡포와 불법을 고발하다 감옥까지 들락거리는 사람이라는 것을 서서히 알게 된다.

작가는 텅 빈 교회를 통하여 하나님은 침묵함으로써 우리에게 새로운 힘을 준다는 것을 보여준다. 예수나 부처와 같이 철저히 자신을 비우지 않은 다음에는 인간은 인간을 왜곡하기 쉽다. 그렇기 때문에 교회 시스템이 갖추어야 할 목사 혹은 전도사라는 체제적 인간 역시 인간의 순수성을 훼손하기 쉽다. 그런 의미에서 텅 빈 교회를 통하여 완득이 죽이고 싶은 담임을 이해해 가는 과정은 우리에게 교회의 참다움이 무엇인가를 보여주고 있다. 교회가 위장된 교회라는 것을 알고 완득은 담임에게 '하나님은 그럼 어디있는냐'고 질문하는데, 이에 담임이 '하나님은 하늘에 있지, 교회에 있는 것이 아니다'라고 말하는 것은 의미심장하다. 이 말은 본질적인 하나님의 의미는 무엇인가라는 질문을 던지는 것이다. 진정한 하나님의 뜻은 생각하지 않고 교회만 열심히 다니면, 혹은 교회에 헌신만 하면 하나님을 잘 믿는 것처럼 생각하는 일부 기독교인을 희화화했다는 것을 알 수 있다.

5. 타자성에 의한 다문화 가족

이주 노동자, 결혼 이민자, 혼혈인, 새터민 등이 법적인 테두리에서 체제 내적인 존재라 해도 그들은 결국 체제 외적인 존재들이다. 특히 불법체류자들은 법적 테두리 밖에 있기 때문에 그들에 대한 자국민의 태도는 무관심과 사물화이다. 그러나 우리의 현실은 그들과 함께 더불어 살아야 할 때다. 지방의 시골에나 인근 경기도의 시골에도 새댁은 대부분 결혼 이민자들이고, 많은 수의 산업 일꾼들이 이주 노동자들로 채워지고 있다. 그들은 이미 우리 생활 깊숙이 스며들어 있다. 이제 머지 않아 우리는 먹거리를 그들에게 의존하게 될 지도 모른다. 우리의 일상 용품도 그들에 의해 생산될지도 모른다. 다문화 가정을 꾸리며 사는 사람이 아니더라도 그들과 공존하며 살 수 밖에 없기에, 한국 사회 구성원 모두는 이제 그들과 '더불어 사는 문제'에 당면했다.

『완득이』는 이전의 작품들에서는 결혼 이주민이라든가, 이주 노동자를 소재적 차원에서 접근한 데 비해 이주민들이나 다문화 가정의 일원을 우리 주변의 일원으로 표현하고 있다. 열심히 살아가는 건전한 노동자의 모습으로 그려지는 난쟁이 아버지나 지진아인 삼촌은 타고 날 때부터 보통 사람들과 다른 것으로 인식된다. 그들이 난쟁이라는 것, 지진아라는 것, 베트남인 어머니를 가졌다는 것을 하나의 핸디캡, 즉 결함으로 인식하는 것이 아니고, 각기 얼굴이 다른 것처럼 차이로 인식한다. 담임선생이 난쟁이 아버지나, 지진아인 삼촌, 베트남인인 어머니와 가족처럼 밥을 나누어 먹듯 그들과 함께 밥을 먹기도 하고, 담임이 옆 옥탑방에 살면서 일상적으로 완득이의 가족과 가족처럼 관계를 가지듯 이 관계성 속에서 살고, 완득이와 친구처럼 아웅다웅하며 손을 잡거나 다툴 수 있는 엄연히 함께 하고 있는 이웃이라는 것이다. 담임은 이 소수자들을 끌어내기 위하여, 말씨까지 완득이를 쫓아 완득이를 사회 구성원으로 손색없이 만들어 내었다.

여기서 담임은 자신의 주관성을 타자화시키면서 세계에 개방시키는 감각적인 주체이다. 담임은 완득이와 일체화를 이룩하기 위해 말씨를 흉내냄으로써 정서적 기반이나, 또 자본자의 아들에서 이주 노동자나 다문화 가정의 편에 섬으로써, 자신의 물질적인 기반을 떠남으로써 자신을 타자화한다. 그러니까 담임은 자신의 집과 가족을 타자와의 본질적인 관계, 그들에 대한 참다운 이해와 일체화되는 사랑을 통하여 진정한 가족으로 새롭게 의미화한다. 장자의 말처럼, '나'라는 비어있는 형식, 불교의 무아(無我)나 공(空)사상처럼 자신을 비움으로써 타인을 받아들일 수 있는 넉넉함을 보여주는 타자윤리학은 이 작품에서 이동주 선생뿐만 아니라 곳곳에서 발견된다. 완득이나 완득이 아버지, 완득이 엄마는 자신의 열등감을 벗어 던짐으로써 타인을 받아들일 수 있는 틈, 빈 공간을 주어 서로 화해의 길을 모색한다. 이 작품은 교회가 비어있듯 우리는 우리의 이기적 욕심, 열등감을 벗어버림으로써 타인과 가까이 할 수 있는 길을 열 수 있음을 보여준다. 그런 의미에서 빈 교회는 자기를 버리고, 하나님의 본질로 되돌아옴의 상징적 메타포로 사용되었다.

『혼불』의 여성독법과 여성적 글쓰기

1. 과정 중의 윤리[1]

여성의 글은 큰 상징적 질서[2]를 비웃는 혁명적 시나 비천한 언어가
될 수 없다고 한다. 여성이 큰 상징계에 도전하기 위해서는 아주 신중하
게 큰 상징적 질서를 받아들일 수밖에 없다. 또 여성은 글쓰기와 관련
해 남근적 남성다움을 쓰거나, 아니면 침묵의 물에 잠긴 육체를 쓸 수
밖에 없다고 했다. 이 말은 여성을 법과 타협케 하여 남근적 입장과의
동일화를 이루게 하거나 아니면 여성을 무법자로 만들어 정치와 역사

---

1   큰 상징계는 의미화 즉 사회 영역의 질서이다. 크리스테바의 큰 상징적 질서 안에는 기호적
     요소와 상징적 요소 두 가지가 다 포함되어 있다. 상징계는 사회를 유지시켜 나가는 변증법적
     긴장을 낳기 위한 기호계가 기대어 있는 큰 상징계 내부의 한 요소이다. 라깡은 상징적 요소만
     을 의미한다. 켈리 올리버, 박재열 역, 『크리스테바 읽기』(시와 반시 학술총서 1), 1997, 20면.
2   켈리 올리버, 「"프랑스 페미니스트"와 그들 욕망의 수입」, 위의 책, 273면.

바깥쪽에 있게끔 한다는 것이다. 이것은 여성 누구에게나 해당되는 말이다. 대부분의 여성 작가들은 법과 타협하는 남근적 입장에 있지 않다 하더라도, 작품을 내밀히 들여다보면 무의식적으로 드러나는 가부장적 의식을 찾기는 어렵지 않다.

여성은 수 세기 동안 익숙해져 온 남성의 은유로부터 해방되기 위해서도 자신에 관해 글을 써야 한다. 여성은 자신이 누구인지 모른다. 여성은 더 이상 남성에 의해 정의되는 자신의 이미지가 아닌 스스로의 몸과 일체가 되는 자기 이미지를 글쓰기로 이루어내야 한다. 이를 위해서는 우선 식수스와 이리가레이는 남성과 여성의 차이를 부정하지 않는 양성을 인정해야 한다는 것이다. 이리가레이에 있어서 양성은 차이를 지니고 담론에 참여하는 다른 두 성을 의미한다. 식수스에 있어서 양성은 한 사람 내부에 존재하는 차이와 두 성의 처소를 의미한다. 우리의 일차적 양성은 남근 중심적 문화로 왜곡당해 왔다는 것이다.[3] 즉 정신분석학의 대상이 되는 '결핍'이나 '거세'의 결과가 아닌 욕망, 여성 그 자체의 욕망, 그 욕망에 대해 이야기하고 글을 쓸 때 그것이 바로 여성적 글쓰기라는 것이다. 그런 의미에서 크리스테바는 여성적 글쓰기는 바로 변화하는 다양한 차이를 포용할 수 있는 '과정 중의 윤리'가 되어야 한다고 말한다.[4]

여성의 정체성이나 동등권과 여성의 차이를 어떻게 실현해 낼 것인가는 페미니스트에게 핵심적인 문제가 되어왔다. 인간과 여성, 이중 정

---

3 엘렌느 식수스, 「글쓰기로 나아가기」, 이용숙 외역, 『프랑스 소설 속의 여인들을 찾아서』, 여성신문사, 1997, 233면.
4 켈리 올리버, 「무법의 논리」, 켈리 올리버, 박재열 역, 『크리스테바 읽기』(시와 반시 학술총서 1), 1997, 289면.

체성의 덫에 걸리지 않기 위해, 여성은 자신의 차이를 어느 부분도 포기하지 않고 자신의 욕망을 큰 상징계 속에 결행해야 한다. 여성으로서의 '우리들'의 정체성은 다시 생각되어야 한다. 모든 개인은 그 혹은 그녀 자신의 독특한 색상을 가진다. 여성 운동 혹은 여성적 글쓰기는 개인차에 대한 관심이 되어야 한다. '우리들' 혹은 '인간' 일반적 개념과 마찬가지로 개인차를 덮어버리면 남성의 은유에서 벗어나려는 여성들의 노력이 결국 또 다른 왜곡된 문화를 탄생시키게 된다. 그래서 좀 더 면밀한 윤리가 요구된다.

여성이 인간과 여성이라는 정체성의 이중 묶음을 화해 가능케 하는 방법에 대해 크리스테바는 '과정 중에 있는 주체에 대한 윤리'의 확립을 통해서만이 가능하다고 했다. 여성은 큰 상징계와는 주변적인 관계밖에 가지지 않기 때문에 윤리에 대해서 더 많이 자각해야 한다. 이 윤리는 타자에 대한 자신의 의무를 자아에 대한 의무와 종에 대한 의무로 설정해야 한다. 이 윤리는 법이 아니라 사랑을 통해 주체를 '타자'[5]에게 묶어두는 것이다. 이 윤리적 모델은 어머니의 아이에 대한 사랑인데, 이 사랑은 어머니 자신에 대한 사랑이요 어머니의 어머니에 대한 사랑이다. 어머니의 사랑은 또한 어머니 내부의 이방인을 포용하기 위해 기꺼이 자신을 포기하려는 마음이기도 하다.[6]

---

5 잃어버린 유아기의 어머니를 결코 잊지 못하는 인간은 그 결핍을 메우기 위해 대상을 향해 간다. 상실한 어머니처럼 보이는 대상, 이것이 '대타자'이다. 그러나 그 어머니는 다시는 찾을 수 없기에 대상을 잡으면 대상은 소타자가 되어 미끄러지고, 미끄러지는 순간, 인간은 살기 위해서 또 다른 대상을 환상의 눈으로 바라본다. 이 끝없는 환유의 고리 속에서 '대타자'는 '소타자'로 바뀐다. '타자'란 억압된 무의식이 의식 속에 위장된 모습으로 나타난다. 권택영, 「타자란 무엇인가」, 『타자비평』 창간호, 2001, 24~25면.
6 켈리 올리버, 「무법의 논리」, 앞의 책, 284면.

　이런 여성의 윤리 의식은 『혼불』의 어둠의 미학을 통해서 드러나는 바로 그 윤리의식이다. 『혼불』에서 청암부인이 매안 이씨 집안을 살리기 위해 혼신을 다하는 부분에서도, 효원이나 강실이를 통해 어둠 속에서도 타자를 어떻게 받아들이는지를 보면 왜 작가가 선택한 미학이 어둠의 미학인지 선명하게 해석된다. 어둠의 미학은 바로 모성의 미학이다. 모성은 바로 타자성의 구현이다. 즉 모성은 주체가 타자를 포용하는 윤리이다. 모성은 분열하여, 고립된 채, 다른 신분으로 바뀌지 않고 변화하는 정체성이다. 세상에서 가장 견디기 어려운 최악의 상태가 사실은 가장 고결하고 아름다운 몸으로 태어나는 모태가 된다는 최명희의 작가 의식이 바로 자궁의 어두운 공간, 어둠을 통해서 나타나는 것이다. 고통의 미학을 통해서만이 대타자를 포용, 타자를 자신과 똑같이 사랑할 수 있는 모성의 미학을 확립할 수 있다는 것이다. 이것은 동일성의 논리에 의해서 그동안 타자를 억압함으로써만이 상징계를 질서화했던 윤리와는 상반되는 여성의 윤리인 즉 대상과의 올바른 관계 맺기는 모성적 사랑을 통해서만이 나타날 수 있다는 것이다.[7]

　또 크리스테바의 '과정 중의 주체'가 드러나는 실재는 시적 언어를 실행하는 텍스트에서 드러난다고 했다.[8] 시적 언어는 큰 상징계의 바깥 영역에서 일어나는 언어의 탈구조화와 구조화에 관여한다. 큰 상징계의 권위는 통일성과 자율을 필요로 하기 때문에, 시의 기호적 소질은 새로

7　여기에서 이야기하는 모성적 사랑은 기존에 이야기하는 자신을 무조건적으로 억압하고 희생하는 모성적 사랑과는 달리 남성적 가부장적 사회에서 받은 고통과 좌절에 의한 새로운 질서를 창출하고 그 속에서 개인의 차이를 인정하고, 일 대 일 관계에서 올바른 관계 맺기를 통한 타자 껴안기이다.
8　켈리 올리버, 「침묵으로 나타나는 혁명적 언어」, 켈리 올리버, 앞의 책, 159면.

운 큰 상징적 질서를 재창조하기 위해 큰 상징적 질서를 무너뜨린다. 이것은 모든 의미화가 갖는 본질이다. 시적 언어는 실행을 통해 모든 의미화의 본질을 드러낸다. 실행이란 상징적 법을 혁신하기 위해 이 법을 위반하는 동시에 수용하는 것이다. 시적 언어는 실행으로서의 텍스트이므로 새로운 상징적 장치를 구축한다.

최명희의 시적 언어 인식 역시 크리스테바와 동궤에 있다. 인생을 '다채로운 이미지와 암시로 가득한 비밀의 동굴'로 인식한 최명희는 현 상징계 질서를 재창조하기 위해 자신의 새로운 윤리, 어둠의 미학을 새로운 언어적 인식, 즉 언어의 시각화, 이미지화, 비유, 자연 제재물이나 사물에의 감정이입, 모티브의 반복과 불연속적 사건들의 병치, 느낌의 글쓰기 등으로 확장, 새로운 질서를 창출해낸다. 시적 언어는 음악성 외에도 억압된 상상계에 가해진 언어학적 제약을 풀어주는 혁신적인 문법을 사용한다.[9] 시적 언어는 언어로 충동을 모방한다기보다는 충동과 언어 사이의 전이를 수행한다. 또 시적 언어는 표상에 관한 모든 핵심적인 문제를 의문시하는 경계선의 한 형태이다. 시적 표상은 과정 자체를 보여줌으로써 표상을 전변경(前變更)한다. 시적 언어는 상상계와 상징계가 요구하는 통일성을 해체한다. 통일성의 해체는 정체성의 위기를 불러온다. 위기는 공포를 불러오고 고통을 가져다준다. 고통의 미학을 통해서만이 대타자를 포용, 타자를 자신과 똑같이 사랑할 수 있는 모성의 미학을 확립할 수 있다.

9　위의 글, 157면.

2. 왜 '어둠의 미학'인가

여성들은 항상 자신의 정체성과 사회적 이데올로기의 충돌 속에서 살고 있다. 최명희가 특별히 인생의 밝은 부분보다는 어둠에 더 큰 관심을 가지는 것도 가부장적 사회의 긴장 속에서 여자들이 살아남기 위한 생존의 한 방식으로 선택한 것이다. 『혼불』의 세계는 절대적 가부장제에 의해 움직이는 사회이다.[10] 자아와의 대결로 죽거나 미쳐버리는 경우―강수와 진예의 경우, 젊은 나이로부터 체념을 숙명으로 받아들인 경우―청암부인, 인월댁과 효원이 등으로 자아가 감당하기에는 움직일 수 없는 세계이기에 아예 숙명적인 것으로 받아들인다. 이러한 이데올로기적 긴장, 숙명으로 받아들이는 이 지점이 바로 텍스트 속에서 여성의 목소리로 드러난다. 여성 작가들의 다성성 역시 이러한 긴장의 표현이다. 이러한 긴장 속에서 억압된 대타자를 직면하도록 강요한다. 최명희에게 있어 억압된 타자는 바로 가부장제 사회로부터 오는 억압이다. 최명희는 작품에서 이 가부장제 사회 속에 작품의 인물들을 내던짐으로서 고통과 어둠 속에서 새로운 질서를 재창출하려는 것이다.

최명희는 상징계에서 받는 고통, 비록 시궁창 같은 삶이라도 참고 인내함으로써 찬란한 빛을 발하는 고결한 삶을 살 수 있다는 삶에 대한 인식 전환의 문제를 자신 근원에 대한 집중 탐구에서 민족적인 근원의

---

10 『혼불』의 사회를 절대적 가부장제로 규정하는 것은 신분적 이동이 일체 불가능하다는 점에서 그러하다. 졸저, 「가부장적 의식과 여성, 『혼불』에서의 여성의 운명」, 『박경리와 최명희, 두 여성적 글쓰기』, 태학사, 2000, 295면.

문제까지 확장하고 있다. 이것은 최명희가 보이지 않는 것보다는 눈에 보이는 것, 작은 것보다는 큰 것, 고통보다는 환희, 어둠보다는 빛을 추구하는 상징계의 새로운 질서를 위한 도전으로, 보이는 것보다는 보이지 않는 것, 환희보다는 고통, 빛보다는 어둠에 가치를 두는 새로운 여성적 윤리를 확립하고자 한 것이다.

또 여성들이 주변적인 관계를 통하여 획득되는 주변성에서 벗어나, 역사와 민속 속에 녹아있는 민족의 혼을 탐구함으로써 민족의 근원성으로까지 확장하고 있다. 이것은 여성이 자신의 의무를 자아와 종(種)에 대한 의무로 설정, 그 실행인 모성적 사랑에 의해서 가능한 것이다. 이 사랑은 어머니 자신에 대한 사랑이면서 자신의 근원인 어머니에 대한 사랑이다. 어머니의 사랑은 또한 어머니 내부의 이방인을 포용하기 위해 기꺼이 자신을 포기하려는 마음이기도 하다. 이것은 청암부인의 남편이 죽은 후에도 매안 이씨를 위한 희생과 헌신을 보여주는 것이나, 양반인 강실이 상놈인 춘복이의 강간에도 침묵으로 인내를 감내하는 것 등 억압자인 대타자를 포용함으로써 더 큰 사랑, 민족의 새로운 질서를 확립하는 것이다. 즉 양반의 피와 상놈의 피를 섞음으로써 신분에 의해서 평가받는 인간이 아닌 평등의 논리를 민족의 새 질서로 재정립하고 싶은 것이다.

어둠을 통한 대타자의 포용은 결국 자신의 사랑으로부터 온다.

못났으나 잘났으나, 이 나를 있게 한, 피 한 점, 살 한 점에 수백 년 수천 년을 거슬러 올라가 닿고 싶은 그리움. 설령 그것이 비록 채송화씨 반 토막만한 인자에 불과한 것이라 할지라도, 기어이 한 번 가 닿아 보았으면 싶은

안타까운 절실함.[11]

　인용문에서 보여주는 것처럼 인물의 자신에 대한 그리움이 자신에 대한 사랑에서 역사적인 객체로 확장되는 나르시시즘을 형성하고 있다. 주체와 객체의 자기 동일화를 통해 일어나는 나르시시즘은 분리된 타자를 사랑에 의해 결합시키는 것이다. 즉 사랑은 자아와 타자 둘을 필요로 하고 주체가 자아의 경계를 넘어 타자가 되는 것을 가능케 한다. 이 인용문에서 '그리움'은 바로 자아의 경계를 넘어, 타자로 전이되는 무의식적 충동이다. 이 그리움에 의해서 주체는 그 타자와 분리되어 있는 동안조차도 타자와 동일화 된다. 『혼불』의 어느 부분을 펼쳐도, 어떤 인물에 대한 혹은 사물에 대한 역사적 고적조차도 감정이입으로 주체와 객체가 하나 되는 동일화를 보게 된다. 이런 작품의 분위기는 시적 고양을 통하여 삶에 대한 새로운 인식을 가져오게 한다.

　작가는 자신의 근원에 대한 그리움이 절실한 목마름으로 전 존재를 지배하는 의식으로 발전, 이것은 주체와 타자와의 동일시에 이른다. 이는 바로 대타자인 억압의 형태로 드러나는 '어둠', '죽음'까지도 포용한다. 즉 어둠과 죽음은 빛을 잉태한 죽음이기 때문에 곧 새로운 희망에 찬 어둠이요, 죽음이다. 이것이 바로 크리스테바가 여성의 윤리를 정립하기 위한 새로운 질서, 모성의 포용력이라는 것이다.

　주체의 대타자로서 나타나는 '어둠'은 주체를 감추고 있는 어둠이다. 어둠은 어둠이되 밝음을 잉태한 어둠, 이러한 어둠에 대한 인식은 밝음만

11　최명희, 『혼불』 8, 한길사, 1996, 112면.

을 쫓는 상징계에 대한 무의식적 부정이다. 어둠은 공포를 숨긴 무의식적 억압이다. 이 이면에는 가부장제로 인한 파시스트적 공포가 숨어있다.

공포는 억압된 무의식이며 억압된 무의식을 해소시키는 방법은 그 언어의 부정 아니면 포용의 언어가 되어야 한다. 여기에서 억압당한 부분이 모습을 드러내면 그 공포는 사라지고 그 언어의 권위 자체는 무너진다. 이것이 바로 존재를 무너뜨리는 새로운 경험, 심미적 미적 세계에서 느낄 수 있는 숭고한 순간이 되는 것이다.

『혼불』 속에 나타난 우리 역사의 어둠의 시간들, 단군 신화의 웅녀 이야기, 백제의 패망사, 작품 속의 인물들—청암부인이나 청암부인 손자며느리 효원, 손녀 강실이의 서술을 통해서 보여주는 어둠, 죽음의 역사를 최명희가 근원적인 삶의 생명소로 보고 있는 것은 현란한 문화, 자본주의의 팽창, 물질 만능주의 등 억압된 상징 아래 묻혀있는 본능적인 힘, 삶의 본원적인 질서를 회복하려는 희망 때문이다.

작가의 정신세계를 가장 잘 나타낸 글이라고 할 수 있는 1995년 미국 뉴욕 주립대 한국 스토니부룩 한국학회 초청 강연인 '나의 혼, 나의 문학'에서의 일관된 주제는 이 세상에서 가장 견디기 어려운 최악의 상태가 사실은 가장 고결하고 아름다운 몸으로 태어나는 모태가 된다는 것이다.

최명희는 여기에서 자신의 인생에서 겪어야 했던 온갖 수모, 절망, 슬픔, 아픔, 상실 등이 새로운 의미를 가지며, 아름답고 거룩해지기를 염원한다. 거기에 덧붙여 '나 자신의 생애와 작업, 그리고 내 조국의 역사와 운명도 진정한 완성을 위한 발효와 고통과 어둠을 필연으로 겪으며, 반드시 열릴 새날의 시간이 있을 것이라고 저는 믿습니다'라는 확신으로 글을 맺는다.

이 글을 통해 최명희는 결국 사물이나 인간, 민족 어느 쪽이든 어떤 억압 속에서라도 자기를 잃지 않고 힘들고 어려운 인고의 세월을 견디면 견딜수록 아름답고 숭고한 시간은 꼭 오리라고 말한다. 이 숭고한 체험은 바로 이 세상의 모든 것을 포용한 자의 미덕, 모성적 영역에 속한 것이다. 고통을 겪는 인간은 고통 속에서 질식할 것인가 시적인 언어로 승화할 것인가, 여기서 문학의 폭발적인 힘이 생성되지 않을까? 이것은 혁명을 하지 않고도 정치적 혁명을 경험할 수 있는 시적 언어가 주는 힘이다.

3. 모성적 타자 껴안기

크리스테바가 계속 글을 쓰는 이유는 그녀가 자신의 부서지기 쉬운 영묘(靈墓) 속에 넣어 다니는 명명할 수 없는 모성적 대타자를 포착하기 위한 것이라고 했다.[12] 이것은 상실한 어머니에 대한 그리움, 공허를 메우기 위한 자신의 존재에 대한 탐색으로써의 여성적 글쓰기이다. 최명희 역시 그녀의 핏줄 속을 흐르는 마치 터지지 않는 재채기와도 같이 뻗치는 방사선의 그리움의 정체를 찾기 위해 글쓰기의 전진을 계속하

---

12 켈리 올리버, 「혁명적 분석」, 켈리 올리버, 앞의 책, 224면.

였다고 할 수 있다. 이 그리움은 글쓰기를 통해 바로 민족의 숨결, 민족의 근원인 '나'를 찾는 것이며, 『혼불』 속의 인물들은 자신의 혼을 찾아 떠나는 여행길에 오른 것과 같은 것이다.

여성은 자아와 사회가 요구하는, 엄밀하게는 남성 우월주의 사회에서 요구하는 이상형인 타자와의 큰 차이를 가지고 있다. 자신을 의식, 무의식으로 밀어내고 자신 속의 타자로 대체시키면서 사는 삶은 자신과의 거리를 더 멀리할 뿐이다. 결국 여성들은 자신 속의 타자와 분리 혹은 껴안기를 하지 않으면 정신분열증에 시달리거나 자살을 하게 된다. 문학 작품 속에 혹은 일상생활 속에서 발견되는 정신분열자의 대부분이 여성이라는 사실은 이를 증명하는 것이다.

『혼불』 속의 인물들 또한 자기 속의 타자와의 어떤 관계 속에 있느냐에 따라 평생 방황하기도 하고, 정신분열증에 시달리기도, 자살하기도 한다. 즉 자아와 타자와의 갈등관계 혹은 길항관계냐에 따라 삶의 양상은 달라진다. 최명희는 삶의 여정을 인간을 억압하는 모든 고통과 희생을 새로운 질서로 편입하기 위한 훈련으로 인식한다. 그래서 고통이 크면 클수록 더 큰 밝은 세계가 기다린다. 그러기 위해서는 자기 속의 타자를 껴안아야 한다. 최명희의 『혼불』의 서사를 유기적으로 연결하고 있는 '그리움의 촉수'는 자기 속의 타자 껴안기로 '모성적 타자 껴안기'이다. 이 모성적 타자 껴안기는 인물의 한 개인을 초월해, 인간과 사물, 양반과 상놈, 현재와 과거를 화해시키고 어우르는 전 민족적 역사로까지 확장되는 개념이다.

『혼불』의 핵심 인물인 청암부인과 강실이의 분석을 통해 '타자 껴안기'를 보자. 청암부인은 신행에서 시댁으로 돌아오기도 전에 남편을 잃은 청상과부이다. 절대적 가부장 사회인 구한말, 과부는 '남편을 잡아 먹은 팔자 센 여자'라는 말이 통용되던 사회였다. 그러나 그녀는 그런 세시 풍속에 떠도는 말은 아랑곳 않고, 마음 붙일 곳 없이 홀로된 시아 버지만 있는 시댁으로 들어간다. 거기에서 청암부인은 '내 홀로 내 뼈를 일으키리라'는 각오로 집안을 일으킬 뿐만 아니라, 가뭄 때마다 고생하 는 마을 사람들을 위해 저수지를 만든다. 청암부인의 의식은 그 당대의 남성들에게 가장 바람직한 가치관으로 인식된 호걸영웅의 담대함과 결 단력을 가지고 있다.

청암부인에서 효원이로 이어지는 여성들은 남성적 우월주의의 억압 의 대상이 아니라 자신과 동일시된 큰 타자를 껴안은 여인이다. 이런 경우 전혀 갈등관계가 없기 때문에 그 당대의 이데올로기를 자신의 것 으로 받아들이기만 하면 된다. 이때는 남성과 여성이라는 양성의 갈등 관계보다는 한 개인의 포용의 깊이만이 차이가 날 뿐이다. 청암부인의 집안을 다스리는 방법이나, 아랫사람들을 거느리고 포용하는 넉넉함은 어머니로서의 넉넉함이다. 청암부인의 내부에 있는 타자는 어머니와의 동일성을 통해 사랑과 일체가 되는 인물이다. 사랑은 언제나 육체 속에 갇혀 있으면서 상징적 차원으로 자신을 열어나가는 존재로 발전시킨다. 청암부인은 매안 이씨 집안은 물론 마을, 민족의 한 개인까지도 자신의 육체 속에 갇혀있던 사랑을 베풂으로써 대타자와 동일시한 대모의 형 태를 띠고 있다.[13] 청암부인은 여성의 윤리를 타자에 대한 자신의 의무 에서 자아에 대한 의무와 종(種)에 대한 의무로까지 확대한다.

---

[13] 김열규는 『혼불』이 우리나라에서 찾아 볼 수 없는 대모서사를 보여준다고 했다. 「『혼불』 다시 읽기」, 한길사 기념 강연회, 1998.

종부(宗婦), 나는 거저 그 한 사람의 아낙이 아니고 청상과부 한 사람이 아니라, 흘러내려오는 핏줄과 흘러가야 할 핏줄의 중허리를 받치고 있는 사람이 아닙니까.[14]

이 윤리는 상징계의 실질적인 법에 의한 윤리가 아니라 사랑을 통해 주체를 타자에게 묶어두는 것이다. 이 윤리적 사랑의 모델은 어머니의 아이에 대한 사랑이요, 어머니의 어머니에 대한 사랑이다. 청암부인의 죽음 앞에서 효원이 청암부인의 혼의 정기, 그 '혼불'을 다 빨아들이는 흡혼정(吸魂精)의 의식도 자신 속에 시할머니를 잉태하려는 행위다. 작가 최명희는 '이제 그네는 청암부인을 낳을 것이었다'[15]며 효원 속에 할머니가 살아있음을 통해서 효원을 매안 이씨 집안에 묶어두자는 것이다. 매안 이씨는 첫날부터 소박으로 자신을 억압한 강모의 집안이며, 효원에게는 이방인의 세계이다. 효원이의 청암부인의 잉태는 효원이 내부의 이방인을 포용하기 위해 기꺼이 자신을 포기하려는 마음이기도 하다. 이런 마음은 세속적 가치 위기 속에서도 함께 살아가도록 자신의 내부에 있는 '대타자'를 포용할 수 있는 공간으로 향하는 사랑에 의한 것이다. 이것은 억압을 억압으로 받아들이지 않고 사랑으로 포용하는 것이다.

이런 것은 강실이에게도 마찬가지다. 강실이와 청암부인은 자신 속의 타자를 다스리는 방법은 다르지만, 결국 내안의 '타자', 이방인을 포용, 사랑으로 이끄는 점에 있어서는 마찬가지다. 강실이는 자기 속에 있

---

14 최명희, 『혼불』 1, 한길사, 1996, 241면.
15 최명희, 『혼불』 3, 한길사, 1996, 112면.

는 '타자'를 천시한 경우이다. 강실이는 강모와의 근친상간을 통해 집안으로부터 축출 위기에 있는 인물로서, 자기 정체성에 위기를 느끼는 인물이다. 이로 인해 자신의 존재를 거부하게 한다. 존재에 대한 거부는 자신의 육체에 대한 거부로 나타난다. 결국 강실이는 춘복이의 몸을 받아들임으로써 스스로를 천하게 전락시키고 만다.

> 내 일신이 이럴진대 내 앞에 남은 한평생이라는 것이 어찌 광명스러우리. 목숨을 보존하고 있는 형상만도 뻔뻔한 노릇이다. 하물며 내 무슨 영화를 바라랴. 아마도 나는 천하디 천한 사람이 되고 말 것이다.[16]

이러한 자기 스스로를 내던진 상태인 강실이는 매안 이씨 집안의 경계지역 밖으로 내몰릴 수밖에 없다. 강실이는 자신의 존재에 위협을 받는다. 이때의 위협은 상징계에 의해서 금지되어 온 것, 가부장적 사회가 존재하기 위해 금지해 온 것 때문이다. 이러한 사회적 질서로부터 거부, 물리침을 통해서 자신 속의 타자조차도 거부하게 된다. 그것은 자신 속의 타자로 존재하는 자신의 육체, 어머니로부터 받은 육체에 대한 거부로 나타난다. 어머니의 사랑을 받은 육체를 자신으로부터 분리하기 위해서는 자신이 천하게 전락할 수밖에 없다. 이것은 자기가 속한 사회, 매안 이씨 집안으로부터 축출 위기에서 상놈인 춘복이의 아이를 낳기 위해 필수적인 것이다. 새로운 질서를 받아들이기 위해서 신성한 모성적 육체로부터 스스로의 분리는 어쩔 수 없는 것이다.

---

16 최명희, 『혼불』 2, 한길사, 1996, 325면.

이런 경우 주체 안에서 자신의 육체는 공포의 대상이 된다. 공포로 인해 강실이는 자신과 자신의 억압자인 '대타자'를 혼돈하고 '대타자' 안에서 자신의 자아를 지탱시켜 나간다. 이것은 강모에 대한 그리움으로 인한 결핍에서 오는 것이다. 곧 이것은 강실이 자신의 상실을 드러내며, 자신의 욕망—강모에 대한 연모의 감정—의 상실이다. 자신을 버림으로써 더 큰 사랑을 포용하기 위한 전 과정일 뿐이다. 이런 상실에 의한 지난한 고통—옹녀에게 납치당해 겪는 고통은 결국 신분을 초월하고, 역사를 초월하는 '대타자'를 품기 위한 고통인 것이다. 여성은 항상 타자와의 동일화에서 억압받는 자의 입장에 처하게 된다. 결국 춘복이는 억압된 무의식이며 억압된 무의식을 해소하는 방법은 춘복이의 아이를 통해 포용의 언어가 되는 것이다. 여기에서 억압당한 부분이 모습을 드러내면 그 공포는 사라지고 그 권위 자체는 무너진다. 이것은 바로 존재를 무너뜨리는 새로운 경험, 심미적 미적 세계에서만 느낄 수 있는 숭고한 순간이 되는 것이다.

임신과 출산의 경험을 거쳐 몸과 마음속에 생명에 대한 본능적 사랑을 간직하게 되는 여성에게 자식에 대한 사랑은 제한이 없다. 그리고 자식 사랑은 여성의 정체성 회복과 발전의 과정적 성격에 따라, 지고한 가치를 지닌 넓은 의미의 모성애로 확대될 수 있다. 신분을 넘고 종을 넘고 세대를 넘어, 다른 인종에 속한 아이를 품게 되더라도 그 천부적인 사랑의 진실은 변하지 않는다. 이런 모성적 사랑을 통해 구분하고, 경계지우는 남성의식과 달리 여성의식의 차별성이 드러나는 것이다.

4. 육체적 언어[17]

큰 상징적 질서 안에서 여성의 목소리가 들리게 하기 위해서 우리는 외관상 남성적인 것과의 동일화를 인식할 필요가 있음을 알아야 한다. 그러할 때 큰 상징계 안에서 육체의 소리가 들리게 된다고 한다.[18] 그리고 정체성을 요구하고 보장하는 큰 상징계 안에서부터 모든 정체성을 거부해야 한다는 것이다. 그것은 무한한 진리, 형체도 없고, 진위도 없는, 우리의 욕망, 광기, 임신의 메아리를 사회적 상징의 질서 안으로 불러들이는 것이 된다는 것이다.[19] 즉 말로는 이야기되지 않는 것, 지적으로 이해할 수 없는 것을 들으려고 한다면 바로 이 '육체적 언어'를 경청할 수 있어야 한다는 것이다.

『혼불』 속의 청암부인이나 효원이, 강실이를 통해서 나타나는 서사는 포용을 드러내는 사랑의 미학이지만, 서사를 통해서 드러나지 않는 섬뜩할 정도로 드러나는 어둠의 언어는 바로 말로는 이야기되지 않는 언어, 이해할 수 없는 것들을 말하려는 여성의 무의식, '육체의 언어'를 그대로 드러낸다.

『혼불』의 주제의식을 드러내는 5권의 첫 부분 '자시(子時)의 하늘'을

---

17 크리스테바는 기호계의 코라의 무의식적 공포가 폭발적인 힘의 언어로 방출, 이 초기화 정리되지 않은 언어가 모성적 영역을 경험할 수 있는 생경한 육체성이나 내재된 육체적 에너지의 소리를 '육체적 언어'라는 것이다.

18 크리스테바는 남성적 가치로 통하는 가치 ─ 지배, 초자아, 제도적으로 안정된 사회적 교류를 제도화하는 의사소통을 위한 보장된 낱말 ─ 와 동일화할 때를 제외하고는 세속적인 상황, 정치적인 문제에 접근할 수 없다고 했다. 예를 들면 여성들이 슈퍼우먼처럼 행동함으로써 사회, 역사적 질서에 봉사하거나 이를 전복할 수 있었다고 말한다.

19 켈리 올리버, 「침묵으로 나타나는 혁명적 언어」, 켈리 올리버, 앞의 책, 172면.

보면『혼불』의 육체적 언어와 모성적 사랑이 그대로 드러난다. 청암부인의 일생을 상징화한 '노적봉'에 어둠이 깃들 때부터 어둠이 극에 달한 자시까지를 묘사한 부분을 보자. '비명도 없이 저무는 노적봉' '먹줄로 금이 간 몸 덩어리' '노적봉 가슴패기' '언 산의 생살' '속수무책 내리치는 난자의 칼날' '제 살 속 깊이 동상(凍傷)으로 허옇게 박혀버리니' '한 겨울 삼동에 핏줄에 시린 얼음 박히는 일' '내리치는 칼날에 죽지를 맞은 노적봉은 상처로 먹물 드는 어둠을 피하지 못하고 차라리 웅크리어 멍든 바람 소리로 울었다' '잘림 울음은 먹피로 무릎에 흥건하니' '바람이 어둠이고, 어둠이 난도(亂刀)였다.'[20]

이 어둠의 언어는 어둠에 익숙해 어둠을 피하지도, 울지도 않고 받아들일 때까지 육체가 난자(亂刺) 당하는 고통, 전 존재를 뒤흔드는 억압의 언어들로 가득 차 있다. 그것은 혼돈의 세계이며 정체성의 위기를 주는 고통이다. 어둠이 내리치면 내리치는 대로 어깻죽지에 상처를 내고, 맨살로 속수무책 당하는 어둠의 칼날에 난자당하고, 멍들고, 얼음에 박히고, 잘림 울음을 우는 노적봉은 바로 결혼한 지 며칠 만에 혼자 남아 세상과 대결해야 하는 청암부인의 무의식이다. 또 이유 없이 지아비 강모에게 버림을 받아야하는 효원이의 무의식이며, 강모와의 근친상간으로 매안 이씨 집안으로부터 축출당할 위기에서 상놈의 아이까지 임신한 강실이의 피를 토하는 울음이며, 최명희를 비롯한 모든 여성의 소리 없는 울음이다. 또 여성들의 무의식의 언어이며 이성적으로 정돈되지 않은 육체적 감각적 언어이다. 이것은 바로 여성들의 '몸으로의 글쓰기'

---

20 최명희,『혼불』5, 한길사, 1996, 12면.

이다. '몸으로의 글쓰기'는 남성적 글쓰기와는 달리 혀가 굴러가는 대로 상상력이 가미된 감각적인 기억을 순간적으로 재생하는 여성의 갈림 언어를 통해서 나타난다. 이 갈림 언어는 바로 어머니와 분리되기 전 유아기 이전의 언어와 경험을 통해서 드러난다. 이것은 기존의 언어의 틀에 집어넣는 것이 아니고 자아의 변경에서 끊임없이 들어갔다 나갔다 하는 동안 결국 내가 사라지는 자기 포기를 통해서만 나타나는 몸의 언어이다.

'하늘도 잿빛으로 질리게 하는 어둠의 서슬'은 바로 공포 그 자체를 드러내는 상징계의 가부장적 억압이다. 육체적 언어로만 표현할 수 없는 '타자'는 억압되어 온 상징계의 객체이다. '대타자'의 이러한 억압은 '대타자'의 생각에 사로잡혀 있는, 말하는 존재의 분할, 거절, 반복을 드러낸다. 이러한 막무가내로 당하는 어둠에 익숙하기 위해서는, '어둠을 피하지도' '울지도 않고 오직 묵적(黙寂)으로 캄캄하게 앉아, 밤의 한복판' 어둠 속으로 들어가야 한다. 작가는 '어둠을 내치지 않고 오히려 받아 안았다'는 표현을 통해서 강실이가 춘복이를 받아들이는 것처럼 자신이 그 어둠을 '포용'했음을 시사하고 있다. 또 '더 깊은 몸속으로 빨아들여 그 살의 상처를 메웠다'고 능동적이고 적극적인 표현을 하고 있다. 어둠은 이제 억압이 아니라 어머니가 되며, 자신의 아이가 되어 '크게 품어 안고 의연히 잠재우는' 대타자로 탄생한다. 노적봉은 어둠이 극점에 달하는 자시에 도달해, 더는 어찌할 수 없는 고통 속에서 대타자와의 동일화가 이루어진다. 즉 가해자마저도 품어 안음으로써 어느 쪽도 파멸에 이르지 않는 승리, 큰 어머니의 사랑 — 이것은 자신에 대한 사랑일 뿐만 아니라 자신을 포기하고 싶은 의욕 — 을 보여주는 종교적 숭고함

마저 보여준다.[21] 이것은 자시부터 어둠은 기운을 잃기 시작하는, 빛이 스머드는 시간이기 때문이다.

『혼불』에서 어둠은 상징계의 억압이며, 남근이며, 이 남근은 바로 자신의 정신이다. 어둠의 거세는 자신의 정신의 위협이 되며, 그 정신을 살리기 위해서는 어둠을 끌어안아야 한다. 어둠 속에서 청암부인이나 효원이, 강실이가 죽지 않고 살아나는 방법은, 자신 속의 모성적 사랑을 욕망으로 전환시키는 것이다. 청암부인이 매안 이씨 종부로서 집안을 이끄는 것이나, 효원이 아들 철재를 통해 집안을 다시 세우려는 의지나 강실의 춘복과의 화합은 어둠 속에서 자신을 살리기 위한 욕망의 표현이며, 또 그 육체적 언어 역시 살기 위한 몸부림이며 '몸으로의 글쓰기'이다.

위의 분석에 의해서 청암부인, 효원이, 강실이를 통해서 드러나는 상징계는 폭력적 세계다. 폭력적 세계는 우리의 이성으로 판단 불가능한 세계이다. 그렇기에 공포로 드러난다. 그렇다고 우리의 삶은 포기할 수 있는 것은 아니다. 이 공포는 우리를 억압하는 대타자이다. 이런 공포 속에서 우리는 자신과 대타자를 혼돈하여, 그 대타자 안에서 자신을 지탱시켜 나갈 수밖에 없다.[22] 그러나 남성의 대타자이면서, 그 욕망의 대상인 여성은 자신의 욕망 —『혼불』에서 '자신의 근원에 대한 그리움' —과의 충돌로 고통, 알지 못하는 분노로 우울할 수밖에 없다. 크리스테바는 그 욕망을 풀어내는 방법은 자신 속에 '살아있는 시체'로 끌고

---

21 장일구, 『혼불읽기 문화읽기』, 한길사, 1999, 67면.
22 라깡의 정신 분석에 의하면 여성이 남성의 대타자라면 여성이 남성의 욕망의 대상, 남성의 만족, 남근인 척할 수밖에 없다고 했다.

다니는 어머니의 시체(자신의 근원에 대한 그리움), 모성적 육체를 찾아야 한다는 것이다.[23] 이것은 여성적 담론을 통한 여성적 글쓰기로 시작되어야 한다는 것이다. 즉 남성들의 세계 인식 방법과는 다른 모성적 육체를 인식하는 새로운 인식 방법, 바로 육체적 감각적 인식 방법이다.

육체적 감각적 인식 방법은 대상을 이데올로기나 어떤 목적의식을 가진 도구적 인식방법과는 달리 대상을 직접 느끼는 것이다. 즉 인식의 대상과의 사이에 아무 것도 매개되지 않은 직관적 앎이다. 공포의 세계로 인식된 '어둠의 세계'에서 대상은 보여지는 것이 아니라 느끼는 것이다. 이것은 춘복이와 강실이의 껴안음을 통해서 극적으로 드러난다. 공포로 받아들일 수밖에 없는 다른 세계에 속한 대상을 받아들이는 방법은 육체적 접촉을 통한 자기 동일화밖에 없다. 바로 이것이 육체적 언어이다. 공포에 질려 자기를 다 비워버린 상태 속에서만이 다른 대상과의 동일화가 가능한 것이다.

이윽고 나무는. 광명한 날의 빛 속에 낱낱이 구분되던 사물들의 빛깔과 모양들까지 제 습기로 적시어 지운 어둠을 다 받아들여, 그것들과 서로 한 덩어리를 이루어 통류하게 되리라. 그리고 드디어 지하의 어둠과도 어우러져 일체로 교합을 하리라.[24]

위의 인용문에서처럼 '낱낱이 구분되던 사물들이' 한 덩어리가 되고 결국 어둠까지도 교합하는 대상과의 합일 속에서 새로운 세계를 구축

---

23 켈리 올리버, 「비천한 어머니」, 켈리 올리버, 앞의 책, 101면.
24 최명희, 『혼불』 4, 한길사, 1996, 167면.

하는 것이다. 이성적으로 판단 불가능한 세계, '어둠'을 어찌할 수 없는 세계로 인식하고 폭력적 현실을 개조하려는 의지보다는 자기 동일화로 자아의 세계를 통합하려는 의지가 강하다. 즉 폭력 이전의 세계, 원초적 세계로 되돌아가려는 의식이 모성 본능으로 드러난다. 이것은 인간과 자연과의 원초적 합일을 의도한다. 이런 감각적 인식 방법에 따라 『혼불』에 드러나는 시적 원리는 감정이입, 언어의 시각화, 비유, 이미지화, 모티브의 반복, 행 바꾸기, 불연속적 사건들의 병치, 지진성의 플롯[25] 등으로 드러난다.[26]

5. 결론

여성 자서전적 소설뿐만 아니라 여성 작가들의 소설은 여성 인물들을 이상적인 자신의 정체성을 찾기보다는 도저히 벗어날 수 없는 가부장적 사회질서에 대한 확인에 도달하는 하강 결말이 많다.[27] 여성문학의 대부분은 가부장적 사회에서 살아남기 위한 여성들의 존재 방식에 관한 이야기이다. 존재 방식은 다양한 형태와 시학으로 묘사된다. 최명

---

25 이것은 남성들의 페니스 문화와는 달리 큰 사건을 중심으로 스토리를 엮어나가는 서사와의 다른 여성들의 끊임없이 주저하고, 불안해하고, 갈등하는 여성들의 특성을 드러내는 플롯이다. 이것은 남성적 대서사를 약화시키고 작품 속에 사적 영역을 끌어들이는 역할을 한다.
26 시적 원리에 관한 구체적인 것은 저자의 「『혼불』의 세계 인식과 미적 태도」(『박경리와 최명희, 두 여성적 글쓰기』, 태학사, 2000) 참고.
27 김미현, 『한국 여성소설과 페미니즘』, 신구문화사, 1996, 387면.

희의 『혼불』에서 이는 어둠 속에서의 고통의 미학을 통해서 나타난다. 절대적 가부장적 사회, 여성들에게 폭력적인 사회, 공포의 사회로 인식된 그 세계에서 살아남기 위해서는 폭력에 폭력으로써 대항하는 것이 아니라 인내하고 참음으로써 언젠가는 광명이 있으리라는 운명에 대한 믿음을 갖는 것이다.

이러한 믿음은 자신 속의 '대타자'로 자리 잡은 '어머니'에 대한 그리움, '자신의 근원에 대한 탐색'으로 자기 속의 '타자 껴안기'로 드러난다. '타자 껴안기'는 모성적 사랑으로 주체가 자아의 경계를 넘어 타자와 동일시되는 되는 것이다. 이는 억압의 형태로 드러나는 '어둠'과 '죽음'까지도 포용한다. 『혼불』에서 모성적 사랑은 계급과 종족을 초월하고 역사를 초월해 민족적 화해의 경지까지 폭을 확대한다. 즉 여성으로서의 삶의 한계를 인식한 수준에서 벗어나, 새로운 민족의 역사를 구현하려는 데까지 나아갔다. 김미현의 지적처럼 이상적인 자기 정체성을 제시하지 못하는 대부분의 여성문학과는 달리 『혼불』에서는 여성의 정체성을 민족적 이상으로까지 끌어 올려, 국가적 비전까지 제시하고 있다. 이것은 가부장적 세계를 부정하기보다는 있는 그대로 인정하고 '자신의 근원에 대한 그리움'을 탐색하되, 지금까지 여성들이 기대어 온 남성들의 서사 전략과는 다른 자신의 내밀한 타자, '육체적 언어'에 귀 기울이고 자신의 독특한 서사미학을 구축했기 때문에 가능한 것이었다.

『혼불』의 '어둠' 속에 느끼기는 『혼불』의 여성성을 구현해 나가는 하나의 새로운 방식으로 작용한다. '어둠'은 가부장적 사회의 남성적 담론과 여성 인물의 여성적 담론 사이의 갈등에 대한 완충지대의 역할을 한다. 이것이 특징적으로 나타나는 것이 바로 『혼불』의 시적 원리인 사물에 감정이입, 언어의 시각화, 모티브의 반복, 행 바꾸기, 불연속적 사건들의 병치, 지진성의 플롯을 통해서이다.

이리가레이에게 양성은 양성의 차이를 지니고 담론에 참여하는 다른 두 성이라면, 크리스테바나 식수스의 양성은 한 사람 내부에 존재하는 차이와 두 성의 처소를 의미한다. 그들은 우리 모두는 양성이라고 주장하며 남성적인 것도 여성적인 것도 아닌 그 사이에 여성적 글쓰기를 존재시킨다. 이 여성적 글쓰기는 양성간의 차이가 어느 한쪽을 열등하게 만드는 조건이 되어버린 남근적 사고의 틀과 그 틀로 인해 결핍의 '대타자'로 소외된 또 하나의 주체를 위해 끊임없이 딴지를 걸 수밖에 없다는 것이다. 이들의 주장처럼 차이가 결핍으로 인식되었을 때 나타나는 로고스적 언어의 일방성을 위해서 열거한 결핍, 갭으로 타자화된 여성, 그 여성 주체의 추구는 일방적 합의에 도달하는 것이 아니라 여성들 사이의 차이와 이견, 그리고 다양한 목소리에 도달해야 한다. 그런 의미에서 『혼불』은 다양한 차이를 드러내는 하나의 새로운 여성적 글쓰기이며, 그 시적 원리 역시 여성의 독특한 미학을 드러내는 새로운 전략이다.

참고문헌

권택영, 「타자란 무엇인가」, 『타자비평』 창간호, 2001.

김미현, 『한국 여성소설과 페미니즘』, 신구문화사, 1996.

나병철, 『근대서사와 탈식민주의』, 문예출판사, 2002.

리타 헬스키, 김영찬·심진경, 『근대성과 페미니즘』, 거름, 1998.

미셸 푸코, 황정미 역, 『섹슈얼리티의 정치와 페미니즘』, 새물결, 1985.

신명아, 「라깡과 페미니즘」, 『현대시사상』, 고려원, 1994 여름.

엘렌느 식수스, 이용숙 외역, 『프랑스 소설 속의 여인들을 찾아서』, 여성신문사, 1997.

이거룡 외, 『몸 또는 욕망의 사다리』, 한길사, 1999.

이덕화, 『박경리와 최명희, 두 여성적 글쓰기』, 태학사, 2000.

장일구, 『혼불읽기 문화읽기』, 한길사, 1999.

정재원, 「말과 침묵사이」, 『타자비평』 2, 예림기획, 2002.

켈리 올리버, 「크리스테바 읽기」, 『시와 반시』, 1997.

독도 : 동일한 고통의 영원회귀

김탁환의 『독도평전』을 중심으로

1. 버림받은 섬 – '독도'

'독도'에 관한 작품을 읽다 보면 니체가 삶의 고통에 짓눌려 '갈기갈기 찢긴 디오니소스' 같다고 한 말이 생각난다. 언제나 버림받으면서 다시 부활되고 되돌아 와 우리 앞에 우뚝 서 있는 독도. 그것은 독도가 가지고 있는 실존의 밑바닥으로부터 귀환하는 독도의 부활이다. 니체에게 삶은 끝도 없는 고통의 연속이지만, 삶은 또 그 자체로 성스러운 것이었던 것처럼, 독도는 그 실존 자체가 몇 천 년의 고통의 연속이었지만, 가혹할 정도의 고통에조차 흔들리지 않고 언제나 시공간을 뚫고 우리 앞에 현존한다.

그러기에 '독도'에 관한 작품을 형상화하는 대부분의 작가, 김탁환(『독도평전』, 휴머니스트, 2001), 헨리 홍(『독도전쟁』, 영문판 *Sharon*, 2005), 정재민(『독도 인 더 헤이그』, 황마, 2009), 배영수(『독도선언』, 북랩, 2012)는 '독도'가 역사적으로 어떻게 부침을 겪었는가를 중요 서사 전개의 한 부분으로 잡고 있다. 김탁환은 독도 문제를 독도만의 문제로 보기 보다는 동해 섬을 아우르는 울릉도를 포함한 화산섬이 어떻게 탄생되었으며 고대로부터 지금까지의 역사 속에서 어떻게 부침을 당했는가를 객관적으로 서술하고 있다. 헨리 홍 역시 300년 전 조선과 일본의 관계를 독도 문제를 중심으로 서술, 특히 독도를 우리의 것으로 자리매김한 독도의 장군 안용복의 일대기를 중심으로 서사화하고 있다. 한일 간 끊임없이 반복되는 독도분쟁을 슬기롭게 극복하기 위해서는 일본의 전략과 입장을 정확히 알 필요가 있다는 작가적 시선에 의해서 일본 측 입장에서 이 문제를 치밀하게 다루고 있다. 현직 판사로 독도 문제에 관심이 많은 정재민은 독도 영유권 문제를 둘러싼 갈등을 서사화하면서, 독도를 우리나라 국토에 처음 편입시킨 신라 장군 이사부를 중심으로 서사화하고 있다. 배영수는 고대부터 일본이 한국의 문화적 영향력 아래 살아왔다는 것을 강조하며 주인공 이름 역시 일본에 영향력을 발휘했던 이름을 그대로 따와서 독도와 울릉도의 분쟁사를 중심으로 서사화했다.

특히 김탁환은 '독도'를 비롯한 동해안의 섬들에 관한 역사적 부침의 서사 전개를 '버림받은 자'와의 동일시를 통해 드러낸다. 동해의 화산섬에 정착한 주민들은 '버림받은 자' 즉 육지에서 살 수 없는 저마다의 아픔을 품고 있는, 용서받지 못할 범법자들과 가난에 지쳐 자살 문턱에 이른 사람들이고, 그들이 마지막으로 택한 희망의 땅이 동해의 화산섬이었다는 것이다. 김탁환의 이런 작가적 시선은 작품의 전체 서사에 영향을 미친다. 다른 작가들이 각자 독도를 바라보는 시선에 의해 어떤 부분의 서사를 강조하는 것과는 달리, 김탁환은 고대 화산 폭발로부터 섬이 생겨난 때부터 현재까지의 독도를 포함, 독도를 잉태했던 동해의 기원부터 시작해, 현재까지의 '독도'를 마치 실존 인물처럼 다룬다. '독도 평전'이라는 제목을 보아 '독도'의 모든 것을 서술하겠다는 작가적 야심과 함께, 작가는 작품을 통해 '독도'에 관해, '다큐멘터리를 넘어서는 다큐멘터리, 사실보다는 진실에 가까운 글'을 쓰려고 했다는 의도로 한국인이라는 특정한 관점보다는 '독도' 자체에 대한 객관적인 시선을 통해서 '독도'를 다루었다고 할 수 있다.

이 글에서는 삶은 고통의 영속이며, 그 고통을 극복하기 위해 자기초극을 하는 초인에 의해서 권력의지를 찾을 수 있다는 니체 철학의 핵심 용어, 영원회귀, 초인의 등장, 권력의지라는 관점에서 작품을 분석해 보겠다.

2. 역사적 반복을 통한 영원회귀 – 독도의 운명

니체는 삶은 모든 것이 되풀이 된다는 것으로 '존재의 수레바퀴'라는 용어로 삶을 해석한다. 모든 것은 가며, 모든 것은 되돌아온다. 존재의 수레바퀴는 영원히 돌고 돈다. 모든 것은 시들어가며, 모든 것은 다시 피어난다. 존재의 세월은 영원히 흐른다. 모든 것은 부러지며, 모든 것은 이어진다. 모든 것은 헤어지며 모든 것은 다시 만나 인사를 나눈다. 존재의 수레바퀴는 존재 자체에 신실하다.

니체의 존재의 수레바퀴는 독도의 존재를 해명하는 열쇠로 다가온다. 반복적으로 버려지는 독도의, 혹은 울릉도의, 혹은 동해의 섬들이, 혹은 우리나라가 세계의 열강들의 제전에서 버림받았던 과거의 순간들이 오버랩 되며, 그 지독한 고통을 극복하고, 새로이 부강한 나라, 오늘날의 대한민국으로 부상하기까지의 고통의 밑바닥을 훑는 작업 중의 하나가 독도의 서사를 읽는 작업이 아닐까.

작가는 독도를 하나의 개별적 생명체로, 삶의 고유성을 인정받아야 하는 실존체로 그려내고 있다. 도입부에서 작가의 독도에 대한 서술은 독도에 기식해서 살고 있는 생명체에 대한 서술로 시작된다. 즉 독도에는 1989년 나무 심기 운동이 시작되기 전부터 31과 50속 69종 6변종의 식물들이 자라고, 53종이 넘는 곤충, 하늘을 가득 메우는 새떼, 천연기념물로 지정된 바다제비, 슴새, 괭이 갈매기들뿐만 아니라 아열대나 지중해에서도 보기 힘든 165종의 해조류가 있다는 것이다. 이 해조류는 남해안이나 제주도의 해조류와는 현격한 차이를 보여 별도의 독립된 생태계로 분류되어야 할 정도라는 것이다. 독도는 또한 100년 전까지만 해도 물개와 흡사하게 생긴 포유류에 속하는 강치들의 천국이었다는 것이다. 이 서사의 마지막, 강치들이 상어에게 잡아먹히는 장면은 앞으로 전개될 독도의 운명, 양육 강식, 섬의 변하지 않는 질서를 상징적으로 보여주고 있다.

암컷이 몸을 돌려 다른 암컷들과도 인사를 나누려는 순간, 흰 물보라를 일으키며 청새리 상어가 튀어나왔다. 날카롭게 거대한 이빨이 단숨에 암컷

의 뒷다리와 배를 짓씹었다. 사방으로 피가 튀는 것과 동시에 암컷의 울음
이 뚝 멎었다. 축 늘어진 암컷의 몸이 바위에서 바다로 끌려들어갔고, 수컷
과 다른 암컷들은 침묵 속에서 한 생명의 최후를 지켜보았다.

—『독도평전』, 28면

　　이 인용문은 앞으로 독도를 비롯한 동해의 화산섬이 당해야하는 수
난사를 상징적으로 보여주고 있다. 다음에 이어지는 이서국 서사가 바
로 이를 뒷받침한다. 신라가 중앙집권적 틀을 갖추어가면서 그 근처의
지방 소국들과의 전쟁은 불가피했다. 경상북도 이서면에 자리 잡았던
이서국 역시 인용문의 강치와 같은 처지였다. 이서국은 신라에 의해 망
한 뒤, 신라에 복속되었지만, 일부는 신라를 피해 우르뫼섬(울릉도)으로
와 우산국을 세웠다. 그리고 강국으로 자리를 잡았다. 그러나 고대 왕국
의 면모를 갖춘 신라 지증왕 시대에 가장 큰 과업은 우산국을 정벌하는
것이었다. 지증왕은 그 당시의 용맹인 이서부를 시켜 우산국을 정복하
도록 명령했고, 이서부는 나무사자를 들고 와 섬 전체를 불태우려는 전
략으로 섬을 공략, 항복시킨다. 결국 우산국은 신라의 속국으로 400년
을 유지, 그러다 통일신라가 9세기 말부터 쇠락의 길을 걷자 다시, 고려
의 왕건에게 굴복하고, 다시 발해와 여진의 침략, 고려와 요나라, 여진
의 대립과 반목에 의한 고려의 우산국에 대한 무관심, 동북 여진의 우
산국의 침탈에도 침묵으로 일관, 마지막으로 돌섬(독도)의 사수는 우산
국도 영원하리라며, 우산국의 왕자 해청 일행은 자살로 생을 마감한다.
이런 고통의 역사는 고려를 지나 조선시대에 와서도 반복된다.

　　조선시대에 와서 태조부터 예측할 수 없는 명분보다는 미리 살펴 손

익을 따지는 실리에 치중한 청백리 황희에 의해서 발의된 공도정책, 섬을 비워 백성들을 모두 뭍으로 인도하고 1년에 한두 차례 관리를 보내 조선의 백성을 거둬들이는 정책은 거의 오백 년 이상 지속되었다. 조정의 무관심은 오히려 어부들에게 좋은 기회였으나, 도요토미 히데요시의 야망에 의한 7년 전쟁으로 일본 어부들의 출항, 즉 울릉도와 우산을 탐내던 대마도에 의해서 또 다시 죽음의 섬으로 고통의 수렁 속에 빠진다. 이후 일본 어부와 조선 어부의 잦은 다툼은 조선 조정과 일본 막부의 개입을 끌어들였고, 조선 정부는 그때서야 울릉도 독도 문제에 울며 겨자 먹기로 끼어든다. 그런 와중에 안용복이 출현하면서 울릉도, 독도는 새로운 전기를 맞는다. 안용복의 출현으로 일본에 정정당당히 울릉도, 독도는 우리 땅임을 천명하는 대 전기를 마련했다. 그러나 양반 출신이 아닌 자가 당상관 행세를 했다는 죄명으로 안용복은 유배길에 오른다.

이런 수난은 근대에 들어와서도 서구 열강들에 의해서 이어진다.

특히 독도는 아시아의 그 어떤 섬보다도 주목을 받았고 그만큼 다양한 이름이 붙여졌다. 그것들은 모두 독도를 처음 발견했다고 착각한 배의 이름이다. 프랑스인들은 이 섬을 리앙쿠르(Liancourt, 1849)라고 불렀고, 러시아인들은 독도의 서도를 올리브차(Olivoutza, 1854), 동도를 메넬라이(Me-nelai, 1854)라고 칭찬하였으며, 영국인은 이 섬을 호넷(Hornet, 1855)으로 받아들였다.

—『독도평전』, 174면

동해의 섬에 대한 서구 열강들의 관심은 새로운 항로에 대한 호기심이 아니다. 식민지 개척의 첩경이자 국가적인 부의 획득을 위한 투지다. 동해의 섬 주변은 보물이 살아 숨 쉬는 곳이었다. 그 보물의 정체는 고래였다. 일본 대마도 막부의 울릉도, 독도에 대한 지속적인 야욕이나 서구 열강들의 이런 치열한 관심은 조선 조정에서 400년 넘도록 지속한 공도 정책으로 인한 것이다. 주인 없는 섬, 누구나 먼저 차지하면 자신의 것이 될 것이라는 얄팍한 욕심이 울릉도와 독도를 고통 속에 몰아넣은 것이다.

이런 독도를 비롯한 동해안 섬들에 대한 주도권 다툼은 일본 제국이 조선을 강탈하기 전까지 일어난다. 일제 강점기 하에서 조선과 함께 동해의 섬은 당연히 일본 차지가 되었다. 해방이 된 이후 미군정 하에서 독도는 폭격연습장으로 사용됨으로써 독도의 고통은 최고조에 달한다. 이에 국가를 믿을 수 없는 홍순철이 독도의용수비대를 만들어 철통 같이 독도를 지키려는 의지를 보임으로써 또 다른 전기를 마련한다.

독도에 상륙하는 자는 국적 불문, 피아(彼我) 불문하고 총살함.

니체는 그 끔찍한 반복 속에서도 삶을 놓아버리지 않고 그 삶과 맞붙어 싸운다는 결의가 '동일한 것의 영원회귀'라고 했다. 그런 투쟁의 결과로 삶은 매번 극복될 수 있다는 것이다. 즉 영원회귀는 한 인간이 혹은 실존 자체가 감당해야 할 삶의 도전이다.

3. 동해섬의 초인, 안용복의 등장

니체가 신을 거부하면서 대안으로 제시한 초인은 니체의 가장 바람직한 인간형의 표상이다. 니체가 그린 초인의 초상을 보자.

우리의 대담한 모험으로 모든 대륙과 바다에 길을 열어, 모든 곳에다 좋은 모습으로든 나쁜 모습으로든 불멸의 기념비를 세웠다. 미치광이 같기도 하고 우스꽝스럽기도 하고 급작스럽기도 한 귀족적 종족들의 이러한 '대담함', 무슨 일을 저지를지 예상하기 어려운 그들의 모험의 예측 불가능성, (…중략…) 안전, 육체, 생명, 쾌적함에 대한 그들의 무관심과 경시, 모든 파괴 속에서, 승리와 잔인함에 대한 모든 탐닉 속에서 나타나는 그들이 오싹할 정도의 명랑함과 즐거움의 깊이, 이 모든 것은 그것 때문에 고통 받은 사람들에게는 '야만인'의 이미지로, '사악한 적'의 이미지로, 아마도 '고트족', '반달족'과도 같은 이미지로 이해되었을 것이다.

—「도덕의 계보」, 제1논문, 11절

니체 시대는 식민지 개척에 열을 올리던 상황으로 개척의 선구자, 귀족을 '대담함' '모험의 예측 불가능성'을 가진 존재로 이미지화하고 있다. 그러나 니체의 초인 이미지는 야생적 이미지, 귀족과는 반대 이미지를 연상케 한다. 오히려 평민 출신인 조선시대의 안용복의 이미지를 이 인용문에서 만날 수 있다. 조선의 역사가 시작한 이래, 안일과 평화만을 유지하기 위해 울릉도와 독도를 없었던 섬인 것처럼 만든 우리네 귀족인 양반과는 전혀 다른, 미치광이 같기도 하고, 우스꽝스럽기도 하고, 급작스러운 모험의 예측불가능성을 보여주는 야생적 이미지. 작가가 안용복을 그린 이미지를 보자.

조선 조정이 300년이나 버려둔 섬은 그러나 무인도가 아니었다. 일찍이 막부에게 도해면허를 받았던 오타니 가문의 어부들이 미리 와서 그물을 거둬들이고 있었던 것이다. 울릉이 온통 왜놈들 천지가 되었다는 동래 상인들의 걱정은 거짓이 아니었다. 왜선 일곱 척이 울릉 동남쪽에 나란히 서서 시위하듯 안용복이 탄 배를 가로 막았다. 울릉에 내리는 것을 허락하지 않겠다는 기세였다.

이런 다툼은 서로 언성을 높이다가 끝나는 것이 대부분인데, 이 날만은 달랐다. 서른여섯 살의 안용복이 유창한 왜말로 일본 어부들에게 따지고 들었던 것이다. 새까맣게 그을린 두 뺨에는 곰보 자국이 선명했고 넓은 이마에는 그동안의 고생을 드러내듯 잔주름이 자글자글 했다. 키가 크고 어깨가 떡 벌어졌으며 가슴이 넓어 강단이 있어 보였다.

—『독도평전』, 136면

위의 인용문은 울릉도, 독도와 관련된 조선 당대의 축약도이다. 울릉도, 독도가 번연히 우리나라 섬이었음에도 조선 조정의 공도 정책에 의해서 내팽개쳐진 두 섬의 근해에는 일본 어부들이 인용문에서 보듯이 주인 행세를 하는 희극적인 상황이 벌어진 것이다. 둘째 단락에서 안용복이 군장졸로 근무한 경험도 있고, 일본어를 구사할 수 있는 자신감과 인용문에 그려진 대로 상당한 강단과 배포를 가진 인물이었기에 막강한 힘을 업고 어업을 시작한 일본 오타니 가문의 어부들에게 따질 수 있었던 것이다. 결국 싱갱이 끝에 인용복은 막부의 도해면허를 확인하기 위해 결국 일본까지 쫓아가는 용감성을 발휘한다. 이런 안용복의 용감성은 짓밟히고 짓밟혀서 더 이상 갈 곳이 없는 사람에게서만 볼 수 있는 용감성이다. 울릉도, 독도에서의 일본 어부들의 만행은 더 이상 참을 수 없는 경지에 도달한 것이었다. 그러나 일본의 중앙집권에서 막부, 대마도까지의 집권층의 다양한 이해관계를 일개 군졸로 있던 평민인 어부 안용복이 알 리가 없었다.

도쿠가와 막부는 두 국가 간의 상호 배려를 위해서 더 이상의 충돌을 피해 울릉도, 독도는 일본의 영토가 아니라는 조서를 내렸지만, 대마도주의 영주는 울릉도, 독도에 대한 욕심을 가지고 있었기 때문에 안용복을 가둔다. 안용복은 50일간의 감옥살이를 끝내고 조선으로 왔지만, 대마도주의 농간으로 조선 조정에 의해 다시 갇히는 신세가 된다. 그러나 안용복은 그런 수난과 고통에도 아랑곳하지 않고 조선 조정이 조선 어부를 보호할 의사가 없다는 것을 알고 조정이 하지 못하는 일을 스스로 하는 수밖에 없다고 생각한다. 그러기 위해서는 울릉도와 독도가 조선 영토임을 확실히 해야 했다. 그래야 일본 어부들의 횡포도 막을 수 있을 것이었다.

이를 위해서는 공식적으로 일본 정부로부터 울릉도, 독도가 조선의 영토임을 확인받아야 했다. 앞선 수난 속에서도 안용복은 2차 도일을 도모한다. 일본이나 조선 조정의 생리를 알기에 이번에는 당상관 행세를 하여 도일한다. 오키도시마 도주와 호키주 태수에게 그동안 대마도주의 횡포를 낱낱이 고해, 예전에 울릉도를 드나들던 왜인 열다섯 명을

   아시아적 신체와 혼종적 정체성

처벌하고 울릉도와 독도가 분명 조선의 섬이라는 확답을 받아낸다. 몇천 년 동안 조정에서 못한 일을 안용복이라는 한 사람의 영웅이 깔끔하게 해결한 것이다.

이런 안용복의 시대를 초월한 초인적 행위는 그동안의 오랜 수난 속에서 쌓아온 울분 때문이기도 하지만 동해 어부들의 고통을 누구보다도 잘 이해하고 있기 때문이다. 그리고 자신의 안전보다는 울릉도, 독도를 우리의 영토로 세계에 천명하는 대의, 큰 포부가 있었기에 가능했다. 이런 안용복의 초인적 행위에 감동을 받은 남구만은 당상관을 사칭한 죄로 귀양길에 오르는 안용복에게 누구의 사주를 받았냐는 질문을 하는데, 그에 대한 안용복의 대답은 시사하는 바가 크다.

> "나는 너의 진심을 알고 싶다. 죽음을 두려워하지 않는 그 용기는 어디서부터 비롯되었느냐?"
>
> "이대로 잊혀질 수 없었기 때문입니다."
>
> "잊혀지다니?"
>
> "지난 300년 동안 조선 조정은 울릉과 우산을 잊었습니다. 분명 두 섬은 동해에 있지만 있는 것이 아니었습니다."
>
> —『독도평전』, 165면

인용문의 '죽음을 두려워하지 않는 용기'는 그 대상을 자신과 동일시할 때만이 가능하다. 인용문 다음 이어지는 문장에서 '그렇게 버림받고 잊혀지는 섬의 신세가 소인과 비슷했습죠'라는 안용복의 말은 자신과의 동일시를 통해서 온몸을 던져 울릉도와 독도를 사랑할 수 있었기에 초인과 같은 행동이 나올 수 있는 것이다.

니체는 고통이야말로 자기 창조의 원천적 힘이라고 했다. 그는 고통의 크기가 한 인간의 고귀함과 비범함을 결정한다고 말한다. 안용복이 경상좌수영으로 군졸이었지만 뛰쳐나와 어부 생활을 시작한 것은 체질적으로 맞지 않은 야수성 때문이었을 것이다. 스스로 울릉도와 독도를 지키는 '울릉자산양도감세'라는 벼슬을 붙이고 울릉도, 독도 지킴이를 자처한 것은 어떤 고난 속에서도 일본 어부의 횡포에 맞서고자하는 결단이 있었기 때문이다. 이런 결단성은 일개 평민에 지나지 않았던 안용복이 일본 막부를 상대로 자신의 목숨까지 내던질 각오까지 하며 자기 자신을 초극하는 용기를 낼 수 있게 했다.

마지막 안용복의 귀양길을 안타까워 하던 남구만에 대한 작가의 마지막 서술이 재미있다.

목멱산을 넘어 북풍이 불었다. 남구만은 따뜻한 아랫목을 그리며 서둘러 교자에 올랐다.

—『독도평전』, 168면

고통과 수난의 반복 속에서 위협이 계속되는 어부의 삶을 살고 있는 안용복은 눈앞의 안일을 추구하는 양반과는 상반된다는 작가의 시선을 통해서 더욱더 안용복의 초인적인 면모가 부각된다.

김탁환은 대부분의 울릉도와 독도에 관련된 과거사를 추적하는 서사에서는 간단명료하게 역사적 사실을 기술하는 수준에서 서사를 진행한다. 그러나 안용복을 다루는 부분에서는 50페이지의 상당한 분량을 할당해 울릉도, 독도에 관한 논쟁을 했던 안용복과 일본 대마도와 막부, 조선 조정에서의 논쟁을 세밀하게 다루고 있다. 그만큼, 안용복은 오늘날, 울릉도와 독도를 우리의 영토로 확정짓는데 결정적인 역할을 한 초인이다. 역대 어느 국가가 감히 하지 못한 일을 한 개인이 이루어 놓은 것이다. 안용복의 영웅성을 드러내기 위해서 일본과 조선이라는 국가 간의 알력뿐만 아니라, 그 당시의 시대적 분위기를 포함한 객관적 시각도 구체적으로 서술하고 있다.

4. 끈질긴 집념의 권력의지

영원회귀와 함께 권력의지 역시 니체 철학의 핵심 용어이다. 권력의지는 우리가 알고 있는 우주라는 거대한 바다를 출렁이게 하는 힘들의 관계가 아니라, 고통의 죽음으로부터 부활로 삶을 이끌어가는 무한한 재생의 동력이다. 어떤 경우에도 파괴되지 않고, 어떤 경우에도 소멸하지 않고, 꺾인 뒤에도 다시 일어서는 힘을 향한 의지, 그것이 니체가 말하는 권력의지이다. 즉 권력 의지는 삶의 본질이고 영원회귀는 삶의 형식이다. 어떤 고통도 어떤 시련도 회피하지 않고 삶의 일부로 수락하는 것, 그리하여 매번 영원회귀 자체와 결전을 벌이는 것, 이것이 권력의지이다.

19세기 들어 서구 열강들이 동해에서의 고래잡이에 열을 올리고, 울릉도는 일본에게 여전히 울창한 산림이 있는 매혹의 섬이었다. 울릉도와 독도를 비롯한 동해의 섬들은 여전히 조선인과 일본인이 자국의 영토임을 서로 주장하며 죽고 죽이는 격투의 장이었다. 특히 조선인은 조정의 공도정책에 의해 조정에 이 사실을 알리지 못하고, 일본인들과 맞붙어야 했다. 반복되는 전쟁 아닌 전쟁 속에서 울릉도의 조선인 마을 전체가 불타는 사건이 발생했다. 구사일생으로 목숨을 건진 어부가 죽을 각오로 강원도 관찰사에게 알린 것이 계기가 되어, 드디어 고종은 1881년 이규원을 울릉도 감찰사로 임명하고 백성들을 이주시키고, 일본의 침략으로부터 섬을 지키기 위한 방책을 마련하도록 했다. 400년 이상의 공도정책은 막을 내렸다.

고종 대에 와서 울릉도와 독도에 유독 관심을 기울이게 된 것은 세계 열강들의 관심과 일본인들이 울릉도나 독도 자체를 자국의 영토화하려는 데 자극을 받은 것이다. 고종은 이규원 강원도 감찰사뿐만 아니라, 울릉도를 책임지는 수장으로 김석규를 임명했으며, 일본에 머무르는 박영효를 시켜 일본 정부에 항의토록 했다. 갑신정변의 주역, 김옥균 역시 울릉도에 관심이 많았다.

전하! 비록 그 섬에서 살 수는 없사오나 그 섬을 둘러싼 바다에서 물고기를 잡을 수 있사옵고 그 곳으로 바닷길을 내어 조선이나 청나라로 드나들 수도 있사옵니다. 신이 울릉도 개척사로 임명된다며 저 어리석은 일본인들은 조선 조정에서 울릉도만 개척하고 우산도는 개척하지 않기로 했다고 트집을 잡을 것이고 그것을 빌미로 우산도를 삼키려 들지도 모르옵니다. 저들은 이미 울릉도를 송도로 우산도를 죽도로 부르고 있지 않사옵니까.

—『독도평전』, 212면

이 대화 내용이 작가의 상상으로 구성된 것인지, 정말 김옥균의 말인지 알 수 없지만, 김옥균이 울릉도, 독도에 대해 정확한 현실 인식을 하고 있음을 보여준다. 400년간의 공도정책을 해 오던 조선 조정이 고종 대에 와서 유독 관심을 보이는 것은 일본을 비롯한 주위의 지나친 관심에서 비롯된 것이긴 하지만, 그만큼 현실을 제대로 인식하는 근대화된 지식인들이 많아졌다는 증좌라고도 할 수 있다. 그러나 제일 중요한 것은 그동안 일본에게 빼앗기지 않고, 울릉도를 비롯한 동해의 화산섬을 지킬 수 있었던 것은 목숨을 건 안용복을 비롯한 초인들이 있었기에 가능한 것이라는 점이다. 김옥균이 동남제도 개척사(東南諸島開拓使)로 발령을 받아 울릉도와 독도를 개척하면서 몇 개월 사이에 공식적으로 백성들 50명 이상이 울릉도로 이주했고 일본의 어부와 목수 225명이 내무성의 명령에 따라 귀국길에 올랐다. 1883년과 1884년에 집중적으로 이루어지던 울릉도 개척은 1884년 김옥균 일행이 주도한 갑신정변이 일어나면서 흐지부지되었다.

그 이후 1901년 울릉도에 조선인들을 위한 학교를 세우는 쾌거를 이루었다. 이런 조선 당대의 노력이 없었다면, 지금 일본이 독도를 다케시마라는 지명으로 부르며 자국의 영토임을 주장하는 오늘날의 현실에서 우리 정부도 할 말이 없었을 것이다. 안용복을 비롯한 개인의 초인적인 노력이 밑바탕이 되어 조선 조정의 관심을 끌어내고 울릉도, 독도를 비롯한 동해안의 섬들의 존재를 새롭게 드러내고 인정하게 된 것이다. 400년 이상 있는 섬을 없는 섬처럼 만들어오던 공도정책으로 버림받았던 울릉도, 독도는 고종 대에 와서 비로소 존재 가치를 인정받았다고 할 수 있다.

일본 제국주의 하에서 해방되어 새로운 전기를 맞이할 듯한 독도는 다시 미군정에 의해 폭격연습장으로 사용되면서 시련기에 접어든다. 1948년 6월 8일 60명 이상의 울릉도 어부들이 미역을 따기 위해 독도에 도착했다. 그러나 그날 미국 폭격기에 의해 그들은 모두 머리가 잘리거나 팔다리가 떨어져 나가거나 가슴이 뻥 뚫린, 사지가 멀쩡한 시신 한 구도 없이 몰살되었다. 근해에서 조업을 하던 발동선 일곱 척과 전마선 열네 척과 범선 두 척이 순식간에 가라앉았다.

그런 5년 후 독도의용수비대를 조직한 대장 홍순철의 할아버지 홍재현은 독도는 '우리 동포 생활의 터전이기에 우리 동포 스스로가 아끼고 지켜야 한다'고 30명의 수비대를 창설했다. 손자 홍순철을 대장으로 한 독도의용수비대는 1953년 4월 26일에서 1956년 12월까지 3년 8개월 동안 독도를 철통같이 지켰다. 일본은 독도를 불법으로 점령한 홍순철을 비난했고 미군도 무장한 의용수비대의 목적과 사상을 의심해 강제로 연행했지만, 홍순철은 독도에 돌아오자마자 '독도에 상륙하는 자는 국적불문, 파아(彼我) 불문하고 총살함'이라고 바위 위에 써놓고 일본, 미군정에도 굴하지 않고 독도 지킴이로 소임을 다했다.

1956년 홍순철 독도의용수비대로부터 국립경찰이 인계한 장비의 어마어마한 규모를 보더라도 그들이 얼마나 독도지킴이로 철통같은 수비를 해왔나를 알 수 있다. 김옥균이나 홍순철 같은 인물에게 울릉도, 독도는 그들의 삶의 내면에서 끓어오르는 생명의 마그마, 생명의 활력을 불러일으키는 권력의지이다. 죽음으로부터 부활로 삶을 이끌어내는 무한한 재생의 동력이다. 일본이나 미군정의 어떤 힘에 의해서도 파괴되지도 않고 어떤 시련이 닥쳐도 소멸되지 않고 꺾인 뒤에도 다시 일어서

는, 더 많은 힘을 향한 의지인 권력의지로 피어오르게 하는 원동력인
것이다.

5. 영원회귀되는 독도 영토 분쟁

1952년 한국정부가 「인접 해양의 주권에 대한 대통령 선언」에서 독
도를 대한민국 영토로 명시한 이래, 일본은 한해도 빼먹지 않고 독도가
자신들의 영토라고 주장해 오고 있다. 일본은 다양한 시나리오를 가지
고 대한민국을 자극하고 있다. 이 작품에서 작가는 일본의 의도를 두 가
지로 본다. 첫 번째는 독도를 분쟁으로 몰아넣어 이 문제를 유엔에 상
정하고 국제사법재판소에 회부하려는 것이고, 두 번째는 자국의 영토로
가져갈 수 없다면 독도가 대한민국 영토로 표기되는 것만이라도 막자
는 것이다. 다양한 대안 역시 제안하고 있다. 그러나 독도 문제는 일본
이나 우리나라 중 어느 한 나라가 독도를 포기하지 않는 한 분쟁이 지속
될 수밖에 없다. 두 나라 중 어느 나라도 포기할 수 없기 때문이다. 독
도 근해에 매장되어 있는 풍부한 자원으로 인한 국익을 포기할 수 없기
때문이다. 일본의 자위대가 미국 정부에 의해서 공식 인정됨으로써 이
문제는 이제부터 다른 차원으로 전개될 양상이다.

소수 집단 문학으로서의
『그대, 우리의 아픔을 아는가』

1. 한국전쟁 문학의 전개

1950년대는 우리 민족이 이전에 겪지 못했던 피비린내 나는 전쟁으로 인간의 근원에 대한 성찰, 즉 실존적 고뇌를 불러일으킨 시대였다. 전쟁으로 도처에 널려 있는 주검, 그로부터 촉발된 공포 및 위기의식은 폭력 앞에 무력하게 노출된 많은 개인들을 생과 사의 엇갈리는 운명의 포로로 만들었다.

1950년대 전쟁기 남한의 문단에는 완전히 보수 우익 문인들만 남아 있었다. 1947년 말, 정판사 사건[1]으로 관련된 공산당 인사의 체포령이

---

[1] 1947년 10월 20일부터 6회에 걸쳐 조선정판사 사장 박낙종 등, 조선공산당 7명이 위조지폐를 발행한 사건. 공산정권 수립을 위하여 당의 자금 및 선전활동비를 조달하고 남한 경제를 교란시킬 목적이었다고 함.

떨어지자 박헌영을 따라 그동안 문단을 주도했던 '문학동맹가' 측의 김남천, 임화를 비롯한 좌익 문단 인사들이 북으로 넘어갔다. 그러자 보수 우익 문예조직인 '전국문필가협회'와 '청년문학회협회'를 통합한 '한국문학가협회'(1949.12.9)가 문단의 주도권을 잡았다.

문인 단체는 전쟁이 시작되면서, 또 한 차례의 홍역인 '부역문인 사건'을 겪게 된다. 이 '부역문인 사건'은 1950년 9·28수복 이후 인민군의 점령기간 동안 서울에 남아있던 문인들의 행적을 사법처리 대상으로 심사한 사건이다.[2] 이 사건을 계기로 문학인들은 좌, 우익 이데올로기 축의 자유로운 선택이 폐쇄되고, 반공 이념을 중심축으로 기울어졌다.

또 그 당시 우익 진영의 대표라고 할 수 있는 김동리나 조연현의 민족문학 논리 역시 좌측 문학 논리에 계급적, 이념적, 공리적 인과의 대척점인 순수문학론으로 요약된다. 이 민족문학론은 좌익진영에 맞서는 반공논리의 연장선상에 있었다. 전쟁 하의 남한 문인들이 '부역문인 사건'으로 자유롭지 못한 상황과 순수문학론으로 요약되는 탈이데올로기적 경향은 전쟁기 문학형상화에도 많은 영향을 끼친다. 그러다보니, 맹목적인 강요 속에서 문단은 더욱더 반공 이데올로기를 내면화한다.

전쟁이 난 지 3일 후 종군문인단체의 '문화구국대'(1950.6.28)가 조직된 것을 비롯하여, 전쟁기에 몇 차례의 종군작가단이 결성, 전쟁에 참여한다. 그러니까 남한 쪽 문단은 이데올로기의 무화를 강조하다 전쟁 상황 속에서 더욱더 반공 이데올로기를 내면화, 냉전 이데올로기를 공

---

2 조연현, 『문학과 사상과 인생』, 문학과세계사, 1974, 177~180면.

고화 하기에 이른다.[3]

　역사는 한 사회가 그 사회의 과거에 대해 공유하는 기억의 체계이다. 즉 역사는 기억의 관리와 유지, 보존과 불가분의 관계를 가진다. 역사 인식은 몇 개 기억의 편린들과 결합한 이미지로 존재하는 경향이 있다. 어떤 기억은 국가에 의해 공식성을 부여받고, 어떤 기억은 사적인 기억으로 존재하며, 어떤 기억은 공식 기억에 의해 탄압받기도 한다. 한국전쟁에 대한 기억은 이러한 공식 기억과 관련을 맺으며 취사선택된 이미지들이 대부분이며, 이는 일상에서 이데올로기와 문화의 작용에 의해 유지 혹은 강화된다.

　1950년대 반공이데올로기를 형성하기 위한 담론구성의 법칙은 '민족 대 반민족, 민주 대 반민주, 자본주의 대 공산주의'라는 담론지형을 통해서 이루어졌다. 이러한 인식틀 속에서만 기억이 존재할 수 있었으며, 이 자장을 벗어난 모든 것은 터부의 대상이 되었다. 반공 담론의 목적이 북한 공산주의에 대한 강한 적대감에 기초하여 체제의 안정 및 지속에 있는 만큼, 차분한 이성의 작동을 통한 논리적 차원은 처음부터 고려의 대상이 될 수 없었다. 중요한 것은 공포와 두려움이었고, 그것은 곧 감정의 영역이었다.

　공포와 전율의 기억은 교육의 담론으로 확대된다. 반공으로 무장된 교육의 담론들은 당시에 간행된 잡지나 단행본 안에 수록된 종군기, 체험기, 수난 문학 작품들, 그리고 음악, 미술, 포스터, 광고, 신문과 라디오, 심지어는 삐라에 이르기까지 각종 매스미디어를 통해 전방위로 유

3　이덕화, 「한국전쟁기의 여성문학」, 이덕화 편, 『전쟁기 문학담론과 집단기억의 재구성』, 역락, 2015, 234~235면.

통되고 있었다. 전쟁과 공산주의에 대한 끝없는 '공포의 언어'들을 생산하는 것은 텍스트를 지배하는 언어에서 현실적 언어로 치환된다.

반공텍스트에서 나타난 수사적 표현은 문학작품 안에서도 그대로 수용되고 확장된다. 전쟁기 소설에서는 두 가지 차원에서 다뤄지고 있다. 살육의 유희와 근친살해의 정당화이다.[4] 먼저 살육의 유희를 보여주는 대표적 작품은 박영준의 「용사」이다. 1951년 『전쟁과 소설』(계몽사)에 실린 「용사」는 북한 인민군들에 대한 살육을 유희의 차원으로 그리고 있다. 즉 인민군 70여 명을 생포한 권중사가 우쭐한 마음으로 평소 좋아하던 여 하사관 김난수에게 사랑을 고백했으나, 거절당하자 상사인 소위가 위로 차 괴로군 두 명을 마음대로 죽여 유희적 기분을 만끽하라는 제안을 한다. 그에 권중사가 생각해 낸 살육의 방식은 도망치는 인민군 포로들을 사살하는 것이다. 이는 혹시나 살자 해서 악을 써가며 달아나는 인민군들을 총으로 쏜다는 것이 어떠한 방법보다도 통쾌할 것 같았기 때문이다.

또 근친살해는 북한 공산주의에 대한 적개심을 높일 수 있는 가장 효과적인 방법이었다. 효 중심의 유교적 바탕의 문화에서 부친 살해와 근친 살해는 가장 강력한 터부로서, 이를 위반하는 북한과 공산주의의 인면수심의 이미지는 공포와 전율 그리고 혐오와 환멸의 원천이 된다.

대표적인 작품으로는 김송의 「폭풍」(『해병과 상륙』, 1953), 박영준의 「암야」(『전선문학』, 1952.4), 「삼형제」(『협동』, 1953.4), 방기환의 「골육」(『코메트』 4, 1953.5) 등이 있다. 이들 작품은 한결같이 동일한 모티프만

4　서동수, 「숭고의 수사학과 환멸의 기억」, 이덕화 편, 『전쟁기 문학 담론과 집단기억의 재구성』, 역락, 2015 참조.

큼이나 정서적 환기를 위한 장치들의 유사성을 보이고 있다. 먼저 형제 살해의 경우 모든 작품에서 '형-남-반공주의-프로타고니스트, 동생-북-공산주의-안티고니스트'[5]라는 도식으로 나타나는데, 이는 남한의 이데올로기의 우월성을 가계 구성의 장자 우선적 계보에 그대로 연결시키는 것이다.

다른 하나는 이념이 다른 형제가 남과 북으로 나뉘어 전쟁터에서 만나 서로를 죽음에 이르게 한다는 구조이다. 이들 작품은 구조적 유사성에도 불구하고, 근친 살해라는 터부적 주제를 통해 반공과 멸공을 극적으로 제시하기 위해선 해결해야 할 난제가 있는데, 바로 형제간 살해의 정당성을 확보하는 것이다. 왜냐하면 이 문제가 해결되어야만 형제 살해라는 터부적 주제가 극복되며 동시에 반공과 멸공을 정서적 승화 상태로까지 배가 시킬 수 있기 때문이다. 이를 해결하는 방법이 북한 공산주의자들을 괴물로 치환하는 것이다.

전쟁기 문학은 전쟁 체험을 어느 시기에 형상화했느냐 혹은 어떤 관계 구도 속에서, 또 작가의 세계관에 따라서 양상이 달라진다. 그러나 우리 문학사에서 전쟁을 소재로 한 작품이라도 실지 전투 체험을 소재로 형상화한 작품은 찾아보기 힘들다. 전쟁을 소재로 한 작품이 대부분 1950, 60년에 많이 발표되었지만 그 대부분의 작품은 전쟁 자체를 소재로 한 것보다는 전쟁의 후유증을 휴머니즘의 관점에서 혹은 실존주의적 관점에서 형상화한 것들이 많았다. 1961년에 발표된 최인훈의 『광장』은 이데올로기의 내면화로 밀실만 충만하고 광장은 죽어버린 남

---

5   김문수, 「한국전쟁기 소설 연구」, 『우리말글』 27, 2003.3, 212면.

한 현실과, 끝없이 복창만 강요하는 광장은 퇴색하고 구호와 관료제도만 있을 뿐인 북한의 현실을 비관한다. 주인공이 결국 중립국인 인도로 가는 도중 자살하는 정치적 허무주의를 보여주기는 했지만 문단사에 새로운 이슈를 제공한 작품이었다. 1970, 80년대 이후에 발표된 『지리산』 혹은 『태백산맥』 등의 대하소설도 전쟁 자체의 참혹함, 혹은 전쟁으로부터 촉발된 공포 및 위기 위식을 형상화하기보다는 이념적 대립에 초점을 두고 작품을 형상화했다. 즉 휴전 이후 주로 빨치산 활동을 중심으로 작품을 형상화했다고 할 수 있다.

이런 문학사적 전개 과정 속에서 새롭게 태어난 1994년에 출판된 『그대, 우리의 아픔을 아는가』는 문학적 의미를 지닌다.

2. 『그대, 우리의 아픔을 아는가』 탄생의 의미

정은용의 『그대, 우리의 아픔을 아는가』는 휴전 협정 후 44년이나 지난 1994년이라는 시점에서 노근리 사건을 중심으로 형상화된 작품이라는 사실을 상기할 필요가 있다. 1994년은 1980년대 광주 민주화 운동, 김일성의 죽음, 동서독 장벽의 붕괴, 소련의 붕괴 등 세계사적 사건들이 줄을 잇고 있던 시대였다. 또 그동안 금기였던 북한 소설과 이념 서적들을 읽을 수 있게 되었고, 냉전이데올로기 논쟁이 더 이상 의미가 없자, 현실주의 문학이 사라지고 감성 위주의 여성문학 특히 신경

숙류의 작품이 대세를 이루던 시기였다.

6·25전쟁에서 겪었던 위기의식은 남한 정부에 대한 실망감을 안겨주었다. 더불어 미국과 UN의 주도로 한 우방군의 협력으로 전쟁에서 벗어날 수 있었다는 안도감 속에서 국민 정서는 빠른 속도로 미국에 의존하는 것으로 바뀌었다. 전쟁 이후의 미군정은 남한 정권의 무능함을 더 이상 방치할 수 없었기에 더욱 적극적으로 남한 정치에 개입했다. 정치인들은 미국의 눈치에 따라 정치를 했고, 국민 정서에는 미국식의 자유주의 풍조가 빠르게 확산되었다. 『사상계』의 1950년대 특집은 대체로 미국의 민주주의와 자유주의 등 미국을 새롭게 인식하기 위한 내용을 다루고 있었다. 그런 분위기 속에서 미국의 치부를 파헤쳐야하는 노근리 사건의 진상에 대한 것은 논의는커녕 그 사건 자체를 입에 올리는 일도 금기로 되어 왔었다.

그러니까 노근리 사건은 44년의 세월을 기다려야만 하는 운명 속에 있었다고 할 수 있다. 좀 더 자유로운 시대적 배경 속에서 잉태한 『그대, 우리의 아픔을 아는가』는 한국전쟁을 소재로 작품을 형상화하려면 부딪쳐야 하는 이념의 문제에서 좀 더 자유롭고, 객관적으로 접근할 수 있었다는 것이다. 또 정은용은 문단의 눈치를 볼 필요가 없는 위치에 있는 신인으로서 작품 쓰기에만 충실할 수 있었다는 것이 이 작품을 성공으로 이끌 수 있는 요인이 될 수 있었다.

이 작품을 쓰게 된 동기는 우선 노근리 사건을 미국과 한국 정부에 호소하고, 세상에 알리기 위해서였다.

이 끔찍한 사건은 44년 동안이나 역사의 뒤안길에 감추어져 왔습니다.

수많은 피해자와 그 유가족들이 있었지만 가해자의 나라인 미국에게나, 우리 정부에조차도 이 일을 감히 이야기하는 사람은 없었습니다.[6]

위의 인용문처럼 우선 이 글을 쓰게 된 동기는 노근리 사건을 세상에 알리기 위한 것이었다. 그러기 위해서는 이 글을 호소력 있게 써야 한다. 이에 이 작품은 소기의 목적을 달성한다. 장결렬 교수는 정은용의 『그대, 우리의 아픔을 아는가』는 '노근리 학살 사건을 많은 사람에게 알리는 기폭제'가 되었다고 했다.[7] 특히 1994년 이 소설이 발간된 것을 계기로 AP통신의 기자들이 이 사건을 기사화했고, 결국에는 사건의 진상을 밝히라는 미국 클린턴 대통령과 김대중 대통령의 지시가 있었다고 했다. 노근리 사건을 보도하여 퓰리처상을 받았던 AP통신의 기자 찰스 헨리는 노근리 사건의 진상 규명은 『그대, 우리의 아픔을 아는가』로부터 시작되었다고 하였다.[8]

위의 내용은 『그대, 우리의 아픔을 아는가』의 역사 정치사적 배경 속에서 노근리 사건을 통해 문학의 효용성을 제대로 발휘한 작가의 역량에 대한 평가라고 할 수 있다. 그동안 조명되지 못한 『그대, 우리의 아픔을 아는가』는 전쟁기의 문학작품과의 비교를 통해서도 평가할 만한 작품이다. 대부분의 전쟁기 문학은 그 당시의 정치 역사적인 배경 속에서 반공 이데올로기의 담론을 재생산하고 강화시키는 문학 작품이 대부분을 이루고 있었다. 최인훈의 『광장』으로 남북한의 체제에 대한 비

---

6   정은용, 「책을 내면서」, 『그대, 우리의 아픔을 아는가』, 다리미디어, 1994.

7   장경렬, 「노근리 사건의 문학적 형상화를 찾아」, 제4회 노근리 국제 평화학술대회 발표문, 2010.12.20, 68면.

8   『경향신문』(인터넷 신문), 2008.12.11(http//news.khan.co.kr). 헨리 기자와의 인터뷰.

판이 새로운 이슈로 부각되었지만, 그 이후 더 이상의 진전된 새로운 시선을 보여주는 작품이 없었다.

미군에 대한 형상화에 있어서도 주로 매춘과 관련된 부정적 이미지의 작품이 주류를 이루고 있다. 전쟁기 문학의 대표 작품인 「오발탄」을 비롯해, 염상섭의 「양과자」, 한말숙의 「신화의 단애」, 정비석의 「서폭풍」, 김송의 「영원히 사는 것」, 유주현의 「기상도」 등, 이런 작품에서는 인간을 비인간적으로 대우하는 짐승 같은 모습이나, 인간이나 짐승을 폭행하는 미군의 부정적인 모습이 그려진다. 전쟁에서의 승리를 위해 종군 활동을 한 대부분의 작가들이 우군인 미국을 이렇게 비판적으로 형상화한 것은 미군에 대한 남한 작가들의 비판적 태도를 보여준다. 이는 일본 제국주의 하에서 영향을 받은 사회주의 의식으로 인해 미군을 심정적으로 받아들일 수 없는 무의식적 반발에 의한 것이다.

그러나 정작 미군으로 인한 민간 피난민의 학살이 다루어진 작품은 한편도 발견할 수 없다. 여기에 노근리 사건을 주요 소재로 우리의 동반자, 협력자가 아닌, 또 다른 얼굴의 미군을 조명한 『그대, 우리의 아픔을 아는가』가 놓인다. 그동안 작품 속에 추상적인 부정적 이미지로만 드러났던 미군을 구체적인 이미지를 통하여 보여준 최초의 작품이 바로 『그대, 우리의 아픔을 아는가』이다.

3. 노근리 사건과 역사적 진실

남한은 한국전쟁을 계기로 전 세계 반공 지도의 중심에 스스로를 배치시켰고, 공산화의 위협에 더욱더 방어적이었다. 해방 직후 1947년 가을부터 시작된 미군정에 의한 대대적인 좌파 축출 이후에도 우리 사회에는 미군정에 대한 부정적인 시각이 팽배했고, 좌파 지식인들이 활개 치는 사회였다. 그러나 전쟁 이후 이런 분위기는 놀라운 변화를 보여주었다. '미국은 한국을 도우며, 강하며, 인권을 옹호하며, 또한 우호적이며 진실되다'라는 인식은 한국전쟁을 통하여 널리 확산되었다. 이러한 인식의 바탕에는 전쟁의 경험을 통하여 북한을 새로운 타자로 간주하는 의식이 깔려 있었다.

또 미국식 자유민주주의에 대해 새로운 인식을 하게 된 것도 바로 전쟁을 통해서이다. 전투에서 승리를 거두는 미군의 직접적인 모습과 한국전쟁을 전후로 해서 미국이 남한에 지원했던 막대한 원조 물자와 같은 재화의 힘은 미군정의 강력한 힘을 과시했으며, 자유민주주의에 대한 추상적 이념들을 새롭게 인식하는 계기로 작용했다. 한국전쟁 발발 직후 신속하게 참전을 결정했던 미군이나 미군이 주축이 된 유엔군의 이미지는 '친한 벗'이라든가 '자유'라는 수식어와 쉽게 연결되었으며 한국전쟁과 함께 남한의 대중들 사이에 급속히 확산되고 있었다.

이런 사회적 분위기 속에서 노근리, 임계리 마을 사람들이 노근리 사건의 참상을 우리 정부에 알린다 해도, 한국 정부가 자신들을 구원해준 미국을 타도할 수 있는 입장은 전혀 아니었을 것이다. 또 그 이후, 정체성이 약한 박정희 대통령에서 전두환 대통령으로 이어지는 군사정권은 사건의 진상을 알았다 해도 미국 정부에 사실 규명을 부탁할 정부가 아니었다. 그러니까 노근리 사건은 44년을 기다려야 하는 운명이었다. 정은용이 천신만고 끝에 다리출판사의 힘을 얻어 출판, 이것이 『말』지에 소개되고, AP통신에 의해 세상에 드러날 때까지.

위의 글, '미국은 우리를 도우며 진실되다'와 노근리 사건을 통하여 보여준 미국의 또 다른 모습의 간극을 우리는 어떻게 해석해야 하는가. 작가 정은용은 작품에서 이렇게 진단한다. 그는 노근리 사건을 1950년 7월 20일에 있었던 인민군에 의한 대전 함락과 관련선상에서 논한다. 미군 제24사단장 딘 소장은 20일 날이 새자 인민군 탱크가 대전 시내에 들어와 있다는 보고를 받고, 탱크 사냥을 하기로 결심했으나 발사한 포탄이 몇 야드 앞에서 터지자 허겁지겁 도망을 갔다.

한편 농부들의 흰 옷으로 변장한 수백 명의 인민군들은 시중으로 침투해 들어오고 있었다. 일단 시중에 들어서면 그들은 농민의 옷을 벗어던지고 미군에게 총격을 가하였다. 얼마 지나지 않아 도처에 저격병이 깔렸다. (121)

저격수들이 퍼붓는 총탄이 도로의 사방을 누비고 있었다. 이제 지프의 방향을 돌린다는 것은 불가능한 일이다. (…중략…) 산속에서 길을 잃고 헤매어다니면서 우군 진지에 닿으려는 노력을 35일이나 거듭하다 빌 딘은 한국인들에 의해 인민군에게 밀고 되었다. (121)

앞의 두 인용문에서 보는 것처럼, 한국인으로 지칭되는 남한 사람들
과 북한 사람인 인민군은 구분할 수 없는 흰옷을 입은 같은 민족이다.
미군에게는 우방 남한이 보이는 것이 아니라 합해서 자신들을 궁지로
몰아넣는 흰옷 입은 적들만 있는 것이다. 미군은 대전 함락을 계기로
사방에 흰옷 입은 적들만 보이는 공포의 도가니 속에서 광란 상태에 빠
져 있었다고 할 수 있다.

전쟁 수행 중에 가장 큰 어려움 하나는 전선으로 쏟아져 들어오는 피
난민을 어떻게 조치하는가의 문제였다. 전쟁 기록을 분석한 논문을 보
면 대전 함락 시기인 1950년 7~8월에 이미 피난민 이동 제지권에 대
한 리지웨이 결정이 있었다. 노근리 사건이 발발하기 하루 전날인 7월
25일 오후 6시, '한국인 피난민 처리 계획과 절차에 관한 회의'가 임시
수도 대구에서 진행되었다.[9] 그리고 7월 26일 무초 대사가 딘 러스크
(Dean Rusk) 국무부 동북아차관보에게 보낸 서한에 따르면, 미군 진지
로 접근하는 피난민에 대한 사격문제와 관련하여 보다 구체적인 지침
을 언급하고 있다. 그러나 대구회의 다음 날인 7월 26일 노근리 사건이
발발한 날, 25사단 킨(William Kean) 사단장은 발포명령과 관련해서 '각
부대에 전투지역 주변으로 이동하는 모든 민간인들을 적으로 간주해
발포할 것'임을 한국국립경찰 서장에게 통보하도록 지시하였다.[10] 이러
한 킨 사단장의 명령 이후, 이 사격은 암묵적인 정책이 되었다. 이러한
발포 명령은 전황이 불리했던, 노근리 사건이 있었던 1950년 7~8월

---

9   서희경, 「한국전쟁에서의 인권과 평화―피난민 문제와 공중폭격 사례를 중심으로」, 『한국정
      치연구』 제21집 제1호, 2012, 214면.
10   위의 글, 217~218면.

과 1951년 1월에 가장 극심했다. 미군지휘부가 전쟁 수행 과정에서 현장 지휘관에게 치명적 무력 사용을 허용하게 된 결정적 계기는 공산군의 침투 작전과 이를 위한 민간 피난민 활용 및 위장, 그리고 미군이 북한인과 남한인을 구별하기 어려웠기 때문이다.

서울 수복 후 정부는 한국전쟁 발발 이후, 공중 폭격이나 포격에 의한 사망 피해자가 가장 많이 속출했음을 조사한 바 있다. 이 조사의 공보처 통계국은 서울시를 대상으로 북한의 서울 점령기(1950년 6월 25일부터 9월 28일)동안 발생한 피해자만을 조사 대상으로 삼았다. 노근리, 임계리 마을의 피해자는 전혀 대상으로 고려되지 않았다.

작가가 노근리 사건의 진상을 밝히기 위해 제시해 놓은 또 하나의 진단은 미군의 제24사단의 허약성이다. 그는 미국 작가인 페렌바크의 『실록 한국전쟁』을 인용해 한국에 투입된 젊은 미군들은 적에 대해서 적개심을 품지 않았고, 거기에 항거하려는 의욕도 없었다고 밝혔다. 그리고 세계에서 미국이 차지하는 위치 같은 것은 안중에도 없던 군인들이었다는 것이다. 이런 배경을 두고 노근리 사건을 진단해보자.

노근리 사건은 영동군 황간면 노근리 앞 경부간 철로변에서 7월 26일 정오경부터 7월 29일 정오경까지 미군들이 수많은 피난민들을 살상한 사건이다. 미군이 땀을 식히고 있던 임계리 청년들에게 나타나 피난을 보내주겠다고 하자 순식간에 피난을 가기 위해 수백 명(작가 진단으로는 5, 6백 명)이 몰려왔고, 하룻밤을 하천 바닥에서 머물게 했다. 다음날 그들이 노근리 앞까지 왔을 때 미군들은 철로 위에 사람과 짐승 모두를 집합시켰다. 그러다 얼마 있지 않다 색색이 두 대가 날아와 포탄을 터뜨렸고, 철로 위에 있던 대부분의 짐승들과 피난민들은 조각조각 포탄에 휘날렸다. 철로 아래위로 도망간 사람들을 따라 기총소사의 총탄과 폭탄이 떨어졌다. 겨우 살아남은 피난민들은 철로 밑 두 개의 터널 속으로 숨어들었다. 터널 속도 안전지대는 아니었다. 살아남은 피난민들은 터널 속에서 생리 작용으로 잠시 터널을 빠져 나갈 때마다 미군들이 쏘는 총탄에 쓰러져야 했다. 작가의 딸인 2살 구희조차 할머니가 손녀의 울음을 그치게 하기 위해 터널을 벗어났다가 총알에 맞아 죽음을 맞았다. 미군들은 마치 한국인의 씨를 말리려는 듯 총알을 쏘아댔다.

앞의 정치사적 배경으로 보면 공산군과 남한 민간인을 구분할 수 없었던 미군 작전 사령부에서 전쟁 수행에 방해가 되는 민간인의 사살을 주도했다고 할 수 있다. 또 하나는 노근리 사건은 한국전쟁에 대한 철저한 인식이나 군인으로서의 명분을 가지지 못한 오합지졸인 미군들이 대전 전투로 인한 공포, 그 공포로 인한 히스테릭한 상태에서 또 흰옷 입은 인민군에 대한 원한을 노근리, 임계리 피난민들에게 되갚음을 한 것이다. 노근리 사건은 결국 미군들이 대전에서 인민군에 당해 갖게된 피해의식을 같은 흰옷을 입은 남한 사람들까지 미움의 대상으로 삼아, 북한도 남한도 적으로 간주하였던 것이다. '의심나는 피난민을 죽이라는 상부의 엄명'(148면)으로 공포에 떨고 있던 오합지졸 졸병 미군들은 피난민들에게 무차별적으로 총격을 가했던 것이다.

문제는 이러한 대규모의 살상이 4일 간 진행되었음에도 국군이나 정부 측의 대응이 전혀 없었다는 것이다. 노근리, 임계리 주민들은 4일간 소통되지 않는 미군들 속에서 철저히 소외되었으며, 버려진 탈영토화된 주민들이었다. 그들은 그들의 국가에서, 그들이 몸담고 있던 마을에서 철저히 배제되고 소외되었다. 그들은 수복 이후 피난민 폭격 및 포격 민간인 피해자 조사 대상에서도 제외되었다. 또 휴전 협정 이후에는 '고마운 미국, 친한 벗'인 미국에 의해서 50년 가까이의 세월을 버려져 있어야 했던 철저히 버림받은 디아스포라였다. 노근리 사건의 피해자 중 한 사람인 양해찬 씨의 '노근리 학살 사건에 대한 진상 규명이 필요하다는 이야기를 마을 사람들 앞에서 꺼냈다가 경찰서에 끌려가 혼이 나기도 했다'[11]는 진술은 노근리 사건의 피해자들의 모든 노력에도 불구하고 그동안 노근리 사건의 진상 규명은 전혀 이루어지지 않았다는 것을 증명한다.

4. 소수 집단 문학으로서 『그대, 우리의 아픔을 아는가』의 특징

1) 정치적 목적

『그대, 우리의 아픔을 아는가』는 충북 영동 지방의 노근리, 임계리에서 일어난, 노근리 사건을 알리는 데 목적이 있는 작품이다. 한국전쟁 발발 한 달 만인 1950년 7월 26일에서 7월 29일까지 일어난 사건은 노근리, 임계리 주민들이 국가로부터, 또 다른 마을로부터 철저히 고립된 가운데 막다른 죽음의 순간이었다. 노근리 사건은 대립관계에 있는 미군과는 어떤 언어로도 소통이 되지 않고 다수 집단으로부터, 단절된 언어로부터 탈영토화된 소수 집단으로 내던져진 사건이다. 자신들이

---

11 「노근리 학살 진상」, 『주간동아』 204호, 1999.10.14.

살고 있는 마을이면서도 그것을 빼앗긴, 철저히 탈영토화된 일시적인 디아스포라로서 겪은 사건이었다. 또 앞에서도 논했지만, 그 사건 발생 후 50년의 세월에도 정치적인 역학관계에 의해서 '없었던 사건'으로 잊혀진 사건이었다. 사건의 피해자 유족들은 철저히 유폐된 삶을 산 고립된 소수 집단이었다. 누구에게도 위로 한번 받지 못했던 그들은 고통을 가슴에만 묻고 가슴만 치며 살았던 사람들이었다. 그런 의미에서 그들은 같은 국가 안에서도 다른 소수 집단이었다.

이런 철저히 버려진 소수 집단의 문학을 감당해야 하는 『그대, 우리의 아픔을 아는가』의 특성은 우선 정치적 목적, '노근리 사건'의 실상을 최소한 대한민국 정부에라도 알리는 데 있다. 또 더 넓게는 가해국 미국과 전 세계에 노근리 사건의 참상을 알려 세계 평화를 기원하고자 하는 목적이 있다. 또 이 작품을 쓴 작가는 한 사람이지만 노근리 사건으로 피해를 입은 사람들의 소망을 감당해야 하는 책무를 가지고 있기 때문에 집단적 성격을 띠고 있다. 여기에서 작품 속의 모든 것은 정은용의 말이면서 그 자체로 집단적 담론으로 봐야 한다. 노근리, 임계리 사람들이 전쟁시에 겪은 노근리의 참상은 그 자체가 삶과 죽음의 문제와 연관되어 있기 때문에 살아남은 노근리, 임계리 마을 사람들은 죽은 피해자들을 위해 집단적 발화를 감당해야 할 책무를 가지고 있다. 들뢰즈는 카프카 문학을 분석하면서 소수 집단이 처한 어느 환경 속에서도 가능하지 않은 발화를 수행할 수 있는 것이 오직 문학뿐이라고 했다.[12]

노근리 사건을 설득력 있게 형상화해야 한다는 책무를 진 작가는 우

---

12 들뢰즈, 『소수 집단의 문학을 위하여』, 문학과지성사, 1992, 36면.

선 노근리 사건을 객관화해야 한다는 데 초점을 두었다. 우리 정부에 혹은 미국 정부에 설득력 있게 다가가기 위해서는 문학 작품이되 역사적 진실이 담긴 객관적 사실을 그려야 한다는 것이다. 그러기 위해서 작가는 전쟁이 발발한 직후부터, 휴전까지를 전 텍스트 시간으로 잡는다. 이 텍스트 시간 동안 작가는 자신의 체험을 토대로 대부분을 구상했다. 개인적 체험을 따라가면서도 그 당시의 전시 상황, 남한의 민심과 피난지 상황, 인민군이 철수함에 따라 적군 기지로 떨어졌던 마을의 후유증, 한국전쟁이 가지고 있는 이념적 성격 등, 장편 소설이 가지고 있어야 하는 총체적 전쟁기의 삶을 담아내려고 했다. 이런 노력 역시 이 작품의 객관성을 담보하는 요건이 된다.

특히 노근리 사건을 다루는 부분에서는 미국 작가가 쓴 『실록 한국전쟁』이나 객관적 자료를 이용, 될 수 있으면 개인의 주관적 견해로 비치거나, 감정적으로 흐르지 않도록 감정을 절제해서, 그리고 노근리 사건의 전모를 밝히기 위해 구체적이고 사실적으로 그리고 있다. 장경렬 교수 역시 『그대, 우리의 아픔을 아는가』를 '전쟁에 관한 사적 기록이었음에도 더 할 수 없이 객관적이고 차분한 필체를 통해 이루진 것이다'라며 이를 바로 책의 성공 요인으로 꼽는다.[13]

또 이 텍스트는 문학 텍스트로서 감동을 자아내야 한다는 또 다른 목적도 함께 가지고 있다. 그것은 작가가 자신의 혹은 가족 수난사의 형태로 그림으로서 정씨 가문의 수난사가 바로 우리 민족의 수난사와 맞닿아 있음을 보여주는 것이다. 문학 텍스트가 감당해야 하는 몫과 함께

---

13 장경렬, 「노근리 사건의 문학적 형상화를 찾아」, 제4회 노근리 국제 평화학술대회, 2010. 12.20, 70면.

역사적 진실을 밝혀야 하는 몫까지 감당하고 있다. 작가가 살던 고향 임계리는 정씨 가문이 모여 살던 곳이었다. 그래서 유난히 정씨 가문의 사람들이 피해를 많이 입었다. 그래서 노근리 사건 현장에서 도망 나와 작가와 함께 지내던 고종 사촌 복희가 피난지에서 발탁되어 미군으로 복무한 경험을 통해 미군 쪽의 전쟁을 바라보는 시선이나, 국군으로 징집되었던 복종이의 시선으로 본 그 당시의 전시 상황을 총체적으로 그려낼 수 있었던 것이다. 또 작가의 직업이 경찰이었기 때문에 가능한 일이기도 했다. 직업적으로 그 전시 상황을 고루 파악하려는 노력이 작품을 쓰는데도 도움이 되었을 것이다. 그러나 해방 직후 곳곳에서 남한에 잔재해 있던 공산당으로 인해 많은 폭동이 일어나 그 대응에 고심하고 있던 전직 경찰 관료이었음에도 작가의 시선이 상당히 객관적이었던 것은 작가가 그 당시 전시 상황을 얼마나 객관적으로 보려고 노력했는지를 보여주는 부분이다.

정치적 목적을 가지고 있는 텍스트의 경우, 작가의 할 말이 앞서다 보니, 교훈적 서술이 드러나기 마련이다. 그렇지만 이 작품은 철저히 개인의 체험을 중심으로 그리되 객관적이고 사실적인 거리를 유지하고 있기 때문에 그런 목적 문학이 가지고 있는 결함을 찾아볼 수 없다.

2) 언어의 도구화

소수 집단 문학의 또 다른 특징은 언어 사용에 있어서 의미이기를 멈추고 의미가 도구화된다는 것이다. 노근리 참상으로 인한 고통, 공포,

폭력 등의 극한적인 상황을 표현하기 위해서 모든 거추장스러운 것은 벗어던져지고 극단적 언어만이 터져 나온다. 즉 일시적인 참상으로 고립무원의 노근리, 임계리 마을 사람들의 탈영토화, 탈언어화를 통해서 노근리 사건을 형상화한다.

들뢰즈는 언어학자인 비달세피아의 말을 인용, 소수 집단의 문학에서 나타나는 언어는 고통을 내포하는 단어들, 언어의 빈곤을 알리는 부사들, 접속사들의 반복 등으로 나타난다고 했다. 이러한 언어는 거기에 내포된 극한적 강세를 도드라지게 하기 위한 수단으로 사용된다고 했다.[14] 이러한 언어에는 언어의 체계는 없고 엄김만 있을 뿐이라고 했다.

이 작품은 44년이나 지난 전시 상황을 그려내는 데도 그 당시의 고통을 그대로 언어로 재현하고 있다. 즉 단말마적으로 뱉어내는 단어들이 많다. 특히 전체 작품 중에서 노근리를 다루는 부분에서는 대부분의 작품에서 보여주는 차분하고도 성찰적인 분위기와는 다르게 분위기가 격정적으로 변하면서 직접적인 서술로 이어진다. 대화 역시 소통보다는 단지 자신의 의사를 전달하는 도구로 변한다.

피난민들 속에서 청년 세 사람이 나섰다.
"가보자"
그들은 고개를 푹 숙이고 길가를 따라 걸어갔다. 등 위의 배낭들이 머리보다 높은 곳에서 춤을 추고 있었고 맥고모자의 챙이 세 사람의 얼굴을 가리고 있었다.

---

14 들뢰즈, 앞의 책, 47면.

"이봐, 삐익― 삐익―"

날카로운 음성에 이어 호각 소리가 높았다. 세 사람이 멈춰서서 고개를 번쩍 들었다.

"어뗼 가아?"

헌병의 눈초리가 매서웠다.

"부산에요."

세 사람의 입에서 거의 동시에 말이 튀어나왔다.

"안 돼, 돌아가아."

"빨리, 빨리, 삐익―삐익―"

돌아서는 얼굴들 위에 불평이 가득했다. 그들이 모여서 있는 피난민들 쪽으로 접근해오자 경찰관이 또 언성을 높였다.

"뭣들 하고 있소? 빨리 다들 돌아가잖고, 삐익―삐익―삐익―"

피난민들은 왔던 길로 되돌아갔다.[15]

위의 인용문에서 보여주는 것처럼, 부산으로 피난을 가던 상황에서 길을 막는 경찰관으로 인해 당황하는 피난민들의 언어는 단지 자신의 의사를 전달하는 도구 이상의 의미를 지니지 못한다. 그럼에도 44년이나 지난 전쟁 중의 피난 상황을 이렇게 절박한 언어로 재현함으로서 그 당시의 상황을 더 실감나고 생생하게 전달하고 있다. 목적지 부산에 가야 한다는 의사 전달을 해야 함에도 전달이 불가능한 절박한 상황 속에서 피난민들은 단말마적인 고통의 언어를 뱉어낸다.

---

15 정은용, 앞의 책, 112~113면.

단 한 번에 터져나오는 단조로운 어조, 단말마적인 짧고 척박한 언어, 부사와 소리의 반복, 감탄사들, 또 단어의 내적 긴장을 고조시키는 단어의 악센트 등은 단어의 빈곤을 알리는 특징들이다. 이런 언어는 표상적이기를 멈추고 극단 또는 한계를 향해 달려간다. 단어의 반복을 통해 단어 위로 단어가 파동치게 한다. 표현을 반복 사용함으로써 그 표현이 무의미 선상으로 빠져 달아나게 한다.

비달 세피아는 고통, 공포, 등의 극한적인 상황 속에서 언어는 강밀한 의미만을 지키기 위해 그 나머지의 모든 거추장스러운 것을 벗어던진다고 했다.[16] 이런 언어는 노근리 사건을 묘사하는 부분이나 후반의 전쟁을 격렬하게 묘사하는 부분에 반복적으로 나타난다. 텍스트의 다른 부분에서는 극히 침착한 어조로 객관적으로 서술하다, 노근리 사건에서부터는 직접적 서술을 통해서 정부와 국군으로부터 분리된 고립감과 공포감에 쌓인 주민들의 심리를 극한적인 단어의 사용을 통해서 공포를 드러낸다.

3) 믿음 회복을 통한 재영토화

이 텍스트에서 노근리 상황을 통하여 나타나는 공포는 부재하는 신에 대한 공포이며, 살아남은 자들의 죄의식 아래 꿈틀거리는 공포이다. 노근리, 임계리 마을 주민들이 탈영토화, 탈언어화됨에 의해서 그들이 보여주는 것은 바로 공포이다. 우리 국군으로부터, 또 정부로부터 철저

16　들뢰즈, 앞의 책, 46면.

히 고립된 노근리, 임계리 마을 사람들은 모든 출구가 닫혀서 뚫고 나
갈 길 없는 참혹함을 공포로 나타낸다. 공포는 하나님이라는 탈출구를
찾음으로써 재영토화, 자신으로 되돌아올 수 있었고, 살아남았다는 죄
의식 속에서 풀려날 수 있었다. 작가는 이 과정을 성경의 적절한 구절
과 아내 선용의 심리적 치유 과정을 통해서 보여준다.

　노근리 사건을 소재로 한 텍스트, 『그대, 우리의 아픔을 아는가』는
물론이고, 『노근리 아리랑』[17]까지 첫 장부터 하나님과의 연관선상에서
노근리 사건 당시의 하나님의 부재를 강력한 의문으로 제시한다. 하나
님으로부터 버려진 탈영토화된 세계, 그것이 바로 노근리 사건 이후의
노근리, 임계리 마을 주민들의 50년 가까운 세월이었다.

　　모두 죽었다. 절종(絶宗)이었다. 어디 연락할 데도 없고 연결할 데도 없
　　고 홀로 황막한 들판 앞에 서 있는 것이었다.[18]

　위의 인용문에서 보여주는 것처럼, 황막한 들판에서 홀로된 미아가
재영토화를 꾀할 수 있는 것은 초월적 힘에 의지, 다시 살아가야 할 힘
을 얻어야만 가능한 것이다. 『그대, 우리의 아픔을 아는가』에서는 첫
장부터 작가의 체험적 화자인 아내 선용이 교회를 나가기로 했다는 이
야기로 시작함으로써, 노근리 사건의 참상은 인간의 힘으로는 이해 불
가능함을 역설적으로 제시하려는 작가의 의도를 엿보게 하고 있다.

　또 『매기의 야구 노트』[19]에서는 한국전쟁에 참전, 노근리의 학살 장

17　이동희, 『노근리 아리랑』, 서울문화사, 2007.
18　위의 책, 297면.

면을 직접 체험한 미군 짐이 말문을 닫고 침묵하는데, 이는 인간적으로
이해 불가능한 노근리 사건의 참상을 더욱 부각시키기 위한 것이다.

『그대, 우리의 아픔을 아는가』의 첫 장에 교회를 다녀온 아내가 부흥
강사의 아들들의 죽음 이야기를 하는 것 또한 작가의 노근리 사건을 이
해하기 위한 초석을 보여주는 것이다. 화자는 좌익 학생 두목에게 두
아들을 잃은 부흥강사가 그 좌익 학생을 용서하고 유치장 생활을 하는
그 학생을 양자로 삼았다는 이야기를 듣고 가슴 속에서 끓어오르는 감
동을 누르지 못하고 기독교에 대한 불가사의를 느낀다. 작가는 이 이야
기를 텍스트의 제일 앞장에 배치시킴으로써 노근리 사건을 어떤 관점
에서 접근하려는지를 예시하고 있다.

작가는 전체 텍스트의 내용을 인간의 행위는 철저히 하나님에 예속
되어 있어 스스로 구원할 능력이 없고, 인간을 하나님이 선택할 때에만
구원이 가능하다는 어느 정도 예정설을 근거로 해 전쟁의 전체 상황을
적절한 성경 구절과 함께 배치한다.

아내는 갑자기 신에 대해 두려움을 느꼈다. '세상 만사 어느 하나도 우연
한 것은 없으며 하나님께서 예정하신대로 이루어지는 것'이라 했는데, 지금
의 이 환난도 그 예정에 속하는 것이란 말인가? 우리가 무슨 죄를 지었기
에, 우리를 어찌하시려고 이러한 일들을 (…중략…) 과연 나는 하나님으로
부터 심판을 받을 때 떳떳하게 그 앞에 설 수 있을까? 아내는 사후가 두려
웠다. 몸과 마음이 떨렸다.[20]

---

19 린다 수 박, 해와달 역, 『매기의 야구 노트』(3판), 서울문화사, 2011.
20 정은용, 앞의 책, 145면.

위의 인용문에서 보여주는 것은 아내 선용이 노근리 참상을 겪으면서 인간의 죄성(罪性)을 생각하고 자신도 그 죄성 앞에 떳떳할 수 있을까하고 두려워하는 서술이다. 작가는 미군이 저지른 노근리의 참상을 인간들이 저지르는 인간의 본성 속에 있는 죄성에 초점을 둠으로써, 노근리 사건을 좀 더 냉철하게 다룰 수 있었다. 적에게 쫓기는 공포에 의해 거의 광란 상태인 주민들을 무차별 사격한 노근리 사건이나 독일 나치들에 의해 자행된 아우슈비츠 사건은 인간의 이성으로는 이해 불가능한 사건이다.

작가는 아내 선용의 의식을 빌려서 선용이 겪는 사건마다 성경구절을 적절히 인용, 그 참혹한 노근리 사건에서 사랑하는 아들, 딸 둘을 한꺼번에 잃은 20대의 젊은 부인이 하나님에 대한 믿음을 저버리지 않았기 때문에 회생이 가능했음을 서사과정에서 보여준다. 노근리 사건에서 아들, 딸을 잃고 본인도 옆구리에 총을 맞고 부산 임시 병원에 입원해 있다가 남편을 만난 선용은 자신의 옆구리 상처가 웬만해지자 그때부터 아이들에 대한 죄의식으로 오랫동안 불면에 시달린다. 아들, 딸의 시신도 거두지 못한 작가의 체험적 화자 역시 마찬가지다.

'우리는 누구에게 위안을 받아야 하나? 그 무엇으로부터든지 위안을 받아야겠다'고 그때 나는 절실히 느꼈었다. '모든 육체는 풀이요. 그 모든 아름다움은 들의 꽃 같으니 풀은 마르고 꽃의 시듦은 여호와의 기운이 그 위에 붊이라. 이 백성은 실로 풀이리라'(이사야 40장 6~7절). 인생의 덧없음과 인명은 신이 주장함을 나타난 성경 구절이다. 신은 왜, 무엇 때문에 풀인 이들에게, 꽃인 어린 것들에게 참혹한 죽음을 맞도록 했을까? 도무지 알 수

없는 일이었다. 그저 마음이 아플 뿐이다. 가눌 수 없는 무거운 슬픔에 몸부림 치곤 했다.[21]

위의 인용문에서 보여주는 것처럼 죄없는 어린 아이들과 주민들의 목숨을 앗아간 노근리 사건에서 가장 답답한 것은 '누구에게도 호소할 길 없음'이다. 이 답답함과 억울함은 위로 받을 수 없음에서 오는 것이다. 이에 작가나 아내 선용은 하나님밖에 의지할 수가 없는 것이다. 부재하는 신이지만 매달리고 떼쓰며 하나님의 응답을 찾으려는 것이다. 그렇기에 서사과정에 성경말씀을 적절히 인용함으로써 하나님과의 회복을 염원하는 것이다.

아내는 처가 식구들과 같이 그 부인을 모시고 예배를 드렸다. 찬송가를 부르고 성경을 읽고 그 부인이 기도를 드렸다. 그런데 그 부인의 믿음과 영력이 어찌나 강했던지 그 기도가 아내의 아프고 답답한 마음에 큰 위로를 주었다. 닷새간의 예배가 끝났을 때에는 아내의 마음속에 평안이 깃들이기 시작했고 불면증이 사라졌다. 내세에 대한 분명한 확신이 생겼기 때문이었다.[22]

위의 인용문에서 보여준 것처럼, 이 텍스트는 노근리 사건을 중심에 두고 그 사건을 겪은 당사자인 아내 선용의 심리적 치유과정을 기독교의 예정설에 근거해 서사화하고 있다. 그러나 역사적 사실 관계의 객관성과 작가의 냉철한 이성에 의해 주도면밀하게 짜여진 서사 과정으로

---

21 위의 책, 174면.
22 위의 책, 247면.

이 텍스트의 밑바탕에 깔린 작가의 의도는 파악하기 힘들다. 노근리 사건 당시의 체험적 화자는 기독교인이 아니었지만, 텍스트가 사건 이후 44년이 지나고 서사화된 점을 생각한다면 작가 역시 기독교인이었을 것이다. 서사 중의 사건에 적절한 성경 구절은 충분히 이를 증명하고 있다.

정은용은 의외로 작품 속에 노근리 사건 이후 살아남은 자들의 죄의식을 다루지 않았다. 단지 아내 선용의 불면을 통해서 아이를 잃은 고통을 호소하고 불면이 치유되는 과정을 면밀하게 그려내고 있다. 이것은 작가가 노근리 사건을 어떻게 객관적으로 서술, 설득력을 가질 것인가에 관심이 있었기 때문이리라 생각된다.

5. 결론

한국전쟁기에는 종군작가를 중심으로 냉전 이데올로기에 의한 적 공산주의에 대한 담론을 확대, 재생산하고 강화하는 작품이 주류를 이루었다. 작품의 주제는 살육의 유희와 근친살해의 정당화이다. 근친살해는 북한 공산주의에 대한 적개심을 높일 수 있는 가장 효과적인 방법이었다. 효 중심의 유교적 바탕의 문화에서 부친 살해와 근친 살해는 가장 강력한 터부로서, 이를 위반하는 북한과 공산주의의 인면수심의 이미지는 공포와 전율 그리고 혐오와 환멸의 원천이 된다. 또 미군에 대한 형상화에 있어서도 주로 매춘과 관련된 부정적 이미지의 작품이 주류를 이루고 있다. 이런 가운데 1994년에야 겨우 세상의 빛을 본 『그대, 우리의 아픔을 아는가』는 전쟁기 문학사에서도 독특한 위치를 가진다. 1950년 7월에서 9월, 1951년 1월에 집중적으로 일어났던 미군의 피난민 학살 사건 중, 노근리 사건을 소재로 한 이 작품은 피난민 학살을 처음으로 작품화했다는 것, 주로 매춘으로 인한 짐승 같은 얼굴의 추상적 이미지가 아닌 이중 얼굴을 가진 미군에 대한 객관적 인식과 성찰을 심어준 작품이라는 데 의미가 있다.

44년 동안 철저히 고립된 노근리 사건의 피해자들은 전 세계가, 심지어 우리 정부조차 외면하는 소수 집단으로 그들만의 다아스포라로서 집단을 이루며 전전긍긍 세월을 견뎌왔다. 그렇기에 『그대, 우리의 아픔을 아는가』는 44년이라는 인고의 세월 속에서 응결된 하나의 열매였다. 노근리 사건을 세계에 알려야만 하는 임계리, 노근리 피해자 주민의 숙원을 이 한 권의 책에 담아내기 위해서는 공감대를 확대해야만 했다. 그러기 위해서 작가는 철저히 객관적으로 노근리 사건을 다루었다. 한국전쟁의 역사성과 전쟁의 객관성을 담보하기 위해 6 · 25전쟁 전후의 한국 상황과 노근리 사건을 중심으로 한 그 당시의 전쟁 상황에 구체적으로 접근, 충분한 이해를 돕고 있다. 이런 점은 소수 집단 문학의 특징인 정치적 목적을 담보하기 위해 보여주어야만 하는 호소력을 서술의 객관성 확보와 작가의 노근리 사건을 바라보는 냉철한 시선의 확보로 가능했다. 두 번째는 소수 집단 혹은 전쟁으로 고립된 피난민들의 절박한 고통의 언어를 긴장감 있게 묘사, 그 당시의 피난 상황을 적확하게 묘사하고 있다. 즉 한번에 터져 나오는 단조로운 어조, 단말마적인 짧고 척박한 언어, 부사와 소리의 반복, 감탄사들 또 단어의 내적 긴장을 고조시키는 단어의 악센트 등의 사용이다.

또 노근리 사건을 통해서 노근리, 임계리 마을 주민들이 탈영토화, 탈언어화 됨에 따라 그들이 보여주는 것은 바로 공포의 미학이다. 우리 국군으로부터, 또 정부로부터 철저히 고립된 노근리, 임계리 마을 사람들은 모든 출구가 닫혀서 뚫고 나갈 길 없는 참혹함을 공포로 나타낸다. 공포는 하나님이라는 탈출구를 찾음으로써 재영토화, 자신으로 되돌아 올 수 있었고, 살아남았다는 죄의식 속에서 풀려 날 수 있었다. 작가는 이 과정을 성경의 적절한 구절과 아내 선용의 심리적 치유 과정을 통해서 보여준다.

『그대, 우리의 아픔을 아는가』는 소수 집단 문학으로서의 총체성을 가진 한 편의 소설로 성공적으로 형상화되었기에 그에 상응하는 현실적인 힘은 가히 폭발적이라고 할 만하다. 한 편의 작품으로 AP통신의 취재가 가능했고, AP통신은 당시 기관총을 발포한 미군 병사들의 증언을 포함해 관련자 100여 명과 인터뷰를 했고, 주민들을 공격해도 된다는 명령을 담은 기밀해제 문서까지 공개했다. 또『뉴욕 타임스』와 CNN 등 미국의 주요 방송이 보도했고, 빌 클린턴 대통령에게 보고되면서 미군에 의한 한국인 민간인 학살이 있었다는 사실이 알려지게 되었다. 1999년 10월부터 2001년 1월까지 15개월간 노근리 사건에 대한 한·미 양국의 공동조사가 진행되었다. 그리고 양국 진상 조사결과에 의한 한미 공동발표문이 발표됐다. 그 결과로 영동군 노근리에 5만 평의 부지에 노근리 평화공원이 조성되었고, 노근리사건특별법이 2004년 국회를 통과했다.

응시로서의 글쓰기

한말숙의 『하얀 도정』

1. 서론

한말숙은 『현대문학』지 추천으로 1956년 「별빛 속의 계절」, 1957년 「신화의 단애」로 작가 생활을 시작했다. 『하얀 도정』은 한말숙의 첫 장편이다. 『하얀 도정』을 발표하기 전까지 평론가들은 한말숙이 발표한 단편 작품들을 주로 평가하면서 소재의 다양성과 문체나 구성, 묘사력에 있어서는 뛰어나지만 문제 추구의 집요성이 떨어진다고 평했다.[1] 김주연은 박경리의 개인의식을 중심으로 한 사소설류와 비교하면서 한말숙과 강신재를 작가의 사상을 직접적으로 서술해내지 않는 성공한 작가라고 평가하고 있다.[2] 김우종은 『하얀 도정』을 평하면서 관찰의 치밀

---

1 김혜리, 「타락한 현실 속에서의 방황과 타협」, 『페미니즘과 소설비평』(현대편), 한길사, 1997, 311면.

성에 의한 사건의 냉혹한 처리와 구성의 재미를 들고 있다.[3] 작품『하얀 도정』에 대한 분석은 김우종의 평론 이외에는 찾기 힘들다.

첫 장편집『하얀 도정』은 1964년 '미문출판사(微文出版社)'에서 첫 출간 후, 1983년 '민중서관', '삼성당' 두 출판사에서 다시 출간된다.『하얀 도정』은 1973년과 1984년 '삼성출판사(三省出版社)'에서 출간된『한국문학전집』에 실려 있다. 김우종의『하얀 도정』의 작품 분석 역시『한국문학전집』뒤에 실린 작품 평이다. 출간이 거듭되었음에도 작품평을 찾아볼 수 없는 것은 한말숙에 대한 전반적인 평가와 함께 새로운 논의를 시작해야 할 부분이다.[4]

한말숙의 작품 소재를 크게 분류하면, 두 가지로 분류할 수 있다. 첫째는 전후의 혼돈과 궁핍 속에서 살아가는, 존재의 의미를 찾지 못하고 표류하는 여성들이고, 둘째는 작가의 결혼과 출산의 경험이 토대가 된 여성의 정체성의 문제를 추구하는 것들이다. 등단작과 추천 작품은 모두 첫 번째 분류의 소재를 중심으로 형상화되고 있다. 그 당시 유행했던 '아프레 걸'을 대상화하여 작품화했다는 것은 그만큼 한말숙의 아프레 걸에 대한 관심을 보여준다. 이번 분석 대상인『하얀 도정』은 첫 번째 소재와 두 번째 소재가 결합하고 있는 작품이다.

「별빛 속의 계절」이나 「신화의 단애」에서 주인공들은 1950년대 후

2　김주연, 「한국 현대여류작가론」,『현대문학』, 1968.1, 353면.
3　김우종, 「불행한 세대의 모랄」,『한국문학전집』30, 삼성당, 1983, 571면.
4　한말숙의 기존의 작품 연구를 찾다가 난관에 부딪쳤다. 연구자들이 아직 한말숙이 생존해 있기 때문에 적극적인 연구는 할 수 없다는 점을 감안하더라도 의외의 결과였다. 단행본을 출판할 때 출판사에서 서평을 부탁한 것 외에는 거의 연구논문을 찾아볼 수가 없었다. 겨우 3, 4편 정도에 지나지 않았다. 한말숙이 가장 활발히 작품 활동을 하고 논쟁의 중심에 있었던 1950년대 작가를 다루는 논문 속에도 한말숙의 작품에 관한 언급은 없다. 실존주의와 관련 「신화의 단애」와 초기 몇몇 작품에 대한 언급만이 유일하다.

반 많은 논란의 대상이 되었던 성적 방종을 일삼는 '아프레 걸'의 유형
과는 조금 다르다. 그들이 처한 현실 때문이다. 그들은 몸으로 때우지
않으면 밥 한 끼를 제대로 해결할 수 없는 상황 속에 사는 인물들이다.
그런 절박한 상황에서 여성이나 남성이라는 젠더는 무의미하다. 「신화
의 단애」에서 댄서인 진영은 하숙집에서 쫓겨나자, 평소 자신에게 관
심을 가지고 있는 애인의 친구 집에 하룻밤을 구걸한다. 아무에게나 손
가락질 하여 기피자라고 경찰에게 고발하고, 생각 없이 행동하는 까뮈
의 『이방인』에 나오는 뫼르소와 같은 인물이다. 하루 한 끼의 식사와 잠
자리가 시급한 절박한 상황 속에서 남자, 여자라는 관습적 의미는 사라
진다.

　1950, 60년대에 유행한 신여성상인 '아프레 걸'은 과거의 전통과 관
습을 무시하고 자신의 주체적인 삶을 살고자 하는 의지를 보여주는 여
성을 지칭하는 말이다.[5] 그러나 「신화의 단애」나 「별빛 속의 계절」의
여주인공들은 엄격한 의미에서 주체적인 삶을 살려는 의지를 보여주는
인물들은 아니다. 극도의 경제적 궁핍은 그녀들에게 하루하루를 견뎌
내야 한다는 생각 외에 더 이상의 다른 윤리나 인간적인 품위를 생각할
수 없게 한다. 그녀들은 매 순간 잠 잘 공간과 배를 채울 식사 외에는
관심이 없다. 이런 순간적인 감정에 표류하며 존재적 의미를 찾지 못하

5　아프레 걸은 1950년대 말부터 『여원』 논단 등에서 자주 거론되었던 '아프레 걸'로 표상되는
　여성으로서, 젠더를 해체하고 새로운 젠더를 구축하려는 도시의 지식 여성을 가리키는 말이
　다. 『여원』 논단이나 좌담회에서 '아프레 걸'에 대해서 비판적인 의견이 많았다. 최정희는
　전후파 여성 즉 '아프레 걸'은 '누구든지 데리고 놀 수 있고' '대상이 되고 있'다고 성적 방종에
　대해서 개탄한다. 또 좌담회에서는 남성 평자들은 '영화 구경, 댄스' 등 상상할 수 없는 일들이
　'무비판적으로 유입되어 새 세대들, 특히 아프레 걸'들이 휩쓸려 들어가고 있다고 비판한다.
　최정희, 「어느 여대생의 이야기-지성을 갖추자」, 『여원』, 1957.7, 176~179면; 최정희,
　「새로운 세대를 위한 윤리와 생리의 대화」, 『여원』, 1957.4, 74~85면.

는 여성상은 시대적 혼란 속에서 미래에 대한 비전을 찾을 수 없기 때문에 야기된 것으로 추정된다. 순간적인 포착을 중시하는 단편 소설의 특징 때문에 이러한 상황 설정은 드러나지 않는다.

전쟁의 참혹한 상황의 연장으로 본 현실은 사회 속의 가정의 안락함이 보장되는 정상적인 현실이 아니다. 작품의 현실은 아직도 전쟁의 연장선 속에 있다. 군 기피자를 적발하는 현실과 찰나의 삶만이 중요한 댄스 무대, 미군 기지라는 현실 속에서는 일상과 비일상, 삶과 죽음, 고상함과 비속함, 진실과 거짓 등의 경계가 사라진다. 이 작품들의 여주인공들은 현실에서의 자기 역할보다는 찰나의 인생을 사는, 진짜가 아닌 가짜로서 가면을 쓰고 살아가는 인간들이다. 그 가면 아래서 그녀들은 나이, 젠더 섹슈얼리티 등을 가로지른다. 전통적 사회의 관습적, 신분적 관행이 문신처럼 새겨진 몸 언어의 구속으로부터 그녀들은 자유롭다. 이 작품 속의 공간은 성적 방종과 성적 역할 바꾸기가 허용되는 해방구이기 때문이다. 「신화의 단애」의 진영, 「별빛 속의 계절」의 경자는 여성의 젠더 정체성 따위에는 관심이 없다. 자아, 주체 '나'를 발견하려는 강박증과 정체성 따위의 정치학은 경멸과 조롱의 대상이다. 그들에게 가장 절실한 문제는 바로 하루 한 끼 밥을 해결해야 하는 절대절명의 문제이다.

『하얀 도정』은 한말숙의 초기 소설 「별빛 속의 계절」이나 「신화의 단애」의 '아프레 걸'의 연장선상에 있는 작품으로, 장편이라는 양식에 의해 앞의 두 작품에서 보여준 '아프레 걸'의 모습과는 다른 서술 전략을 보여준다. 즉 주체적으로 살려는 의지는 많으나 여성의 관습적 수행성 때문에 주체적으로 살 수 없는 여성의 혼란을 서술 과정을 통해서 잘 보여 준다.

　서술 과정의 이런 혼란은 『하얀 도정』의 연재나 출판이 한말숙의 결혼과 동시에 이루어졌다는 변수가 작용했기 때문일 것이다. 결혼하기 전의 '아프레 걸'과 관련된 작품들과는 달리 이 작품 속에서 보여주는 혼란은 작품의 메커니즘 속에 작가의 응시에 의한 현실 논리가 작용했기 때문이다. 현실 논리는 1960년의 4·19혁명, 1961년의 5·16군사정변 등 사회적 혼란이 거듭됨에 따라 여성의 주체적 확립이 불가능함을 보여준다. 또 작가는 자신의 집안과 비슷한 명문의 자제와 결혼이 성립된 현실적 논리로 인해 낭만적 이상을 고집할 수 없게 된 것이다.[6] 그렇기에 작가는 현실적 논리를 내면화할 수밖에 없는 서술구조를 보여줄 수밖에 없다.

　『하얀 도정』의 초반부는 앞의 단편 소설에서와 같이 표류하는 여성상을 통하여 젠더를 조롱하는 서술을 보여준다. 그런 표류가 어떻게 여성 정체성과 연관되며, 작품 속 주인공의 젠더 수행성의 성적 역할 바꾸기가 어떻게 발생하는가는 서술 과정 속에서 보여준다. 이 글에서는 『하얀 도정』의 여성 주인공 인옥을 중심으로, 자기 정체성, 자아 이상, 대타자, 작가 응시로 인한 이중 분열을 정신분석학적인 측면에서 분석할 것이다.

6　한말숙은 『하얀 도정』을 연재하기 시작한 1960년 4월에 이미 경기고등학교 학생인 그 당시 재벌 수준의 태흥 산업이라는 유명한 실업계의 3대 독자였던 황병기와 연애 중이었다. 한말숙은 그가 첫 눈에 마음에 들었고 윤택한 집 자제 같이 겸손하고 외양이 단정했다고 했다. 두 사람은 8년 동안 매일 거문고, 가야금, 단소 강습을 같이 받으러 다녔으며, 1962년 5월 27일 한말숙은 다섯 살이나 연하인 황병기와 결혼하게 된다. 한말숙은 1960년 4월부터 『현대문학』지에 『하얀 도정』 연재를 시작하면서 동시에 서울 음악대학에 가야금 실기와 국어 교육을 가르치는 강사가 된다.

2. 주변인으로서의 자기 정체성의 형성 배경

여성 작가들의 작품에서 여성 인물들은 이상적·낭만적 삶에서는 여성 정체성을 확립한 작가로 성공하지만 현실적인 조건에서는 실패와 좌절을 경험하게 된다. 즉 개인적 가치를 지닌 내적 자아와 사회적 가치를 지닌 외적 자아 사이의 불화나 통합 불가능성을 인식하고 있기 때문이다.[7] 그런 인식의 밑바탕에는 당시의 현실이 매개되어 있다.

이 작품이 발표 되었을 당시 시대적 상황은 혼란 그 자체였다. 이승만 정권에 대한 불신으로 인한 학생들의 데모, 연이어 일어난 군사 쿠데타. 현실적으로 밝은 미래를 찾아 볼 수 없는 사회였다. 사회가 어려울수록 여성들은 사회로부터 억압적인 선택을 강요받는다. 『하얀 도정』 초반부의 꿈은 바로 이런 억압을 보여준다.

이 작품의 전반부는 인옥이 자신의 집안과 비슷한 가문 출신의 명규와 어울려 다니다, 자아 이상인 형태로 보이는 새로운 애인 영환을 만나면서 급 전회, 영환에게 빠져드는 서술 구조를 보여준다. 영환과 확실한 관계를 가지기 전까지 이 작품에서 중요한 역할을 하는 두 번의 꿈이 나타난다.

이 작품에서 두 번의 꿈을 통하여 드러나는 인옥의 정체성의 불안은 '하얀 도정'이라는 제목을 통해서 강조되고 있다. 이 꿈은 소설의 앞부분에 반복해서 서술되고 있다.

---

7   김미현, 「생존의 현실과 의식구조」, 『한국여성소설과 페미니즘』, 신구문화사, 1996, 347면.

인옥은 하얀 길을 자꾸만 걸어갔다. 드디어 벌판에 나왔다. 사방에 지평선이 아득히 멀었다. 바람도 없는데 바람 소리가 휑 나는 것같이 텅 비인 벌판이었다. 그녀는 걸음을 멈춰서 잠시 방향을 잡으려고 생각했으나 걸음은 멈춰지지 않았다. 그녀는 고개를 돌려 뒤를 보았다. 그녀는 깜짝 놀랐다. 지금까지 걸어 왔던 길은 어디에 갔는지 없었다. 숲도 없고 사람도 없었다. 다만 하늘도 땅도 없는 하얀 공간뿐이었다.[8]

그녀는 샛하얀 길을 홀로 걸어갔다. 끝없이 뻗은 길이다. 바람도 없는데 그녀는 바람을 느꼈다. 그것이 시간이라 했다. 그녀는 하얀 길을 자꾸만 걸어갔다. 아무런 목적지도 없는데 자꾸만 걸어갔다. 아니 저절로 걸어가지는 것이다. 결코 걸음을 멈출 수는 없다는 것이다. 그녀는 걸어가며 문득 뒤돌아보았다. 순간 그녀는 뒤로 휙 쓰러질 뻔 했다. 그녀의 바로 발꿈치 뒤가 낭떠러지였다. 낭떠러지가 아니라 실은 하늘도 땅도 없는 샛하얀 공간이다. 그녀가 걸어 온 길은 어디로 갔는지 없다.[9]

이 꿈의 반복적인 서술은 작가의 의도를 보여준다. 두 인용 부분에서 공통적으로 반복되는 서술은 **텅 빈 하얀 공간, 바람도 없는데 바람을 느꼈다, 걸음을 멈출 수가 없었다, 자신이 걸어 왔던 길은 어디에도 없었다** 이다. 이 반복되는 서술을 통하여 분석 가능한 것은 여성으로서의 삶의 행로에 대한 불안이다. 이런 불안을 더욱더 확실하게 보여주기 위해 작가는 인옥의 할머니의 삶을 초반부에 전면 배치한다.

---

8 한말숙, 『하얀道程』, 微文출판사, 1964, 21면.
9 위의 책, 95면.

인옥은 어머니를 여의고, 가문의 예와 긍지를 목숨처럼 생각하는 사업에만 열중하는 아버지, 대전에서 법무관을 하고 있는 오빠, 또 자신 외에는 관심도 없고 사랑을 줄 줄 모르는 에고이스트인 새엄마와 항상 개밥에 도토리 마냥 집에서 소외되고 있는 할머니를 가족으로 하고 있다. 할머니는 시집 온지 열흘 만에 서방님이 죽고 서방님이 죽은 똑같은 나이에 아들까지 잃었다. 할머니는 인옥의 아버지를 양자로 들였으나, 양자는 할머니를 거들떠도 안 보고, 인옥의 새엄마는 관심조차 없으며, 손자, 손녀마저 피 한 방울 섞이지 않은 할머니를 개 쳐다보듯 한다. 이러한 할머니의 소외를 통하여 인옥은 여자의 일생의 허망함을 본다.

또 인옥과 마찬가지로 그림을 그리는 인옥의 새엄마는 인옥의 아버지와 결혼해 살면서도 사랑하지 않는 사람의 아기는 가지지 않는다는 허위의식 속에서 돈과 명예만 쫓아다닌다. 그리고는 가족과의 화해를 거부하며 자기 소외를 자초하는 인물이다. 인옥의 여성으로서의 자기 정체성의 불안은 주로 할머니와 새엄마를 통해서 형성된다.

여성의 모델을 보여주는 할머니의 삶과 새어머니 삶은 소외된 타자로서의 삶이다. 할머니는 운명에 의해서 친가족을 잃음으로써 소외된 삶을 사는 반면, 새어머니는 적극적으로 부와 명예를 추구하지만, 자신이 추구하는 부와 명예가 따라 주지 않기 때문에 그로 인해 스스로를 가족과의 관계에서 소외시킨다. 목적 추구의 삶에서 목적이 사라져 버리면 결국 삶의 의미를 상실하고, 스스로부터도 소외된다. 새엄마는 결국 자살을 시도하지만 미수로 끝난다.

자신의 친어머니를 잃고, 대화가 단절된 새어머니와 가족 중에서 가장 소외된 할머니를 통하여서만 자신의 존재를 확인받는 인옥은 스스로 자신을 주변인으로 정체화 한다. 인옥의 가족 내에서의 소외는 결국 자신의 가문과는 다른 그룹의 친구들과 친해질 수밖에 없는 기회로 작용한다. 인옥은 자신의 가문에 대한 긍지를 가지고 있으면서도 자신의 주변인으로 정체성을 위치 지우고, 자신과 전혀 다른 배경의 남자 친구들과 어울려 다닌다. 또 자신에게 관심을 보이는 남자들에게 편지놀음을 통해서, 그리고 입으로는 명규를 좋아하지 않는다면서 '키스 쯤' 하며 입술을 내미는 연애 놀음을 통해서 주변인으로서의 자기 소외를 보여준다.

인옥의 이런 편지 놀이나 연애 놀이는 일상성과 비일상을 가로지르는 카니발 문화에서 나타나는 경계 부수기다. 단지 자신에게 호감을 보여준다는 이유만으로 남자에게 편지짓을 하거나, 마치 수저 바꾸는 기분으로 이 남자 저 남자와 키스를 하고, 키스 중에도 딴 생각을 하는 등 인옥의 비윤리적인 행위를 통해서, 윤리적이라는 의미 자체를 조롱하고, 지나친 사랑에 의미를 부여하는 낭만적 사랑에 대한 조롱을 의도적으로 보여주고 있다. 또 가부장적 권위 의식에 젖어 있는 남성들이 자신의 권위와 부를 자랑하기 위해 여성을 소유하듯, 인옥이 남자 친구들을 자신의 필요에 따라 수단화함으로써 남자, 여자의 성 역할 바꾸기를 보여준다. 즉 기존의 젠더 수행성을 조롱하는, 여성과 남성의 경계 지우기이다. 기존의 관행으로 수행된 여성이라는 젠더 자체는 해체되고 있다. 진실과 거짓은 언제나 뒤바뀔 수 있다는 것, 남성적인 것과 여성적인 것의 경계도 언제나 해체가 가능하다는 것을 보여준다. 이런 경계 지우기를 통해서 인옥은 그동안 기존 관습의 여성, 남성이라는 성역할에 반기를 들고 남성적 정체성에 도전한다. 할머니와 새엄마를 통해서 받은 주변인으로서의 정체성에서 벗어나 새로운 도전에 응한다.

3. 자아 이상형의 추구

인옥의 여성으로서의 주변인의 위치로 인해 일어나는 혼란과 불안
은 그룹의 남자 친구들을 통해서 형성되는 자아 이상으로 차츰 해소된
다. 어린 시절 스스로가 자신의 이상이라는 나르시시즘에 젖어 있었지
만 이제는 상실하고 없는 바로 그 어린 시절의 나르시시즘을 회복시켜
주는 대체물이 자아 이상이다.[10] 인옥은 타자, 남자 그룹 친구들의 이미
지 속에서 자신의 통일성을 발견한다. 즉 인옥은 남자 그룹 친구들의 이
미지 속에서 남성적 욕망으로 자신을 이미지화 한다. 인옥의 남성 욕망
의 참여는 남근 의미화 영역 안에서 억압된 여성적 욕망을 밝혀내는 것
이다. 즉 남 / 여라는 고정된 젠더축을 허물어 내고 조롱하는 실천으로
수행되고 있다.

① (어떻든 내가 사는 양식은 글러 있다)고 속으로 말한다. 땀을 흘리던
남학생이 생각키웠다.

(…중략…)

(남자는 다 열심이다) 인옥은 속으로 뇌었다.[11]

② 김의 집골목으로 들어서니 바이올린이 들려온다. (있구나!) 인옥이
대문을 미니까 김은 대청에서 중학생의 레슨을 보아주고 있다. 그는 발로
박자를 치며 '다시!' 하고 소리를 친다.

---

10 임옥희, 『주디스 버틀러 읽기―젠더의 조롱과 우울의 철학』, 여이연, 2006, 74면.
11 한말숙, 앞의 책, 178면.

(모두 열심이구나.) 인옥은 가슴에서 또 말해 본다. 인옥이 대청에 올라 서도 김은 그녀에게 고개를 끄떡여 보일 뿐 계속 발로 박자를 치고 있다.[12]

③ "오늘은 차나 마시기로 했어."

"왜?"

"자본 미달이란다."

영애가 김 대신 말해준다.

(아, 이 가난한 군상들!)

인옥은 갑자기 그들에게 친밀감이 솟는다.[13]

①에서 인옥은 자신의 가문에 대한 부정적 인식을 통해서 가문 위주의 자기 정체성을 허물어 버린다. 그리고 ②, ③을 통해서는 '가난하지만 성실하게 살아가는' 남자 친구들의 이미지를 보여준다. 이를 통해 인옥은 자신의 정체성을 새롭게 형성하고, 자아 이상을 정립한다.

인생이란 좀 더 아름답게 살기 위해서 살며 노력하는 것도 같다. 그런데 밥을 굶지 않기 위해서라니. 그러나 그녀는 또한 가난을 위한 투쟁도 아름 다울 것도 같다. 미지의 상태에 대한 흥미다. 김의 말대로 어떠한 상태에 있건 열심히 살고 볼 일이었다. 그 열심이 결국 다시없는 아름다움이 되리라.[14]

인옥이 그동안 겪었던 혼란과 불안은 자신의 이상적 나르시시즘을

---

12 위의 책, 179~180면.
13 위의 책, 199면.
14 위의 책, 171면.

채워 줄 자아 이상을 아직 만나지 못했기 때문에 생긴 것이었다. 인옥은 가문의 관행과 여성적 젠더를 수행해야 한다는 사회적 억압으로 1차적 나르시시즘을 승화시켜 상징계적 자아 이상을 확립했지만, 이러한 자아 이상과 실제 사이에는 차이가 있을 수밖에 없다. 집안이 몰락하면서 인옥은 자신도 경제적 독립을 해야 한다는 생각에 취직을 한다. 그 직후 남자 친구 김을 만나 대화하면서 자신의 직업에 대해 묘사한 부분을 보면 자아 이상과 실제 사이의 편차를 알 수 있다.

> 김이 의자에 앉으며
> "참 잘 되었어" 한다.
> "덕분이야, 하지만 난 별로 좋은 줄 모르겠어."
> "왜?"
> "째째하게 일용품 디자인하고 있을 걸 생각하니까……"
> "그럼 어떤 것이 안 째째해?"
> "글쎄 조각 같은 것."
> "하필 왜?"
> "무엇인지 힘껏 두드려 보고 싶어서, 의욕적인 것 말야."[15]

위의 예문처럼 인옥은 의욕적으로 열심히 살고 싶지만, 현실은 그런 의욕을 불러일으킬 상황을 만들어 주지 않는다. 그것은 사회적 억압에 따른 여성이라는 젠더적 한계 때문이기도 하다. 취직이 확정되기 전, 유

---

15 위의 책, 182면.

풍 방적·제지를 운영하는 사장이라는 자는 인옥의 전공을 살려 디자이너로 취직하겠다는 의사를 무시하고 자신의 비서로 오라는 제안을 한다. 이런 서술을 통해 작가는 암암리에 여성에게 직장이란 개성을 살린 고유의 권한을 행사하는 곳이 아닌, 단지 여성성을 팔기 위한 장소에 불과한 것이라는 것을 보여준다. 인옥의 자아 이상과 경제적 독립을 추구하기 위한 직장 생활은 여성으로서의 삶을 추구하기에는 부적절함을 보여주는 서술이다.

젠더 문제는 여기에서 또 다시 발생한다. 남근일 수 없는 여성이 남근인 척 가장함으로써 남근을 가지려는 남성의 욕망을 채워줄 수 있는 것처럼 보인다. 그러나 가부장적 세계인 상징계는 그것을 허용하지 않는다. 여기에서 인옥의 남성적 욕망을 채워줄 대타자가 필요하다.

4. 자기 나르시시즘적 이상, 대타자

인옥이 자기의 이미지를 발견했던 그룹 속의 친구들 중에는 가문을 우선으로 생각하는 명규도 끼어 있었고, 의욕적인 삶의 의지를 보여주는 영환이도 끼어 있었다. 그 둘은 그룹의 정식 멤버는 아니었고, 인옥 때문에 어울리는 친구들이었다. 인옥은 남자 친구들의 그룹 내에서 여성적 젠더 수행을 강요하지 않는, 자신과는 전혀 가문이 다른 친구 그룹으로부터 강렬한 자기 이미지를 발견한다.

인옥의 가문에 대한 감정은 양가적이다. 전통이나 가문에 대해서 지금 가치가 없는 것은 아무런 의미가 없다며 부정적인 태도를 보임과 동시에 가문에 대한 긍지 또한 높다. 그 긍지는 주로 같은 가문의 명규에 대한 묘사나 나중에 오빠의 약혼녀가 된 서 양에 대한 태도에서 나타난다.

> ① '애기'라는 어휘에 인옥은 우리와 같은 풍속의 집안에 틀림없구나 생
> 각하며 일부러 퉁명스럽게
> "졸업반이에요" 했다.[16]
> ② 인옥은 서 양이 만일 제준의 아내가 된다면 둘은 썩 잘 어울리는 내외
> 가 될 것 같았다.[17]

①의 인용은 인옥이 '애기'라는 어휘에서 친근감을 느끼지만, 또 오빠 제준의 신붓감을 보러 간 자리에서는 전통적인 여성상으로 비추어지기를 싫어하는 양가적인 감정을 잘 보여주는 부분이다. ②의 인용은 인옥의 무의식이 잘 드러난 부분이다. 이것은 아무리 인옥이 혁명적이고 남성적 욕망을 실현하려는 가장을 한다고 해도, 이는 현실을 살아가는 작가의 응시에 의해서 분열됨을 보여준다.

이러한 분열은 명규와 영환에 대한 분열된 시선을 통해서 그대로 드러난다. 인옥과 명규는 서로 비슷한 뿌리를 가진 가문 출신이다. 그러나 영환은 인옥에 대한 사회적 억압에 의해서 만들어진 대타자이다. 여기서 사회적 억압은 가부장적 억압과 전통, 권위로 인한 여성 존재에 대

---

16 위의 책, 131면.
17 위의 책, 169면.

한 제한과 금기를 통해서 나타난다.

"넌 계집애의 머리 모양이 대체 그게 무어야? 중학교 학생도 그 따위로
보기 싫게 깎아 붙이지는 않았더라." 부자의 음성이 똑같다.
"남한테 보일 필요 없거든."
"왜?"
"아까워서"
"무엇이 아까워?"
"보이려는 마음씨가 말야."
'말야'라는 말투가 꼭 기섭이 말투 같고 김의 말투같이 되어 버렸다.[18]

인용문에서처럼 아버지와 오빠를 만날 때마다 인옥은 여성적 젠더
수행을 강요받지만, 인옥은 그들을 조롱하고 남성적 언어로 남자들을
패러디한다. 즉 인옥의 성적 존재론을 패러디함으로써 정체성의 정치
학을 허물어 버리는 것이다.
　이런 인옥의 혁명적인 시선은 명규와 영환 사이에서 영환을 선택함
으로써 자기 이상을 실현시키기 위해서 필요한 것이다. 자아 이상과 실
제 사이에서의 편차를 극복하기 위해 대타자에게 리비도 에너지가 실
리게 된 것이 2차적 나르시시즘이 실현된 자아 이상이다. 이때 자아 이
상은 상징계 단계에서 사회적인 억압 혹은 타자의 욕망으로 구성된 자
아이다. 인옥은 자신의 가문과 전혀 다른 분위기의 영환으로부터 자신

18　위의 책, 116면.

이 설정한 대타자를 발견한다. 영화으로부터 느끼는 강력한 삶의 의지, 강렬한 자아는 자신이 가지고 싶어 하는 것이다. 그래서 인옥은 영화과의 자기 동일시를 통한 강한 나르시시즘적 사랑에 빠진다.

　　① 무표정 속에서 인옥은 그의 강렬한 자아를 느꼈다.[19]
　　② 당신은 참 고집이 세시지요? 나도 그래요. 그래서 난 당신을 더 좋아하는지 몰라요.[20]

　　두 인용문에 나타난 것은 자기 동일시를 통한 자기 사랑이다. 연인은 자신의 욕망을 만들어 내기 위해 올려놓은 대타자다. 대타자란 그 자체로서는 아무 것도 아니지만 단지 닿을 수 없기에 '바로 그것'이 된다.[21] 인옥의 영화에 대한 자기 동일시는 이성적으로는 어찌할 수 없는 마술적인 힘이자, 현실 원칙과 법의 경계를 넘어 단념하지 못하는 것이다. 가문을 알 수 없는 자신의 친구 그룹의 친구들과 다를 바 없는 성실성, 강렬한 자아를 동시에 가진 영화은 그 자체만으로 대타자의 블랙홀이다. 명규와의 데이트 때와는 달리 영화과의 데이트에서 인옥은 그와의 일체감으로 언어를 흩뜨린다.

　　인옥은 그의 말에 눈물이 쏟아질 것 같아서 얼른 훗훗 웃어 버렸다. 웃기라도 해야지 그렇지 않으면 그녀는 사랑해서 울다가 죽을 것만 같다. 웃고

19　위의 책, 204면.
20　위의 책, 209면.
21　라캉은 연인들이 바라봄과 보여줌을 통해서 시선과 응시의 교차가 일어나고 새로운 이미지, 혁명적인 시선을 갖게 된다고 한다. Jacqus Marie Emile Lacan, "Seminar on The Purloined", *Lacan, Derrida, and Psychoanalytic Reading*, The Johns Hopkins Univ., 1988, p.30.

보니 기분이 가벼워졌다. 그녀는

"밥 먹어요" 또 했다.

"안 돼, 오늘밤은 굶어."

"싫어요, 살아 있는 이상 왜 밥을 굶어요?"

"살아 있는 이상? 배만 고프지 않으면 살아있는 것이군."[22]

위의 인용문처럼 인옥이 욕망하는 것은 그의 마음인데 말은 마음을 다 담지 못한다. 그래서 대화는 빗나간다. 두 사람의 대화에는 판타지가 삶을 대체한다. 여기서 중요한 것은 인옥이 영환과의 에로티시즘 자체보다는 어떤 낭만적 환상을 쫓고 있어, 이것이 비일상적인 관계가 된다는 것이다. 그 예로 인옥과 영환의 만남은 실제 생활에서는 개연성이 부족한 우연의 반복이다. 두 사람은 전혀 모르는 관계였는데, 우연히 우체국에서 만나 관계가 시작되었다. 자신의 애인이었던 명규의 친구라는 것도 우연한 만남을 통해서 알게 된다. 인옥과 데이트를 하면서도 영환은 명규를 제외한 인간적인 관계망, 즉 친구, 가족 관계, 직장 동료 등을 노출하지 않는다. 인옥과 명규는 연인 사이였지만, 영환은 그런 인식조차 없다. 명규의 친구로서 그와 인옥 사이에 끼어든 영환은 거기에 대해서는 변명 한 마디조차 없다. 인옥 역시 마찬가지다. 둘 사이에는 누구도 끼어들 틈이 없다. 그것은 두 사람의 자기 동일시 때문이다. 둘은 서로를 동일시하여 근원적 나르시시즘에 갇혀, 상징계를 거부하고 있다.

인옥을 매혹한 연인인 영환은 사실은 이마고[23]요, 이상적 타자이다.

---

22 한말숙, 앞의 책, 315면.
23 어머니의 想이자 아버지의 想인 이마고(imago)는 맨 처음 아이가 품었던 자신의 얼굴이다.

연인이란 자신의 이상적 모습이 투영된 판타지 '오브제 아'[24]이다. 인옥에게 영환은 자신이 되고 싶어 하는 '자아 이상'이기에 닿을 수 없는 별이지만 일단 지상에 내려오면 칙칙한 광석이요, 운무일 따름이다.[25] 영환이 인옥을 소유하기 위해 결혼을 청했을 때 그것은 이미 죽음을 의미하는 것이었다. 결혼은 하늘에서 지상으로 내려와야 가능하기 때문이다.

① 영환은 처음으로 그녀의 입술을 찾았다. 높은 하늘에 별이 반짝였다. 전율이 인옥의 몸을 달려 갔다. 인옥은 생전 처음 입맞춤을 했다고 느꼈다.

② 일선 지구로 갔다와야 겠어요. 내일 밤이면 올테니 밥 많이 먹고 있어. 그녀는 읽으며 웃고 있었다. 이번이 마지막이고 다시는 가지 않을 거예요. 공부해야 하니까. 그리고 참 우리는 아무래도 결혼해야 할 것 같아. 보고 싶을 땐 언제든지 인옥이 내 곁에 있어야 하겠기에.[26]

①에서 보여주는 것처럼 인옥은 자신의 결핍을 채워줄 수 있다고 생각하는 대상인 영환에게 판타지를 느낀다. 그를 자아 이상이라고 믿으며 마치 어릴 적 어머니와 하나가 되듯이 영환과 하나가 되고 싶어 한다. ②에서처럼 완벽한 일체를 이루려는 순간 대상은 미끄러지고 충족은 다시 텅 빈 공허를 낳는다. 완벽한 행복은 없기 때문이다. 인옥은 바

권택영, 『감각의 제국』, 민음사, 2001, 180면.

[24] 삶은 신기루이다. 그리고 나비의 꿈이 아닌 사람의 꿈을 프로이트는 '바로 그것(the thing)'이라 했고 라캉은 '오브제 프티 아(objet petit a)'라고 했다. 위의 책, 102면.

[25] 위의 책, 145면.

[26] 한말숙, 앞의 책, 318면.

로 이어 영환의 사고 소식을 듣고 싸늘한 시체로 돌아온 영환을 마주한다. 인옥과 영환은 서로가 서로에 대한 환상이다. 완벽한 환상 속에는 상징계의 아버지의 법으로 인한 갈등이 스며들 틈이 없다. 갈등이 있어야 또 다른 욕망이 발생하고 삶을 지속할 수 있는데, 갈등이 없는 삶은 거대한 침묵, 죽음에 이를 수밖에 없다.[27]

5. 현실 논리로 인한 이중분열

인옥은 영환의 열정적인 꿈을 자기화하면서 이를 자기 소외를 극복하는 계기로 만든다. 작품의 초반부에서 혼란스런 꿈을 통해 보여준 정체성의 혼란은 극복된다. 영환을 통해서 이루려 했던 사회적 환상과 꿈은 자기애로 연결되고 또 자신에 대한 사랑의 확신은 가족과 모든 타자들에 대한 사랑으로까지 연결된다.

그럼에도 그 당대의 현실적 논리, 1960년의 4·19혁명, 1961년의 5·16군사정변 등 대사회적 혼란과 작가가 자신과 비슷한 수준인 명문의 자제와 결혼한 것은 그로 하여금 더 이상 이상적인 것을 고집할

27　라캉에 의하면 상징계 속에 억압된 상상계가 있어 욕망의 동인인 대상 a 혹은 '오브제 아'가 나타나고 그것을 포착하는 순간 미끄러진다. 그리고 그 순간 다시 저만큼 물러나 손짓한다. 탯줄이 아닌데 탯줄처럼 보이게 만드는 힘이 삶 충동이고 그런 판타지가 투사 된 대상이 '오브제 아'이다. Jacqus Marie Emile Lacan, *Lacan, Derrida, and Psychoanalytic Reading*, The Johns Hopkins Univ., 1988, p.38 재인용.

수 없도록 만들었다. 이런 현실 논리에 의한 작가의 응시는, 인옥이 더 이상 이상적 낭만적 삶을 추구할 수 없도록 만들었고, 이는 서술 전략으로 나타난다. 즉 이것이 작품 속에서 영환을 죽음으로 몰고 간 것이다.

인옥과 영환이 사랑을 이루기에는 많은 현실적 난관이 있었다. 가문의 긍지를 최고의 덕목으로 생각하는 아버지와 오빠와의 갈등이 작품 속에 전혀 서술되어 있지 않은 것은 작가가 처음부터 인옥과 영환의 사랑을 판타지로 그리려 했다는 서술전략을 보여준다. 이는 명규와 영환에 대한 묘사에서도 드러난다. 명규를 실제적인 구체성을 가지고 묘사하고 있는 반면, 영환은 추상적으로 묘사하고 있다. 또 그를 이상적 인물로, 인옥과의 정신적 교감을 우선적으로 하는 것으로 묘사하고 있다. 반면 인옥이 명규를 연인으로 '좋아지지 않는다'는 전제를 깔고 묘사하였음에도 명규는 인옥과 동류임을 서술을 통하여 보여준다. 인간적인 신뢰에 초점을 두고 묘사하고 있다.

① 명규는 베이지 빛의 스프링코우트를 입고 있다. 수려한 이마와 코의 선이 유달리 침착한 느낌을 준다.[28]

② 명규는 누구에게나 터치가 부드럽고, 또한 당당한 무엇이 있다. 그의 구김살 없는 환경의 탓인지도 모른다.[29]

③ 대답하면서 그녀는 명규에의 애틋한 우정을 느꼈다. 우정은 어쩌면 사랑보다도 더욱 가치 있는 것인지도 모른다. 인간이 인간에의 이해 없이는 느낄 수 없는 감정이기 때문이다.[30]

---

28 한말숙, 앞의 책, 145면.
29 위의 책, 152면.

④ 고귀 할 만치 수려한 그의 옆얼굴을 보고 있다가 인옥은 고개를 돌려 명규처럼 역시 앞을 보았다. 김이 언젠가 말했듯이 사랑은 없어져도 나는 그를 신뢰할 수 있다. 그는 인간이기 때문에. 더구나 내가 믿었던 사람이기 때문에.[31]

위의 인용문들에서 느낄 수 있는 것은 '좋아하지 않는다'는 인옥의 시선으로 그려졌다기엔 명규에 대한 묘사가 이율배반적이라는 것이다. 이런 이율배반감은 어디서 오는가. 바로 작가의 시선에 의해서 형성된 것이다. 작가는 이 작품에서 인옥과 같은 그 당시 유행했던 뚜렷한 주체적인 의식을 가지고 있는 당당한 여성을 그에 맞는 대타자로 설정한 영환과 아름다운 사랑을 나누는 것을 그리고 싶었을 것이다. 그러나 어려운 현실을 살아가고 있는 작가는 인옥과 영환의 사랑 그 너머의 또 다른 욕망, 우수리, 여분, 타자를 잘 알고 있었다. 그렇기 때문에 영환을 죽이지 않을 수 없었던 것이다. 응시는 또 다른 욕망의 시선이다.

전통과 기성세대를 무시하고, 주체적으로 살아가는 '아프레 걸'의 형상을 하고 있는 인옥의 시선으로 그려지는 오빠 제준, 명규, 서 양과 서양 어머니에 대한 묘사는 모든 것을 감싸안는 따뜻한 어머니의 시선이다. 이 또한 이율배반적인 시선이다. 이런 시선은 혼란한 현실 속에서 빨리 벗어나 안정된 결혼 생활을 보장받고자 하는 인옥의 이중적인 얼굴이자 동시에 작품 밖에 있는 현실 논리를 따르는 작가의 응시 로 인한 것이다. 결혼을 앞둔 작가는 앞을 알 수 없는 불행한 상황에서 벗어나

---

30 위의 책, 230면.
31 위의 책, 309면.

빨리 안정된 삶을 살고 싶었을 것이다. 인옥의 시선에는 결혼을 앞둔 작가의 시선이 투영되어 있다. 즉 인옥은 안정된 결혼 생활을 보장 받고자 하는 현모양처의 꿈을 버리지 못하면서 '아프레 걸'의 가면을 쓰고 내숭을 떠는 기만과 위선의 얼굴을 하고 있다. 결말에서 인옥은 영환의 죽음 후 명규에게 영환을 사랑할 수 있을 때까지 사랑할 것이라고 말하면서 그의 곁에 계속 머무를 것처럼 이야기한다. 그러나 서술 속에 나타나지 않는 서술 지평은 인옥이 명규에게 갈 것임을 보여준다.

이 작품은 인옥의 사랑에 대한 욕망과 아버지 '법' 사이의 갈등을 다룬 소설이다. 이성으로는 어찌할 수 없는 힘, 현실 원칙, 아버지의 '법'의 경계를 넘어 단념하지 못하는 것이 사랑이라는 것, 그러나 그것은 결국 아버지의 '법'에 의해 다시 지배될 수밖에 없음을 드러낸다. 라캉에 의하면 개인이 상징계로 진입한다는 것은 아버지의 '법'에 복종함으로써 거세를 받아들여 분열된 주체가 된다는 것이다. 이 작품의 화자, 인옥 역시 아버지의 '법'에 복종해야 한다는 무의식을 가지고 있다. 그 무의식은 인옥의 가문과 비슷한 출신의 애인 명규, 오빠와 오빠의 약혼녀 서 양에 대한 태도에서 드러난다. 그 욕망은 타자를 통해서 은밀하게 드러난다. 인옥의 여성 정체성은 뼈대 있는 가문의 후손이라는 긍지와 여성으로서 아무런 의미를 가질 수 없는 진부한 존재라는 의식 사이에서 분열한다.

여성들의 소설에서 볼 수 있는 이런 하강 결말은 결국 현실 논리가 작가의 시선에 의해서 매개, 이상적·낭만적 삶이 현실 속에서는 불가능함을 보여준다. 이것은 여성 작가들의 의지와도 관련이 있다. 불가항력적인 현실의 논리를 바꿀 수 없어 체념한, 수동적 자세이다. 이 작품

에서 보여주는 것처럼 여성들은 할머니나 어머니의 체념적인 삶에서 자
연스럽게 주변적인 정체성을 획득, 청년기에는 낭만적 이상을 통하여
주체성을 확보하는 듯하다. 결국 여성들은 다시 주변인으로 돌아간다.

6. 결론

　『하얀 도정』은 한말숙의 첫 장편이다. 그 전에 한말숙은 15편 정도
의 단편을 발표했다. 이 단편들은 대체로 자신의 경험과 무관한 객관적
소재를 중심으로 치밀한 묘사와 짜임새 있는 구성으로 남성 비평가들
에게 호평을 받은 작품들이었다. 그러나 비평가들은 문제 추구에 있어
서 미흡함도 함께 지적하고 있다. 한말숙은 「별빛 속의 계절」과 「신화
의 단애」 발표 후 이 작품들을 사이에 두고 『경향일보』에서 이어령과
김동리가 벌인 며칠간의 격론과 함께 등단했다. 그녀는 문제 추구의 미
흡이라는 평을 당연히 민감하게 생각했을 것이다. 그리고 나온 작품이
『하얀 도정』이다. 김우종은 『하얀 도정』을 '여러 단편에서 시도했던 소
설적 기량을 총 집약한 작품'[32]으로 전제 하면서, 사건의 객관적 처리,
관찰의 치밀성, 재미있는 구성을 들어 극찬하였다.
　단편에서 보여주는 구성의 치밀함과 냉혹할 정도의 객관적 묘사, 문

32　김우종, 앞의 글, 572면.

체의 간결함은 『하얀 도정』이라는 장편에서도 그대로 드러난다. 여성의 불확실한 미래를 통하여 보여주는 여성 정체성의 혼란—젠더 조롱하기를 통해 보여주는 새로운 정체성 확립—현실적 불가능을 인식, 자신의 대타자 찾기—다시 되돌아가기의 과정을 통해서 여성들이 왜 현실에 안주할 수밖에 없는지를 서술 과정 속에서 구성의 치밀함을 통해 보여준다.

작가는 인물의 무의식적 자아에 의해서 명규를 선택하게끔 설정하고 있으면서도, 마지막 서술 과정까지 냉혹할 정도의 시침 떼기로 일관한다. 한말숙이 작품의 서술 과정에서 보여주는 냉혹할 정도의 객관성은 비평가들의 문제 추구의 미흡이라는 지적의 원인이 되기도 한다. 김우종의 『하얀 도정』의 표면적 주제를 통한 해설은 이런 냉혹한 객관성으로 인한 오인이기도 하다.[33] 이 작품에서 한말숙은 여성의 삶을 현실과의 연관 속에서 끝까지 치밀하게 파헤쳐 여성의 일생이 왜 그럴 수밖에 없는지를 집중 추구하고 있다.

『하얀 도정』은 여성으로서의 삶의 모델인 새어머니와 할머니의 자기 소외의 삶을 통해 주변인의 정체성으로 인식한다. 주변인으로서의 정체성은 남성 젠더를 통해서 남성 욕망을 자기화한다. 남성의 젠더 정치학을 통해 자기 정체성을 확립하지만, 현실 속에서 여성은 주체적 독립이 불가능함을 인식, 새로운 대타자, 이상적 자아를 찾는다. 즉 자신의 결핍을 채워줄 수 있다고 생각하는 대상에게 판타지를 느낀다. 판타지를 통해 대상을 자아 이상이라고 믿으며 마치 어릴 적 어머니와 하나

---

33 김우종은 위의 글에서 『하얀 도정』의 영환의 죽음을 통해 드러내는 작품의 마지막 부분을 헤밍웨이가 보여 준 허무의식과 연결시키고 있다. 위의 글, 572~573면.

가 되듯이 그와 하나가 된다. 대상에의 사랑에 대한 확신은 자기애로 연결되고 또 자신에 대한 사랑의 확신은 가족과 모든 타자들에 대한 사랑으로 연결된다. 그러나 대상과의 완전한 합일을 이루려는 순간 대상은 미끄러지고 충족은 다시 텅 빈 공허를 낳는다. 이것은 현실 밖에 있는 작가의 응시에 의한 분열 때문이다.

작가는 현실적 논리에 의해 혁명적이면서 관습적인 인옥의 욕망 속에 숨겨진 타자를 잘 알고 있다. 그래서 인옥은 작가의 응시 속에서 자기 분열을 일으킨다. 인물의 이런 이중 자기분열은 현실 논리에 의한 또 다른 욕망의 시선 때문이다. 결국 초점 화자인 인옥의 시선을 통해 드러나는 소설 속의 서술은 작가 한말숙의 응시에서 나온 작가 자신의 이야기라고 해석할 수 있다.

참고문헌

권택영, 『감각의 제국』, 민음사, 2001.

김미현. 『한국 여성소설과 페미니즘』, 신구문화사, 1996.

김우종, 「불행한 세대의 모랄」, 『한국문학전집』 30, 삼성당, 1983.

김은하, 「전후 여성 잡지와 아프레 걸 담론」, 『한국여성문학』 16, 2007.2.

김주연, 「한국 현대여류작가론」, 『현대문학』, 1968.1.

김현주, 「'아프레 걸' 주체화 방식과 멜로 드라마의 상상력 구조」, 『한국비평 문예연구』 21, 2016.12.

김혜리, 「타락한 현실 속에서의 방황과 타협」, 『페미니즘과 소설비평』(현대편), 한길사, 1997.

임옥희, 『주디스 버틀러 읽기-젠더의 조롱과 우울의 철학』, 여이연, 2006.

최정희, 「어느 여대생의 이야기-지성을 갖추자」, 『여원』, 1957.7.